William Ospina

EL PAÍS DE LA CANELA

William Ospina nació en Padua, Colombia, en 1954. En su carrera como poeta, ensayista y novelista, se ha hecho merecedor de diversos reconocimientos, como el Premio Nacional de Ensayo (1982), el Premio Nacional de Poesía (1992), el Premio de Ensayo Ezequiel Martínez Estrada de la Casa de las Américas (2003) y el Premio Rómulo Gallegos (2009) por la segunda novela de su trilogía sobre la conquista, compuesta por *Ursúa*, *El país de la canela* y *La serpiente sin ojos*.

EL PAÍS DE
LA CANELA

EL PAÍS DE LA CANELA

William Ospina

Vintage Español
Una división de Random House LLC
Nueva York

PRIMERA EDICIÓN VINTAGE ESPAÑOL, JUNIO 2014

Copyright © 2012 por William Ospina

Información de catalogación de publicaciones disponible en la
Biblioteca del Congreso de los Estados Unidos.

Vintage Español ISBN en tapa blanda: 978-0-8041-7114-4
Vintage Español eBook ISBN: 978-0-8041-7115-1

Para venta exclusiva en EE.UU., Canadá, Puerto Rico y Filipinas.

www.vintageespanol.com

Impreso en los Estados Unidos de América
10 9 8 7 6 5 4 3 2 1

Mira esta música.

Fernando Denis

ÍNDICE

En Flandes, en 1547, Teofrastus me lo explicó todo. «Nos dieron la diversidad del mundo», me dijo, «pero nosotros sólo queremos el oro. Tú encontraste un tesoro, una selva infinita, y sentiste infinita decepción, porque querías que esa selva de miles de apariencias tuviera una sola apariencia, que todo en ella no fuera más que leñosos troncos de canela de Arabia. Anda, dile al designio que hizo brotar miríadas de bestias que tú no quieres ver más que tigres. Dile al artífice de los metales que sólo estás interesado en la plata. Dile al demiurgo que inventó las criaturas que el hombre sólo quiere que sobreviva el hombre. Ve y dile al paciente alfarero que modela sin tregua millones de seres que tú sólo quisieras ver un rostro, un solo rostro humano para siempre. Y dile al incansable y celeste dibujante de árboles que sólo te interesa que un árbol exista. Es eso lo que hacemos desde cuando surgió la voluntad. Apretar en el puño una polvareda de estrellas para tratar de condensarla en un sol irradiante. Reducir a la arcilla las estatuas de todos los dioses para alzar de su masa un dios único, desgarrado de contradicciones, atravesado de paradojas y por ello lastrado de imposibles.»

EL PAÍS DE
LA CANELA

1.

LA PRIMERA CIUDAD
QUE RECUERDO

La primera ciudad que recuerdo vino a mí por los mares en un barco. Era la descripción que nos hizo mi padre en su carta de la capital del imperio de los incas. Yo tenía doce años cuando Amaney, mi nodriza india, me entregó aquella carta, y en ella el trazado de una ciudad de leyenda que mi imaginación enriqueció de detalles, recostada en las cumbres de la cordillera, tejida de piedras gigantes que la ceñían con triple muralla y que estaban forradas con láminas de oro. Tan pesados y enormes eran los bloques que parecía imposible que alguien hubiera podido llevarlos a lo alto, y estaban encajados con tanta precisión que insinuaban trabajo de dioses y no de humanos ínfimos. Las letras de mi padre, pequeñas, uniformes, sobresaltadas a veces por grandes trazos solemnes, me hicieron percibir la firmeza de los muros, nichos que resonaban como cavernas, fortalezas estriadas de escalinatas siguiendo los dibujos de la montaña. No sé si esa lectura fue entonces la prueba de las ciudades que había sido capaz de construir una raza: al menos fue la prueba de las ciudades que es capaz de imaginar un niño.

Era una honda ciudad vecina de las nubes en la concavidad de un valle entre montañas, y la habitaban millares de nativos del reino vestidos de colores: túnicas azules bajo mantas muy finas de rosa y granate, bordadas con soles y flores; gruesos discos de lana roja, amplios como aureolas sobre las cabezas, y sombreros que mi padre sólo acertaba a describir como bonetes morados que caían sobre un vistoso borde amarillo. Gentes de oscuros rostros de cobre, de pómulos asiáticos y grandes dientes blanquísimos; hombres de silencio y maíz que pasaban gobernando rebaños de bestias de carga desconocidas para nosotros, bestias lanosas de largos cuellos y mirada apacible, increíblemente diestras en trotar por cornisas estrechas sobre el abismo.

Me asombró que lo más importante de la ciudad no fueran esos millares de nativos que se afanaban por ella, ni esos rebaños de llamas y vicuñas cargados con todas las mercaderías del imperio. Lo más importante eran los reyes muertos: momias con aire de majestad que presidían las fortalezas, monarcas embalsamados encogidos en sus sillas de oro y de piedras brillantes, vestidos con finos tukapus de lana de vicuña, cubiertos con mantas bordadas, con turbantes de lana fina adornados de plumas, y encima la mascapaycha real, una borla de lana con incrustaciones de oro sobre los cráneos color de caoba. Cada muerto llevaba todavía en las manos resecas una honda con su piedra arrojadiza de oro puro.

Pero el mismo día en que supe de la existencia de aquella ciudad, supe de su destrucción. Mi padre escribió aquella carta para hablar de riquezas: no dejó de contar cómo cabalgaron por los trescientos templos los jinetes enfundados en sus corazas, cómo arrojaron por tierra los cuerpos de los reyes y espolvorearon sus huesos por la montaña y sometieron a pillaje las fortalezas. Ya desde el día anterior los jinetes que avanzaban por el valle sagrado habían percibido la luz de la ciudad sobre la cumbre, y sé que los primeros que la vieron se sintieron cegados por su resplandor. Yo trataba de imaginar el esfuerzo de los invasores ascendiendo sobre potros inhábiles por los peñascos resbaladizos, por desiguales peldaños de piedra, la entrada ebria de gritos en las terrazas, la fuga desvalida de los guardianes de los templos, y mis pensamientos se alargaban en fragmentos de batallas, una cuchillada súbita en un rostro, dedos saltando al paso de la espada de acero, un cuerpo que se encoge al empuje de la daga en el vientre, sangre que flota un instante cuando la cabeza va cayendo en el polvo.

Quién sabe qué nostalgia por tan largas ausencias vino a asaltar a mi padre, y quiso darme en un día de ocio lo que había recogido en años de incansables expediciones. Tal vez quería poner a prueba con un largo ejercicio de lectura lo que yo aprendía por entonces, o presintiendo que ya no serían muchos nuestros encuentros intentó ser por unas horas el padre que dejé de ver tan temprano, darme un pedazo mágico de su vida en la región más insólita que le habían concedido sus viajes. Por eso la fantástica ciudad de los incas se grabó en mi memoria envolviendo la imagen de mi padre, que había sido uno de sus destructores.

Hoy sé que aquella carta embrujada me arrancó de mi infancia. Me parecía ver la Luna con su cara de piedra presenciando en la noche la profanación de los templos, la violación de las vírgenes, el robo de las ofrendas, y aunque no es lo que mi padre se proponía, me afligió que manos aventureras volcaran como basura esas reliquias. A mi nodriza india, que no olvidaba las violencias padecidas por su propia gente, le dolían tanto aquellas cosas, que su gesto mientras yo leía me hizo rechazar esas manos sucias de sangre que se repartían esmeraldas y ofrendas de oro, esas uñas negras arrebatando los tejidos finísimos, esos dientes roídos que escupían blasfemias, esos ojos ávidos que seguían buscando más oro, más plata, más mantas. En nuestra casa de una isla distante, el fuego en los ojos oscuros de Amaney reflejaba con ira las cámaras incendiadas, los pueblos derrotados que huían, la luna picoteada por los cóndores flotando sobre la ruina de un mundo.

Pero más que los hechos, quiero contarte lo que esos hechos produjeron en mí. Poco antes nuestros hombres habían capturado al señor de las cordilleras. Para ti y para mí, hoy, simplemente lo condenaron al garrote; para mis doce años, lo que ocurrió no cabía en una palabra: cómo cerraron en torno a su cuello una cinta de acero hasta que la falta de aire en los pulmones completó la labor del torniquete astillando los huesos del cuello... Y el mundo de los incas vivió con espanto la profanación de su rey. Para los invasores era la muerte de un rey bárbaro, pero para los incas era el sacrificio de un dios, el Sol se apagaba en el cielo, los cimientos de las montañas se hundían, una noche más grande que la noche se instalaba en las almas. Y aún más grave que la muerte del rey fue esa fiesta insolente, cuando los invasores arrasaron sala por sala, muerto por muerto y trono por trono la memoria del reino. Un caudal de talismanes y embrujos, de sabidurías y rituales fue obliterado, y siglos de piadosas reliquias se convirtieron en fardo de saqueadores, en rapiña, en riqueza. Aquel día no sólo descubrí que éramos poderosos y audaces, descubrí que éramos crueles y que éramos ricos, porque los tesoros de los incas ahora formaban parte del botín de mi padre y de sus ciento sesenta y siete compañeros de aventura.

No sé si al leer esa carta a los doce años me importó la riqueza. Me embrujaba el relato de la ciudad, la simetría de los templos, el poder de los reyes embalsamados, los canales sonoros, las murallas dentadas, la ciudad, dilatada junto al abismo, apagándose como un sol en medio de hondas cordilleras.

La idea que tenía yo de las montañas era entonces modesta. Mi vida había sido la llanura marina; los altos galeones que sobrevivían al cuerpo de serpiente de las tempestades y que atracaban extenuados en la bahía. Ya que quieres saberlo todo desde el principio, debo empezar contándote que vivíamos en La Española, donde estuvo siempre nuestra casa. En la isla de arenas muy blancas sólo sabía que mi madre había muerto en el parto. Yo era el fruto de esa muerte, o, para decirlo mejor, yo era la única vida que quedaba de ella, y Amaney era la nodriza a cuyas manos me confió mi padre al irse a la aventura. Tuvieron que pasar años antes de que la riqueza mencionada en la carta cobrara sentido para mí, tuvieron que llegar noticias intempestivas a provocar confesiones que yo no esperé nunca.

Sólo una vez volvió mi padre de tierra firme a confirmar de voz viva las cosas que había escrito. No presentía que era su última visita, pero aquí todo el mundo vive haciendo las cosas por última vez. Vino ausente y lujoso; envejecido el rostro gris bajo el sombrero de plumas de avestruz, vacilantes los pasos en las largas botas de cuero. Los collares de plata con esmeraldas no hacían menos sombrío su rostro, los anillos de oro hacían más rudos sus dedos encallecidos y oscuros. No sabía relacionarse con un niño: los reinos y las guerras habían entorpecido su corazón. Venía, como siempre, a «resolver asuntos». El mundo de los incas, que hizo ricos a muchos aventureros, ahora incubaba entre ellos rencores y envidias, y las riquezas se estaban cambiando deprisa en arcabuces y en espadas, porque más habían tardado en ser los amos del reino que en tener que empezar a defenderse unos de otros.

No me pareció que soñara con volver a los días felices de la isla, donde el regidor de la fortaleza le administraba por amistad un ingenio de azúcar. En estas Indias nadie puede descuidar sus conquistas: tenía que estar de cuerpo presente si quería su parte del tesoro de Quzco, que tardaba en ser repartido. Como socio del marqués Francisco Pizarro le correspondieron indios, tierras y minas, pero también esperaba su fracción en metálico, el oro arrebatado a los muertos.

Esas riquezas del Perú estaban malditas para nosotros. Un día, en su mina profunda de las montañas, el derrumbe de un túnel sepultó a mi padre con muchos de los indios que se afanaban a su servicio. Cuánto no habrán durado vivos en la tiniebla, pero nadie consiguió rescatarlos a tiempo. Tenía yo quince años cuando Amaney trajo del puerto la noticia, con esa dignidad indescifrable que reemplaza en los indios al llanto, y allí pude ver cuánto lo quería. Yo, por mi parte, creí que me había acostumbrado a su ausencia, pero fue como si me quitaran el suelo bajo los pies: me sentí devastado y perdido, el mundo se me hizo incomprensible, y apenas si la compañía de aquella india que era como mi madre me salvó de la desesperación.

Muy poco duraría ese consuelo. Viendo mi soledad, Amaney se animó a contarme algo que me pareció enrevesado y absurdo. Según ella, la dama blanca, la esposa de mi padre por la que me habían enseñado a rezar y a llorar, la señora que yacía en las colinas fúnebres de Curaçao, no era mi madre; mi madre verdadera era ella misma: la india de piel oscura, que había aceptado desde el comienzo fingirse mi nodriza para que yo pudiera ser reconocido sin sombras como hijo de españoles por la administración imperial.

¿Esperaba que yo me consolara con ello? La muerte de mi padre era ya suficiente desgracia, y esta revelación tan increíble como inoportuna sólo podía ser una astucia de la criada para tener parte en el destino familiar. Alegó que había testigos que podían confirmármelo: yo me negué a escucharlos. Toda mi infancia la había querido como a una madre: bastó que pretendiera serlo de verdad para que mi devoción se transformara en algo cercano al desprecio. De creerle, su relato me habría impuesto además una inmanejable condición de mestizo, a mí, crecido en el orgullo de ser blanco y de ser español. Pero el relato de Amaney fue mi ayuda: durante los días más duros de aquel duelo compensé mi pena de huérfano con la indignación de sentirme víctima de una torpe maniobra.

Viendo frustrado su intento de dar otro rumbo a mi vida, Amaney se refugió en el silencio. Yo no habría tenido el corazón de apartarla de mi casa, pero dejé que se replegara a la condición de sierva ya sin privilegios. Muerta o vendida su raza, cambiado el paraíso de sus mayores en una isla llena de guerreros y comerciantes de España, la verdad es que yo era lo único que ella tenía en el mundo, y traté de explicarme por ello que quisiera usurpar el lugar de mi madre.

Mi educación no se había dejado en sus manos. La india sencilla de La Española me dio su amor mientras pudo, pero no podía darme el saber que su pueblo se transmitió por siglos en rezos y en cantos, en cuentos y en costumbres. Alguien debía velar por que yo creciera como un buen español, y desde los once años fui recibido como aprendiz en la fortaleza mayor de la isla, donde por decisión de mi padre orientó mis estudios el hombre más importante que había en La Española, su antiguo compañero por Castilla y por selvas del Darién, el regidor Gonzalo Fernández.

Parece que no supieras bien de quién te hablo, y eso me sorprende, porque casi no hay en las Indias quien desconozca ese nombre y la sombra ilustre que lo sigue. Por haber crecido algunos años a su lado, yo ignoré más que otros la importancia del hombre que me educaba y después fui encontrándome con trozos de una leyenda. Acostumbrado a ver sus cosas como hechos naturales, tarde comprendí que había conocido a un ser excepcional. Recibí su latín y su gramática, sus lecciones de historia y sus cuentos de viajes, su destreza manual y su ciencia del sable y la ballesta, sin preguntarme demasiado por él: no sabía diferenciar entre la vida de mi maestro y las lecciones que me daba. El idioma era simplemente su manera de hablar, la corte española era el relato de su infancia, los reinos de Italia eran la crónica de su juventud, y oyéndolo hablar de aquellos años otra ciudad abrumaba mi mente: Roma, a la que sus libros viejos me describieron, y que en su memoria y en mi fantasía era menos una ciudad que un pozo de leyendas, una cisterna mágica del tiempo. Guerra y conquistas llenaban sus jornadas, pero yo sentía que eso era común, y para mí el mundo fue primero el mapa de las andanzas de Gonzalo Fernández de Oviedo, que había convertido los reinos viejos y los nuevos en la cosecha de sus manos y la curiosidad de sus ojos.

Suele ocurrir que entendamos mejor la grandeza de un desconocido que la de alguien a quien vemos cada día tropezar y estornudar, resfriarse con las modificaciones del clima y padecer los cambios de ánimo que van imponiendo los años. Sólo el surco del tiempo y los accidentes de la vida me fueron revelando la magnitud de aquel maestro que marcó de tantas maneras mi rumbo. Más tarde, si hay tiempo, te hablaré de Gonzalo Fernández: su historia es más notable que la de muchos varones de Indias.

Tenía yo diecisiete años cuando me revelaron que el ingenio de azúcar que constituía mi única herencia estaba a punto de quiebra. Fueran malos negocios del regidor, o los bandazos de las guerras y del comercio, o los asaltos de los piratas franceses, lo cierto es que a un negocio que nos había sostenido por años lo estaba carcomiendo la ruina. El hecho coincidió con mi llegada a la edad en que debía asumir la responsabilidad de mi casa, y fue entonces cuando volvió el recuerdo de aquella carta leída tiempo atrás. Me pareció encontrar la razón por la cual mi padre la había escrito: quería que yo supiera de las grandes riquezas que obtuvieron en Quzco los sojuzgadores del reino, que tuviera alguna noción de la parte que nos correspondía. Enviarme la carta era darme a entender que yo era el objeto de sus preocupaciones, que tenía derecho a sus propiedades y riquezas.

Después de leer y releer aquellos viejos pliegos, decidí finalmente viajar al Perú a reclamar mi herencia legítima, que según largos cálculos ascendería a varios millares de ducados. Así se lo comuniqué a mi maestro y también él estuvo de acuerdo en que no debía demorar demasiado el reclamo. Ignorante de la fragilidad de los derechos en estas tierras, empecé a reunir todas las pruebas de mi filiación: la carta de mi padre, los documentos que había dejado, los registros de su matrimonio con la dama blanca de las colinas, las actas de mi bautismo en la catedral de La Española, entre el aullido al cielo de sus lobos de piedra.

Y un día estuve maduro para viajar a Castilla de Oro. Callada como siempre, Amaney fue conmigo hasta el barco en aquella mañana, y no pudo impedirse temblar al despedirme, temblar de un modo que casi logra lo que no pudieron sus argumentos. Me dije que esa aflicción, esa forma del llanto, se debía a que se quedaba más sola que nadie. Su raza ya casi no existía, sus indios habían muerto por millares en la guerra y los trabajos. Y aquella muchacha que recuerdo en mi infancia nadando desnuda con cayenas rojas en el pelo por las aguas translúcidas del mar de los caribes, aquella mujer de canela que le entregó a mi padre su destino y a mí toda su juventud, quedó sola en la playa de mi isla, y yo la miré sin pensamientos hasta cuando la isla no era más que un recuerdo en el vacío luminoso del mar.

2.

SÓLO ENTONCES APARTÉ
LA VISTA DE MI PASADO

Sólo entonces aparté la vista de mi pasado y enfrenté el destino que me esperaba. El barco del capitán Niebla nos llevó a Margarita, la isla grande y reseca, en cuyo centro están las arboledas joviales, las casonas y las iglesias. Vi por primera vez el impresionante bazar de las perlas, los barcos traficantes y multitud de canoas junto a las cuales desaparecen y afloran sin cesar los indios pescadores, con una tos de agua en la boca y puñados de ostras en las manos esclavas. Días después anclamos en Cartagena, una aldea sudorosa que no mira al norte azul sino a los ponientes bermejos, donde gobernaba el hombre de nariz remendada que acaba de ahogarse en las costas de España. Y al cabo de muchos días de sol y de mar llegué a los golfos cegadores de Nombre de Dios, a este brazo de selvas que tanto había imaginado, y a este puerto de Panamá, donde cambian las rancherías y los templos de piedra pero el mar es el mismo, míralo, con ese soplo de vagas promesas, repitiendo su brillo y sus olas bajo el mismo desorden de alcatraces.

Era el año de 1540. Tú ni siquiera habrías oído hablar de las Indias, pero Castilla de Oro era ya un litoral cargado de leyendas, una babel crujiente de maderos de agua, galeones llevados por el viento y galeras movidas por el sufrimiento, carabelas y carracas, bergantines y fragatas furtivas que parecen mirar por los ojos de sus cañones. La tierra era un rescoldo de esclavos africanos, de comerciantes genoveses, de aventureros de muchas regiones que ya llevaban media vida malandando en las islas, de indios sabios y laboriosos traídos del Perú, derribadores de pájaros robados al Chocó, pescadores capturados en el lago de Nicaragua, sacerdotes nativos transformados en siervos, guerreros de los valles del Sinú con los tobillos ulcerados por las cadenas, y hombres de cobre de La Guajira, acostumbrados a los cielos inmensos del desierto y que cada noche buscaban en vano las estrellas.

Eché a andar sobre las huellas de mi padre, ese señor apenas conocido que había visto tantas cosas: el camino de oro de Balboa y el camino de sangre de Pedrarias Dávila, la casa de limoneros de mi maestro Gonzalo Fernández en Santa María la Antigua del Darién, bajo un cielo de truenos, y los cadalsos insaciables de Acla. Hacía más de diez años que lo había reclutado Pizarro para su aventura en el sur, para padecer las desgracias de una isla de fango donde se comieron hasta las cáscaras de los cangrejos, y para desembarcar más muertos que vivos en la ciudad de colchones venenosos de Túmbez, donde muchos hombres se vieron de pronto llenos de verrugas infecciosas cuando ya se sentían a las puertas del reino.

Recorrí, con menos sufrimientos, ese mismo camino: tragando con los ojos el mar del Sur; pasando ante las costas del Chocó que saludan al Sol con flechazos; ante las ensenadas de Buena Ventura, donde una tarde vimos arquearse los lomos y hundirse las colas de las grandes ballenas; ante la isla que los labios febriles y griegos de Pedro de Candia llamaron Gorgona; ante la bahía de Tumaco, donde se oculta rencorosa la isla del Gallo; y entré por fin en el Perú que soñaba, no la *terra incognita* que pisaron los aventureros del año 32, sino un país misterioso dominado ya por españoles, donde empezaban a alimentar mendigos los atrios de las iglesias y a cristianizar el viento los campanarios.

Todo cambia con prisa endemoniada; cada diez años estos reinos tienen un rostro distinto. Si hace treinta eran todavía el mundo fabuloso de las fortalezas del Sol y de las momias en sus tronos, hace veinte fueron escenario de guerras desconocidas entre hombres y dioses, y hace diez un paisaje calcinado donde intentaba sembrarse la Europa grande que avasalla al mundo. Quién sabe qué país nos estará esperando ahora allá al sur, tras estas aguas grises. Yo, que llegué antes que tú a las tierras del Inca, alcancé a ver muchas cosas que pronto desaparecieron: poblaciones intactas, caminos de piedra provistos a cada tramo de bodegas de granos, palacios de losas grandes de la ciudad sagrada, fiestas que tú no conociste. Pero uno sólo ve con nitidez lo que dura: un mundo que no cesa de cambiar apenas si produce en los ojos el efecto de un viento.

Era reciente la primera conquista. Todavía se hablaba de las ciudades donde se refugiaron las vírgenes del Sol, del paraíso perdido donde nadie era rico ni pobre ni ocioso ni desvalido en toda la extensión de las montañas, de la región donde anidaban los coraquenques, los pájaros sagrados que estaba prohibido cazar, y que proveían las plumas de colores para la diadema del rey. Y todavía se hablaba de la prisión del Inca, de su asombro ante los libros, de sus diálogos con los soldados. Nadie olvida el rescate que le exigió Pizarro, una habitación grande de Cajamarca llena de oro hasta la altura de dos metros, porque ese ha sido hasta ahora el tesoro más asombroso que se ha recogido en las Indias. Mientras la habitación se iba llenando con el oro de las ofrendas, Atahualpa se iba poniendo cada vez más callado y más melancólico; Hernando de Soto le enseñó a jugar al ajedrez y el rey alcanzó a igualar con él algunas partidas, hasta que la certeza de que sus captores de todos modos lo matarían apagó su voluntad de hablar con ellos.

Un día, aquel prisionero que no sabía nada de la escritura le pidió a un centinela de la guardia que le trazara el nombre de Dios sobre las uñas, y después andaba mostrando la mano a todos sus captores. Parecía complacerle ver que repetían la misma palabra cuando él les ponía esos signos ante los ojos. Pero Pizarro no reaccionó como los demás ante el juego, y Atahualpa tuvo la sagacidad de comprender que el marqués Francisco Pizarro era más ignorante que sus propios soldados. Hay quien piensa por eso que Pizarro, un hombre limitado y soberbio, se indignó de haber sido descubierto y casi ridiculizado por el rey prisionero, y que ese episodio influyó en la decisión brutal de matarlo después de recibir el rescate.

Veinte años habrán borrado gran parte del mundo que existía cuando Atahualpa murió y los conquistadores entraron en Quzco. Fue por agosto del año 35 cuando el tribunal que lo juzgaba lo condenó a muerte, y él sólo accedió al bautizo para salvarse de ser quemado vivo. Juan de Atahualpa murió en el garrote vil, decía mi padre en su carta, y dos meses y medio después los guerreros de España hicieron su entrada en la ciudad imperial.

· Yo llegué a la Ciudad de los Reyes de Lima cuatro años después, y desde el día de mi desembarco no me cansé de preguntar cómo había sido la entrada en el Quzco, cómo era la ciudad que encontraron. Yo, que viví deslumbrado, y tal vez embrujado desde niño por esa maravilla de las montañas, llegué a lamentar no haber formado parte de las tropas que la saquearon, sólo por haber tenido la ocasión de verla, de verla ante mis ojos, siquiera en el último día de su gloria.

Entonces tú has oído también la leyenda de que la ciudad deslumbraba a la distancia con sus piedras laminadas de oro. Pues debo decirte algo más asombroso: cuando Pizarro apareció sobre los cerros, quedó maravillado y también asustado porque la ciudad enorme tenía la forma de un puma de oro. Nunca se había visto en el mundo antiguo que una ciudad fuera un dibujo en el espacio, y allí estaba el preciso dibujo de un puma, desde la cola alargada y arqueada hasta la cabeza que se alzaba levemente sobre los montes, con el ojo de grandes piedras doradas en cuya pupila vigilaban los lujosos guardianes.

Cundió entonces la sospecha de que había otras ciudades similares en el norte y el sur, porque el imperio estaba dividido en varios reinos. Y mientras Hernando Pizarro se apoderaba de los templos de Quzco, Belalcázar fue al norte, más allá de Cajamarca, hacia los volcanes nevados de Quito; y Valdivia fue al sur, hacia los confines del mundo, por las llanuras costeras del Arauco. Continuando la guerra contra los indios rebeldes fueron dándose cuenta de la magnitud de un imperio que pronto les pareció más grande que Europa. Procuraron tomar posesión de las distintas comarcas, aunque basta ver las cordilleras para entender que nadie, ni siquiera los incas, ha podido abarcarlas del todo, porque más allá de su red de caminos y de sus terrazas sembradas de maíz, hay miles y miles de montañas que sólo el cielo ha visto y que apenas vigilan los astros.

Ya desde los primeros tiempos todo el que vacilaba en apoyar a los Pizarro iba cayendo en desgracia. Ese fue el destino de Almagro, el socio principal del marqués, de quien Hernando Pizarro decía burlón: «Hay demasiadas cosas en ese rostro, pero ninguna está completa». Almagro supo muy temprano lo que lo esperaba, desde el momento en que Pizarro viajó a la corte a buscar en su nombre y de sus dos socios licencia para invadir el reino de los incas y volvió exhibiendo títulos sólo para sí. Desde entonces cada día anotó alguna deuda: hoy una ingratitud, mañana una trampa, pasado mañana una traición, y ya no esperó nada bueno de ellos.

Pero un día el Quzco, lleno de invasores, fue sitiado y calcinado por las huestes del hermano del Sol, Manco Inca Yupanqui, un señor esbelto y sombrío, con diadema de grandes plumas y manta de lana pespunteada de oro, que había decidido resistir hasta el final aunque el dios hubiera sido asesinado, aunque, como decían ellos, ya no quedara un Sol en el cielo. Hay cantos sobre los sufrimientos del Inca que decidió un día sacrificar esa ciudad en la que cada piedra era venerable y sagrada, y dicen que la mano que arrojó desde el cerro la primera flecha encendida contra los templos se fue quemando y consumiendo sola con los años, y al final era oscura y leñosa, semejante a la garra de un pájaro. Como las alas de un cóndor que se hubieran desprendido del cuerpo muerto y se buscaran todavía por las montañas, los grandes jefes incas, Rumiñahui, que llenaba el norte con sus tropas, y Manco, que congregaba las suyas al sur, intentaron tardíamente envolver y aniquilar a las tropas de España, pero estas seguían creciendo al soplo de la fama de sus conquistas, y de nada sirvió para combatirlas reducir a cenizas el corazón del reino. Los jefes incas no podían saber que allá, muy lejos, barcos y barcos nuevos brotaban por las bocas del Guadalquivir, pesados de caballos, de espadas y de arcabuces, y que el ejército invasor del Perú seguía creciendo sin tregua porque lo alimentaba el mar.

En pocos años pasaron sobre la capital tantas calamidades, pestes desconocidas, guerras con armas nuevas y mortíferas, y trabajos concertados del fuego y del viento, que ahora, de la venerable ciudad de mis sueños que un día resplandeció sobre los abismos, sólo quedaban altos cascarones de piedra carcomidos por la catástrofe. Los incas comprendieron que la muerte del dios había desgraciado la ciudad, que por eso sobre ella se encarnizaban los enemigos, y ya no volvieron a ampararse en su piedra. Tenían razón: todo el que hizo allí su refugio terminó sucumbiendo, y hasta Diego de Almagro fue capturado en el fortín y sometido al juicio implacable de los hombres de Hernando Pizarro.

Había dado hasta un ojo de la cara por ayudar a la conquista, tenía igual derecho que los Pizarro al reino de los incas, pero todo se lo fueron birlando en una cínica sucesión de zarpazo y silencio. Se sintió tan herido que ya no quería siquiera su parte del tesoro, sino hacerles sentir a esos aliados que conocía sus saludos de anzuelos y sus abrazos de espinas. Pobre Almagro: la indignación lo corroía y lo enfermaba, y antes de mi llegada terminaron sometiéndolo también al garrote. Se habían adiestrado en el arte de los juicios fingidos, procesos que de antemano tenían decidido el veredicto; simulacros como el que representaron ante Atahualpa, no para examinar la conducta del acusado, sino para espesar sofismas que autorizaran su exterminio.

Al llegar, me sentía perdido. No tenía amigos ni un rumbo claro, iba entre los tumultos del puerto, si es que se puede llamar así a ese embarcadero confuso ante los barrancos, buscando cómo dar con firmeza mis primeros pasos en un suelo inestable. Como buen hijo de español, no sabía qué admirar más, si la majestad de las construcciones del Inca o el valor demencial de los guerreros que las despojaron. Muy pronto supe que manos piadosas habían rescatado los restos de mi padre de su socavón y los habían enterrado en la tierra seca del litoral. Corrí a buscar esa reliquia que me sembraba a mí mismo en el reino. Y allí estaba el montículo bajo el cielo impasible, ante un mar del color de las ballenas muertas, y ese era ya todo mi pasado: una tumba sedienta frente a las flores ciegas del mar.

No recuerdo haber llorado: recé lo que pude y proseguí el aprendizaje del mundo. Tú fuiste aprendiendo por cuentos de sus hombres la historia de la sabana de los muiscas; así fui yo conociendo las leyendas de esa tierra extendida entre el mar del poniente y las montañas arrugadas como milenios: relatos de las cuatro partes del reino, de sus gargantas de sed y de sus colmillos de hielo; y oí y oí cuentos largos como los caminos del Inca, que atravesaban las montañas y que llevaban pies adornados de cuentas y cascabeles por los riscos y los páramos, por las frías llanuras oblicuas hacia los cañones del norte y hacia los abismos del oriente, frente a la costa tortuosa del mar occidental y junto al otro mar, el que está solo con el cielo en las polvaredas altísimas.

Así me fue dado conocer los relatos del origen, y oí de labios más viejos que el tiempo cómo llegaron hace siglos los enviados del Sol, los padres de los padres, que fundaron en la altura esa ciudad, esa cosa de esplendor y misterio que había deslumbrado mi infancia.

3.

APARECIERON UN DÍA EN LAS PLANICIES AMARILLAS

Aparecieron un día en las planicies amarillas que rodean el Titicaca, el más alto de todos los mares. Se llamaban Manco Cápac y Mama Ocllo Huaco; traían una cuña brillante de una vara de largo y dos dedos de ancho, que según algunos era una barra de oro macizo y según otros era un rayo de luz que había puesto en sus manos el Sol, y en cada región que cruzaban intentaban hundirla en la tierra. No preguntes de dónde procedían porque en las montañas cada quien tiene una respuesta distinta para esa pregunta, pero todos estuvieron siempre de acuerdo en que eran los hijos del Sol. Recorrieron los llanos de polvo, entre montañas blancas, recorrieron las cumbres pedregosas y los cañones resecos por donde resbala un hilo que alguna vez fue de agua y ahora es de arena interminable, recorrieron desiertos donde las pobres arañas tejen sus telas en la noche sólo para atrapar al amanecer unas mezquinas briznas de rocío, cruzaron la landa y la puna fracasando siempre en su intento de sembrar aquel objeto luminoso. Sólo cuando iban cruzando el cerro de Huanacauri ocurrió lo que esperaban: la cuña se hundió sin esfuerzo en el suelo y desapareció sin dejar rastro: era la señal para que los mensajeros fundaran allí su residencia.

Habían encontrado el centro del mundo, y por ello lo llamaron Quzco, que en la lengua de los montes de piedra significa «ombligo». Manco Cápac enseñó a los hombres a sembrar y a cultivar y a obtener frutos de la tierra, y Mama Ocllo enseñó a las mujeres a hilar y a tejer. Por eso se dijo que la ciudad fue primero sembrada y tejida, antes de alzarse en piedra sobre las montañas. Cuando tiempo después los reyes hicieron que legiones de hombres trajeran de las canteras lejanas las piedras inmensas y las ensamblaran hasta formar murallas y fortalezas, todo seguía el plano secreto que habían trazado en el suelo los tejidos de surcos de los hijos del Sol.

En unos peñascos cercanos a Quzco los recién llegados encontraron una suerte de ventana grande, rodeada por otras más pequeñas. La mayor estaba enmarcada en oro y tachonada de piedras preciosas, en tanto que las otras solamente tenían su marco de oro sin ningún adorno adicional. Y cuentan los indios, sin explicar cómo pudo ser aquello, que Manco Cápac y la Coya Mama Ocllo Huaco entraron al Quzco por la ventana central, en tanto que tres hermanos suyos entraron por las ventanas laterales, cada uno con su Coya: y se llamaban Ayar Cachi, señor de la sal; Ayar Uchu, señor de los pimientos; y Ayar Sauca, señor de toda alegría. Por lo cual los incas sabían que los hijos del Sol no sólo trajeron el arte de sembrar y de tejer la lana de los rebaños, sino también el arte de conservar los alimentos, de guisar y sazonar buenos platos y de regocijarse en las fiestas.

Pero cuando nosotros llegamos al Quzco no sólo hallamos las ruinas recientes, sino vestigios de monumentos mucho más viejos que las piedras del Inca, porque allí todo comienzo es apenas el reflejo de una fundación anterior, y a lo mejor es cierta la leyenda que dice que la primera ciudad del tiempo se construyó sobre las ruinas de la última. Cuando lo recorras mejor comprobarás que ningún reino del mundo escogió un escenario de más vértigo, que en ninguna parte las ciudades están hechas como allí para prolongar los caprichos de las montañas, que de verdad aquellos hombres doblaban cumbres y trenzaban abismos. Eran fieles al ejemplo de sus primeros dioses, que hablaban con la voz de los truenos y tenían uñas de sal y dientes de hielo. A lo largo de la costa se suceden desiertos, un viento de mar grande parece secar toda cosa, y los flancos occidentales de la cordillera fueron tierra muerta hasta cuando los rezos de los incas, que no estaban sólo en los labios sino también en las manos, hicieron bajar aguas desde el crestería de los montes y abrieron jardines en la costa reseca.

Las cosas que encontré excedían en mucho lo que vieron los ojos de mi padre. No sé contar lo que sentí cuando entré por primera vez en aquella ciudad que era mi sueño de infancia. Dicen que sólo los hombres y los animales dejan sobre la tierra fantasmas, pero yo vi piedras fantasmas, edificios fantasmas, porque de cada ruina, de cada piedra rota, mi mirada extraía lo que fue. Yo me iba solo, a veces, a reinventar con mis ojos el esplendor de la ciudad vencida, y creo que ella supo, aun desde su postración y sus cenizas, que por los ojos abiertos de sus murallas la estaba mirando el último de sus adoradores. Llevaba todavía conmigo la carta de mi padre, y a veces la leía, tratando de comparar lo que vieron sus ojos con lo que ahora estaba a mi alrededor. Conocí lo que quedaba del templo del Sol: había sido un edificio de piedra laminado de oro, con un gran sol irradiante en el fondo. Por sus canales dorados corrió un agua que parecía nacer allí mismo; tenía sitiales de piedra donde estuvieron sentados los cuerpos de los reyes difuntos. Más allá estaba el templo de la Luna, con un gran disco de plata presidiéndolo, donde se sucedieron los cuerpos de las coyas en sus sillas trenzadas. Visité lo que había sido la cámara de las Estrellas, que estuvo tachonada de piedras brillantes; visité el templo de la Lluvia, la mansión del triple dios que se toca en el rayo, que se ve en el relámpago y que se oye en el trueno, y visité finalmente la cámara del Arco Iris, el signo mágico de los señores incas, cuyo estandarte de colores iba sobre todos los demás en las campañas guerreras. Ese templo final, según la leyenda, sólo podía estar vivo si era sostenido día a día por ofrendas y por canciones.

Uno de los fornidos capitanes de Pizarro fue capaz de llevarse a cuestas el sol gigante cuando llegó la hora del saqueo, pero lo perdió después a los dados, en la borrachera que siguió al gran pillaje. Y un dios que se pierde a los dados en una noche de borrachos es una cruel ironía. Otro soldado se apoderó de la luna enorme de plata, a pesar de que había normas claras sobre cómo todas las riquezas obtenidas en aquellas campañas debían ser minuciosamente registradas, para que la Corona supiera bien a cuánto ascendían sus quintos, pero todos los invasores se dieron al saqueo, arrancaron las láminas de oro, socavaron a lanza martillada las piedras de la cámara de las Estrellas, y nadie supo decir, porque tras el saqueo sobrevino, para beneficio de todos, una gran confusión, a cuánto ascendía la riqueza que se repartieron. Debes añadir a esto que cada rey muerto no legaba sus bienes a sus descendientes, sino que cada palacio de rey era cerrado a su muerte con todas sus riquezas, y sólo la llegada de nuestros guerreros abrió las entrañas de aquellas cavernas llenas de tesoros. Nadie podrá decir jamás el monto de esos siglos saqueados.

Para los incas fue como si el Sol, sin ponerse, se hubiera apagado de repente, y en toda su extensión el imperio deploró la caída de aquella reliquia de piedra que ahora sólo estaba viva en la penumbra de los corazones, furtivamente prolongada en oraciones y en cantos. Sin embargo, fueron las propias manos de los incas las que encendieron el fuego final. Quzco había sido un centro tan sagrado y tan venerado por el pueblo, que a lo largo de las rutas del imperio el caminante que iba hacia la ciudad tenía el deber de inclinarse ante el que procedía de ella, porque este venía ya contagiado de divinidad. Era una joya de oro enclavada en las orejas de la montaña, como los pesados adornos de oro que los señores incas de la casta real llevan en sus orejas. Para ellos las montañas son rostros antiquísimos de señores de piedra, rugosos y eternos, que dialogan con el Sol y con la Luna, que duermen sobre profundos lechos de fuego, y que sueñan a veces con el pequeño hormigueo de los imperios.

Yo había soñado tanto con la ciudad, que muchos de los hombres que interpelé sintieron que les hablaba de un sueño: esos tropeleros toscos y nuevos no eran ya las águilas que apresaron a Atahualpa en un lago de sangre, sino los buitres que llegaron después atraídos por la leyenda y por el oro que Pizarro envió al emperador. Y algo de buitre tenía yo también, buscando las huellas de oro de mi padre sobre las piedras profanadas.

Pero encontrar sus rastros fue más fácil que hallar a quienes debían responder por mi herencia. Los que diez años atrás eran aventureros en andrajos mascando cangrejos eran ahora varones ricos e inaccesibles, dueños de cumbres y de abismos y del destino de incontables indios, y llenos de recelos. El primero que hallé fue Alonso Molina, quien al comienzo declaró haber oído hablar de mi padre y más tarde recordó muchas anécdotas de su extravío en las islas, pero no supo decirme quién era el responsable del tesoro. Comprendí que había que andar con pies de gato sobre esas montañas envenenadas por la guerra; todos querían saber primero a cuál de los bandos estaba yo afiliado, antes de dar cualquier información. Vine creyendo que mi padre era un paladín de la Corona y pronto me sobresaltó la posibilidad de andar buscando la sombra de un traidor, o de que muchos de mis interlocutores lo vieran de ese modo.

Harto había mencionado a quienes padecieron con Pizarro y con él los días de fango de la isla del Gallo, y yo pensé tan a menudo en esos hombres que compartieron su infierno que me parecía conocerlos: Pedro Alcón, gran comedor de iguanas; Alonso Briceño, de quien alguien dijo que hablaba dormido una lengua que ignoraba en el día, y el griego formidable Pedro de Candia, a quien busqué sin descanso muchos días porque mi padre lo alabó con frecuencia. Después de la batalla de Salinas el griego había perdido el afecto de los Pizarro, y cuando por fin lo hallé me habló de Hernando Pizarro con palabras llenas de amargura.

Buscando recuerdos de mi padre di con Juan de la Torre, que había perdido la pierna derecha después de caer a un abismo; hablé con Antonio Carrión, nacido en Carrión de los Condes, y con Domingo de Soraluce, de las penalidades que pasaron en la costa en los días de mayor desamparo. Allí supe de los dibujos de las costas de Túmbez que uno de los viajeros, aunque no supe cuál, había hecho en la primera expedición, y que dejaron perplejo al emperador Carlos V. Nada como esos dibujos favoreció la empresa de Pizarro. Y muchas cosas menudas recogí de los labios de Nicolás de Ribera, de Francisco de Cuéllar y de García de Jarén, aunque otros veteranos, como Martín Paz y Cristóbal de Peralta, no aparecieron nunca, y de Bartolomé Ruiz, el famoso marino que guió su proa hacia las doradas estrellas peruanas, sólo supe que se había dedicado a viajar sin cesar por los mares del Sur y ya nadie sabía si estaba vivo o muerto. Yo habría querido encontrar, con admiración y con espanto, a todos los que estuvieron en la tarde sangrienta de Cajamarca, a todos los que entraron en el Quzco en el día de su perdición.

Lo cierto es que de los veteranos de la conquista conocía al más libre de todos, Hernando de Soto, porque un día lo vi llegar a La Española, de vuelta de sus hazañas, y narrar los episodios del Perú. Te imaginarás, después de los sueños que despertó en mí la carta de mi padre, lo que sentí viendo llegar a la isla a uno de los héroes vivientes de aquella conquista. Habló de su amistad con el Inca prisionero, de los diálogos que sostuvieron, y del modo sinuoso como Pizarro, sabiendo que se habían hecho amigos, envió a De Soto a investigar si las tropas indias preparaban una insurrección, sólo para que no estuviera presente en el momento en que juzgaron y ejecutaron a Atahualpa. Entre tantos guerreros, únicamente las manos de Hernando de Soto, que estaba ausente, y de once de sus compañeros, que estuvieron presentes y se opusieron al hecho, quedaron limpias de la sangre del Inca, pero está claro que eso no se notaba mucho en unas manos tan manchadas de sangre. Mucho me conmovió conocer a alguien que había merecido la amistad del hijo del Sol, y nunca olvidé todo lo que le contó a mi maestro en el gran salón de la fortaleza, a la luz vertical de las saeteras, o recorriendo las murallas frente al mar, donde ya se llenaban de viento las velas que lo llevarían de regreso a su tierra.

Por años yo fui el mudo espectador de las visitas que Oviedo recibía; pasaba inadvertido, porque la infancia es tímida, pero todo lo estaban contando para mí, pues nadie los oía con más avidez y admiración. Y esos relatos del Perú fueron los primeros licores de mi vida: la entrada de los jinetes en la llanura bajo el granizo súbito, entre una multitud de guerreros nativos; el Inca impasible casi bajo los cascos de las bestias; la camisa de Holanda y las dos copas de cristal de Venecia que estuvieron en manos de Atahualpa como regalo de Pizarro, antes de la traición; la noche que pasaron en vela los invasores viendo como un cielo estrellado las montañas titilantes de antorchas de los millares de guerreros incas; los brazos españoles entumecidos de matar alrededor del trono de oro y plumas; la cámara que se iba llenando de objetos de oro; los increíbles delitos por los que juzgaron a Atahualpa; el saqueo del Quzco; los combates por las escalas de la montaña. Es posible que me engañe la vanidad, pero tal vez no hubo en las Indias un testigo más fiel, aunque a distancia, de las cosas que ocurrieron en aquellos tiempos.

Hernando de Soto tenía su talante de príncipe y se cansó más temprano que nadie de la ambición de los Pizarro. Ante nuestros guerreros yo tenía el corazón repartido entre la admiración y el rechazo: tan valerosos eran los hechos que cumplieron, tan brutal la destrucción que obraron sobre un mundo que yo en mi corazón veneraba. Por los días en que llegué al Perú, De Soto había regresado a las Indias, pero nombrado gobernador de Cuba: nada lo atraía menos que volver a la tierra conmocionada por los Pizarro. Iba listo a seguir los pasos de Cabeza de Vaca por las islas Floridas, y sé que por los meses en que nos arrastró el río más grande del mundo, él estaba descubriendo otro río casi igual en las llanuras polvorientas del norte.

Estas Indias no dejan de crecer ante nuestros ojos. De Soto se fue más allá de las mesetas de México, por las aguas del golfo de Fernandina, por islas cuyos bordes son los colmillos de los cocodrilos, y llegó a un reino tan extenso e indómito que ni siquiera el emperador se ha animado a creer en su existencia, aunque cada tanto tiempo esas praderas devoran sus expediciones.

Tú me recuerdas a De Soto, el capitán que le enseñó a jugar al ajedrez al prisionero Atahualpa. Lástima que terminó vuelto alimento de los peces en el gran río del Espíritu Santo, al que los indios llaman Mitti Missapi, un río inmenso, pero apenas un hermano menor de este otro río que buscas. Es bueno que sepas que otros tan valientes y poderosos como tú fueron derrotados por el espíritu de los ríos, en estas Indias que una vida no abarca.

4.

NO SE SABE QUIÉN VA
MÁS EXTRAVIADO

No se sabe quién va más extraviado, si el que persigue bosques rojos de canela o el que busca desnudas amazonas de guerra, si el que sueña ciudades de oro o el que rastrea la fuente de la eterna juventud: nacimos, capitán, en una edad extraña en la que sólo nos es dado creer en lo imposible, pero buscando esas riquezas fantásticas, todos terminamos convertidos en pobres fantasmas.

Ya que estamos en Panamá, voy a decirte algo que comprendí comparando las experiencias de mis viajes con los recuerdos de muchos viajeros. Quien estaba llamado a conquistar las tierras del Inca no era Pizarro sino Balboa, no sólo porque fue el primero en tener noticias de ese reino, sino porque él entendía mejor a los hombres y al menos sabía conquistar sin destruir. Era feroz y temerario, a la hora de la guerra era implacable, pero sin duda sabía distinguir entre la paz y la guerra, sabía respetar los pactos y reconocer la dignidad de los enemigos. Lo supe por mi padre y por Oviedo, y también en cierto modo por lo que le oí decir aquellas tardes a Hernando de Soto. Qué diferencia entre el arte político de un capitán que dialogaba en estos montes con los reyes indios, y la barbarie grosera de los Pizarro para quienes no era rey ni siquiera el emperador Carlos V. Pero aquí son los Pizarro los que se abren camino.

Como si sólo nuestra barbarie pudiera abrirle camino a nuestra civilización.

Después de años de aventura, lleno de deudas y ambiciones, Balboa se había deslizado un día furtivamente en la nave de Fernández de Enciso, quien iba en auxilio de Alonso de Ojeda a las marismas peligrosas de San Sebastián de Urabá, el primer caserío español de tierra firme. Balboa confiaba tanto en su perro que se ocultó con él en un barril, y ni un solo ladrido lo delató durante toda la travesía. Ya llegaban a San Sebastián cuando Enciso descubrió al polizón y a su perro, y quiso abandonarlos en una isla tapizada de serpientes, pero Balboa aprovechó cada minuto: en pocas frases le reveló su asombroso conocimiento del territorio, y antes de tocar tierra ya estaban los dos no sólo aliados para asistir a Ojeda, sino confabulados para apoderarse de las tierras de Nicuesa.

Pero quien de verdad los esperaba era Francisco Pizarro, que no era aún ni la sombra de lo que sería. Ojeda lo había dejado al mando de unos pocos hombres, bajo un cerco de indios encolerizados, pidiéndole resistir cincuenta días a la espera de Enciso. Balboa sugirió trasladar el poblado a la región del Darién, en el golfo de Urabá, cuyos suelos y climas le parecían más propicios. Se embarcaron enseguida hacia el golfo, donde un cacique belicoso, Cémaco, les opuso las flechas de quinientos arqueros, pero los conquistadores invocaron a Santa María la Antigua, cuyo estandarte bordado traían desde Sevilla, y cuando la dama del cielo les concedió la victoria dieron su nombre a la ciudad que fundaron a la salida del golfo de agua dulce, en septiembre de 1510.

Balboa se exaltó en jefe de la nueva fundación; era el mejor conocedor de estas tierras y el más hábil negociador con los indios, y Enciso no supo a qué horas estaba recibiendo instrucciones de su subalterno. Intentó reaccionar, ser el jefe de nuevo, pero Balboa con una sonrisa le recordó que sus verdaderos dominios estaban en San Sebastián, al otro lado del agua, que ya sólo era el regente de un peligroso caserío abandonado. Aunque su reino fuera tierra perdida, el hombre insistía, de modo que Balboa lo destituyó por déspota, y todos sus soldados establecidos en cabildo lo nombraron a él alcalde de Santa María la Antigua del Darién, la ciudad blanca, la primera de un mundo, allá donde las largas playas están llenas de troncos retorcidos, de árboles que las tormentas descuajan en las selvas del sur y que arrojan y pulen en el golfo los remolinos de agua dulce.

Pero aquí, aun antes de ser conocida, toda tierra ya tiene su dueño. Si la región de Santa María no estaba bajo el mando de Ojeda y de Enciso, entonces era jurisdicción de Nicuesa. Cuando este supo de los éxitos de Balboa, y del oro que los adornaba, vino a castigar a los invasores y a imponerse sobre ellos, pero Balboa, que oía todo lo que se movía en la selva y el mar como si entendiera los informes de las gaviotas, lo esperó con la multitud amotinada, le impidió el desembarco como gobernador e incluso como simple soldado, y lo confió sin provisiones, con diecisiete acompañantes y en una barca decrépita, a la improbable clemencia del mar. Fue la última noticia que se tuvo de ellos.

Entonces Balboa se aplicó a la conquista del istmo. Enfrentó a los indios belicosos y saqueó sus aldeas, remontó las cumbres selváticas, vadeó los ríos torrenciales, afrontó los pantanos palúdicos, arrebató todo el oro que pudo a los pueblos, pero llegó a establecer firmes alianzas con algunos jefes nativos. Se ganó a Careta para el bando de Cristo e hizo que recibiera el bautismo, hizo retroceder a Ponca hacia las montañas, y más tarde se alió con Comagre, el jefe más poderoso. Desde allí avanzó por sierras tremendas, venciendo a unos jefes y ganándose la amistad de muchos otros. Y un día en que los españoles reñían entre sí repartiéndose el botín de uno de esos pueblos, Panquiaco, el hijo de Comagre, indignado ante tanta codicia, derribó furioso la balanza en la que pesaban el oro, y le dio a Balboa la noticia asombrosa que andaba buscando sin saberlo. El joven indio dijo en su ira que si lo que querían era oro, y si estaban dispuestos a afrontar tantas penalidades y obrar tantas destrucciones sólo para encontrarlo, él podía señalarles un reino donde había tanto, que no sólo las ciudades eran de oro sino los canales por los que corría el agua, las vasijas en que se servía el condumio y hasta las sillas donde se sentaban los muertos. Añadió que a ese reino occidental tendrían que llegar en barcos atrevidos sobre las olas, porque detrás de las serranías había otro mar.

Y Balboa sintió el vértigo para el que había sido engendrado. Mezclando cautela y audacia emprendió una nueva campaña con ciento noventa españoles, algunos indios y muchos perros de presa, primero al mando de un bergantín y de diez canoas indias, aprovechando en unos lados la confianza de los caciques, y en otros el miedo que infundían las jaurías, en las que se destacaba su propio perro, Leoncico, más inteligente y más fiel que muchos conquistadores, que tenía un collar de oro y afilados dientes de sangre, y que recibía sueldo cada luna como un soldado más de las tropas.

En tierras de Careta se les unieron mil indios. Balboa cruzó en guerra las comarcas de Ponca, las selvas espesas y el poblado de Cuarecuá, y siguió su camino hasta el momento en que, sin haberlo visto todavía, sintió la cercanía del mar, sintió en el viento el olor agrio de las distancias y comprendió que se estaban abriendo en sí mismo, en sus entrañas, millones de aventuras. Creía que Pizarro, que iba con él desde San Sebastián, era su amigo; que Belalcázar era su amigo; que incluso era su amigo aquel Blas de Atienza, fornido y rubio y con cara de príncipe, que entró detrás de él, casi llorando, en las aguas espumosas del mar del Sur. Ese mismo día de grandes aguas Balboa comprendió que las aventuras del futuro esperaban en este mar occidental, y muy pronto se lo confirmaron los relatos de Andagoya, el primer explorador, y los cuentos de los indios, copiosos y agobiantes como lluvia en la selva.

No iba a ser fácil explorar los litorales, había que hacerlo con firmeza y paciencia, pero allí ocurrió algo que debía mejorar las cosas y en realidad las hizo más difíciles. Y es que no había pasado mucho tiempo cuando, comandada por Pedro Arias de Ávila, llegó la impresionante flota real, una ciudad de naves de conquista, que venía alentada por el descubrimiento del mar nuevo y por las riquezas grandes del istmo. Fue la primera expedición que se animó a fletar la Corona, y en ese enjambre de más de dos mil aventureros llegaban grandes señores de la corte como mi maestro Oviedo, fugitivos de sangre turbia como mi padre, aventureros como Gaspar de Robles y hombres más aviesos como el licenciado Gaspar de Espinosa.

Más largo que el relato de mi viaje resultaría explicarte cómo Pedrarias, el envidioso, Pizarro, el implacable, y Espinosa, el ambicioso, conspiraron la ruina de Vasco Núñez de Balboa, de modo que Pedrarias, su propio suegro, ordenó capturarlo, Pizarro, que se decía su amigo, lo tomó prisionero, y Espinosa, que quería sacarlo pronto del camino, lo juzgó y lo condenó a muerte. No porque hubiera cometido atropellos como jefe de tropas en Urabá, ni porque hubiera perseguido a Nicuesa, como ellos decían, sino porque ya se insinuaba como el jefe indudable que conquistaría los reinos del sur; porque mientras él viviera, los otros, violentos y mediocres, harto inferiores a él en conocimiento, en astucia y talento político, no lograrían emprender nada. Si quieres una prueba mejor, fue Pizarro, el apresador de Balboa, quien conquistó los reinos del Inca, y lo hizo con la financiación de Espinosa, el verdugo de Balboa, mientras Almagro y Luque, los socios que aparecieron después, serían traicionados a su debido tiempo.

Dirás que soy ingrato con Pizarro, el jefe militar de mi padre, pero yo sé lo que te digo: los hombres valientes son demasiado confiados y los traidores son demasiado engañosos; el rey y el papa están muy lejos, y dedicados a sus propias rapiñas, para imponer aquí de verdad la ley de Dios o de la Corona; esta conquista sólo se abre paso con crímenes y muy tardíamente intenta redimirse con leyes y procesiones. Aquí sólo triunfan los peores. La Corona acepta que avancen con saqueos y masacres, y después llega a ocupar lo conquistado y a tratar de castigar a los criminales que lo hicieron posible.

Somos apenas instrumentos de los poderosos, peldaños para escalar el poder de los reinos, espadas para descabezar a sus enemigos, guardianes de sus cárceles, centinelas de sus palacios, obedientes administradores de sus rentas, y ante los grandes jefes nadie puede perfilarse como un rival por su talento o por su fuerza. Los mansos no heredan esta tierra, más bien han sido los primeros en perderla. Basta pensar en el pobre poder que tienen las flechas contra las armaduras, los venablos contra las espadas y los dardos de las cerbatanas contra el salivazo de los arcabuces y el trueno de los grandes cañones. Hasta los violentos moderados van siendo desplazados por otros más salvajes, y es por eso que la recompensa de mi padre no llegó jamás a sus manos ni a las mías.

5.

SI HE ACEPTADO CONTAR OTRA VEZ
CÓMO FUE NUESTRO VIAJE

Si he aceptado contar otra vez cómo fue nuestro viaje es sólo para convencerte de que no vayas a esa expedición que estás soñando. Lo que viviste en tierras de panches y de muzos, de tayronas y muiscas, es poca cosa al lado de las penalidades que encontrarás por estas selvas. Dices que es muy posible que por el reino de las amazonas pueda entrarse también al país del Hombre Dorado, pero yo que estoy harto de verlas te digo que esas tierras están hechas para enloquecer a los hombres y devorar sus expediciones.

Sí: nosotros sobrevivimos, pero fue sin duda una excepción. Siempre vuelvo a preguntarme cómo es posible que tantos hombres sobreviviéramos a un peligro tan extremo, y a lo mejor tienen razón los indios cuando dicen que la selva piensa, que la selva sabe, que la selva salva a los que quiere y destruye a los que rechaza. No importa que todo esto te parezca locura: esa locura debería demostrarte que nadie sale indemne del río y de la selva que lo ampara.

Pero yo puedo explicar de otro modo esa convicción de los indios: nosotros en la selva necesitamos armaduras, cascos, viseras y miles de cuidados, para protegernos de los insectos, de las plagas, del agua y del aire. Vemos amenazas en todo: serpientes, peces, púas del tronco de los árboles, ponzoña de las orugas vellosas, y hasta en el color diminuto de los sapos de los estanques; pero a la vez comprobamos que los indios se mueven desnudos por esa misma selva, se lanzan a sus ríos devoradores y salen intactos de ellos, parecen tener el secreto para que la selva los respete y los salve.

No es que la selva los ame, no es que la selva sepa que existen, más bien es lo contrario: que todos procuran no ser sentidos por ella. Se desplazan de un sitio a otro, no derriban los árboles, no construyen ciudades, no luchan contra la poderosa voluntad de la selva, sino que se acomodan, respiran a su ritmo, son ramas entre las ramas y peces entre los peces, son plumas en el aire y pericos ligeros en la maraña, son lagartos voladores, jaguares que hablan y dantas que ríen.

La selva los acepta porque ellos son la selva, pero nosotros no podremos ser la selva jamás. Mírate a ti mismo: tan gallardo, tan elegante, tan refinado, un príncipe que no se siente hecho para alimentarse de gusanos y para beber infusorios en los charcos podridos. Ellos podrán mirar con amor estas selvas, pero para nosotros son una maraña de la que brotan flechas envenenadas, aunque quizás no haya sido así siempre, quizás es sólo nuestra presencia lo que hace brotar tantas flechas. Nosotros tenemos que protegernos de la selva, tenemos que odiarla y destruirla, y ella lo advierte enseguida y vuelve en contra nuestra sus aguijones, cientos de tentáculos irritantes, miles de fauces hambrientas, y miasmas y nubes de mosquitos y pesadillas.

Es porque la conozco que te digo que no pienso volver. Después de atravesar sus dominios tardamos mucho en volver a ser nosotros mismos, nos persiguen sus aullidos, sus zumbidos, su niebla, una humedad que repta por los sueños, que invade las casas donde dormimos aunque ya nos encontremos en ciudades remotas. Estarás a salvo en el día, pero en la noche, alrededor de tu sueño, crecerán follajes opresivos, sonarán cascadas y arroyos, rugirán cosas ciegas en los tejados de las torres, el aire de las alcobas se llenará de vuelos fosforescentes y de cosas negras con hambre, cosas que afilan sus dientes en la tiniebla.

Y lo peor es que los hombres mismos se vuelven feroces en contacto con esas ferocidades. La selva despierta en tus colmillos al caimán y en tus uñas al tigre, hace ondular la serpiente por tu espinazo, pone amarillos ávidos en tus pupilas y dilata por tu piel recelos como escamas y espinas. Los amigos se vuelven rivales, los hermanos se hieren como erizos que quisieran acompañarse, los amantes se devoran como la mantis religiosa en la cópula. Y esto lo digo de nosotros, no de los indios, que saben vivir esa condición con otros sueños y otros rezos, porque pertenecen a ese mundo y están comunicados con él. Nosotros, llenos de ambición y enfermos de espíritu, no podemos convivir con la selva, porque sólo toleramos el mundo cuando le hemos dado nuestro rostro y le hemos impuesto nuestra ley.

Pero ya veo que no quieres que me aparte más del relato que esperas. Deberías aprender que en todo lo que llega a los oídos hay lecciones que pueden ser definitivas. Yo he aprendido aquí a no desdeñar ni un relato, ni una historia casual. Quién sabe en qué trino de pájaro o en qué frase balbuciente de esclavo está el secreto de nuestra salvación. Y hay ejemplos, lecciones y experiencias que no debe descuidar nadie que aspire a emprender aventuras en estas tierras que respiran enigmas.

Tal vez podrías cumplir hazañas memorables, si todavía quedaran reinos como los ya descubiertos, pero otra vez te juro que te engañas si piensas que las selvas a las que yo bajé pueden ser conquistadas. Decir que uno es su dueño o decir que uno no es su dueño es exactamente igual, no significa nada. Dios dudaría en decir que es dueño de la selva, y pienso que más bien preferiría confundirse con ella.

Un bosque debe tener ciertas dimensiones para ser la propiedad de un hombre, un país ciertos límites para ser el dominio de un príncipe, un río cierto caudal para ser aprovechado y gobernado. Por encima de esos límites toda región del mundo sólo obedece a sus dioses. Los faraones no intentaron avasallar el desierto, los mongoles no se atrevieron con el Himalaya; Europa puede retacearse en reinos humanos porque es pequeña, un mundo en miniatura, porque allí no hay verdaderos desiertos ni verdaderas selvas, y por ello se ha acostumbrado a llamar bosques a sus jardines y selvas a sus bosques. Lo único verdaderamente salvaje que produce la tierra europea son sus hombres, capaces de torcer ríos y decapitar cordilleras, de hacer retroceder las mareas y de reducir a ceniza sin dolor las ciudades, y sólo por eso hasta quisiera verte midiendo la voluntad de tu sangre con la fuerza del río, el poder de tu brazo con los tentáculos de las arboledas inmensas.

Ahora puedo seguir con mi relato.

Los otros veteranos de la conquista eran ya a mi llegada al Perú poderosos encomenderos más difíciles de encontrar que el tesoro. No querían saber de solicitantes; mencionar a mi padre antes que abrir las puertas parecía cerrármelas, como si esa sombra de un difunto viniera a perturbar el disfrute de sus bienes. Los hermanos de Pizarro estaban empeñados en apoderarse de todo lo restante. Hernando acababa de llevar a España un nuevo tesoro para el emperador, pero allí, después de recibir el tributo, las potestades le cobraron con cepos dentados y prisión duradera el asesinato de Almagro. Quedaba en las Indias Gonzalo, con ojos fijos de centinela y oídos alertas para descubrir reinos silenciosos y riquezas secretas.

Cuando supe por fin que mi padre había alcanzado a militar en las filas de Pizarro contra Almagro, me atreví a merodear por las casas grandes de Lima. Logré acercarme a Nicolás de Ribera, señor de la gran encomienda de Jauja y tesorero de Pizarro desde el primer día. Por años su cargo había sido una ilusión, pues no había tenido nada que administrar: pero llegada la hora vio correr por sus manos un increíble río de oro. Recordaba a mi padre, me juró que había sido su amigo, y tenía clara conciencia de que una parte del tesoro de Quzco nos correspondía.

«Por desgracia tu padre murió antes del reparto», me dijo. «Yo alcancé a calcular la porción del tesoro que sería suya, pero lo atrapó el derrumbe de la mina sin que hubiera declarado a quién transferir sus bienes, y el oro pasó a la gobernación, a las manos del marqués don Francisco. Justo por esos días yo recibí mi encomienda y abandoné el cargo de tesorero. Ya sólo la familia Pizarro puede responder por tu herencia, y puesto que Hernando está en España, y tardará mucho en volver, ahora es Gonzalo quien administra el tesoro y define las empresas. Desde la muerte de tu padre, muchacho, han pasado los años, y aquí nadie sabía de tu existencia.»

No me quedaba más remedio que hablar con el marqués, pero tú sabes, tú has aprendido en carne propia qué difícil es para un muchacho sin rumbo entrevistarse con las potestades de un reino donde incontables conflictos respiran cada día fuego vivo. Y fue el Demonio de los Andes quien primero me habló del viaje que se preparaba. Hombres de la guardia de Gonzalo Pizarro estaban bebiendo esa tarde en una madriguera a la que llamaban pomposamente La Fonda de la Luna, una enramada sobre los arenales calurosos en las afueras de la Ciudad de los Reyes de Lima. Muchos capitanes habrían negado simplemente la herencia, pero mi padre tuvo buenos amigos en la tropa y ese escamoteo podía producir algún malestar.

Aquella tarde yo buscaba a Gonzalo Pizarro y no pude encontrarlo, pero conseguí hablar con Francisco de Carvajal, el único de los bebedores que no estaba borracho. Tenía por lo menos setenta años, pero era corpulento y temible, y a pesar de su edad bebía con los soldados, harto menores que él. Parecía resumir en su rostro y su cuerpo la memoria de muchos sitios: tenía mil historias que contar, pero sus crueldades eran incontables. Me asustó verlo, porque tenía fama de ser el mismo diablo, pero esa tarde no parecía respirar azufre. Sólo por relatos pude saber después qué clase de diablo subalterno era, y qué papel jugaba frente a diablos más poderosos y más altos. También había conocido a mi padre y parecía apreciarlo. Cuando por fin me atreví a mencionar los ducados de mi herencia, me dijo con una risotada que todo el oro de Quzco se estaba invirtiendo en una expedición hacia el norte.

Por las plazas ya empezaban a oírse rumores de aquella expedición, pero sólo allí lo supe con certeza. Sentí ante el viejo lo que sentirá el ratón conversando en la noche con el gato. Me preguntó mi edad, y cuando le dije que tenía diecisiete años opinó que ya estaba pasado de alistarme en la tropa. «Si eres bueno para matar indios, tal vez Gonzalo te lleve a buscar el País de la Canela.» Abandonó su aire amenazante, y me arrojó una moneda de contorno irregular pero reluciente de plata, un real de a ocho que tenía por una cara el escudo de armas de Aragón y por la otra una cruz con dos torres y dos leones en los cuarteles.

Acostumbrado a pagar con piezas endebles de metal que se doblaban al menor esfuerzo, mucho antes de conocer los táleros de Austria y los gúldiners del duque Segismundo, aquella fue la primera moneda de verdad que tuve en mi vida, y el hecho es tanto más notable cuanto que sólo conozco historias de Carvajal arrebatando monedas, y el mío es el único caso en que haya regalado una. La moneda resonó sobre la mesa húmeda de vino, y yo recordé unidos desde entonces el destello de la pieza de plata y el nombre de ese país que el Demonio de los Andes casi me había prometido. Ya sabía a qué atenerme: o iniciaba un litigio por años ante los tribunales de ultramar para obtener lo que me debían, o aceptaba ir a hacer valer mis derechos en la expedición y reclamar mi parte en lo que se descubriera.

Finalmente logré ser recibido por el propio marqués Francisco Pizarro, que no olvidaba a mi padre entre los doce rostros que se quedaron para siempre a su lado. Me trituró en su abrazo y habló con agitación de los antiguos padecimientos. Para mí ese hombre era a la vez la causa última de mis desgracias y la puerta final de mis esperanzas. No sabía qué pensar de él: en su rostro duro de tirano había como un ascetismo de mártir; en su cuerpo vestido de lujo, el desamparo de un tronco a la intemperie; en su voz de humano se sentían el gruñido del cerdo y un rumor de aguas tormentosas. Parecía conmovido por el encuentro, juró que yo era un hijo para él, y al cabo de tanto aspaviento sólo obtuve un papel firmado con una cruz de bárbaro pero refrendado por lacre ceremonial, que conservé mucho tiempo, donde se reconocía la parte de mi padre, Marcos de Medina, conquistador de Quzco, prefecto de Lima y jefe de encomiendas de Ollantaytambo, y sus derechos sobre los bienes que se obtuvieran en la expedición que saldría hacia Quito a buscar la canela, lo mismo que mi condición de heredero de esos derechos.

Todavía pasó un año antes de que pudiera ingresar en la tropa. Cuando por fin entré, ya comenzaban los preparativos.

6.

VAS TRAS UNA CIUDAD IMPONENTE Y ENCUENTRAS UNA TUMBA

Vas tras una ciudad imponente y encuentras una tumba llena de reproches, persigues un bosque de maravillas y desembocas en un río de amenazas, buscas un tesoro de metales y te detienen unos labios de piedra. Vives hallando cosas sin descanso, pero lo que encuentras no se parece a lo que buscas. Tal vez en este mundo nada es lo que parece, y la verdad de las cosas tiene que ser revelada a nuestros sentidos por los dioses o por sus enviados. Dicen los indios que hay virtudes de las plantas que sólo conocen las plantas, y dicen los alquimistas que hay secretos de los metales que sólo nos darán las estrellas.

No sé por qué nos invadió por siglos ese afán misterioso de transformar todas las cosas en oro. En un sótano de Lieja, hace tiempo ya, alguien me dijo que llegar a la clave de muchos poderes del mundo requiere iniciación y revelación. Allí me enteré de que legiones de magos, encerrados en sus gabinetes, intentaron siglo tras siglo encontrar el secreto del oro escuchando el susurro de los planetas e interrogando la rosa de los números. Fueron los árabes quienes nos enseñaron a dibujar esos signos, cuya magnitud va creciendo a medida que aumentan sus ángulos. Pero los alquimistas no se limitaron a enumerar el mundo: miraban el abismo de las proporciones, exploraban la selva de las equivalencias, cambiaron el arte médico de los algebristas, que vuelven a poner cada hueso en su sitio, en un refinado arte de equilibrios, que juega a descubrir magnitudes ocultas.

También yo gasté mis años tratando de aprender la ciencia de los números y su relación con metales, planetas y animales. Hombres que se escondían para pensar y que veneraban estrellas me enseñaron que el uno es el ser y la unidad, que el dos es la generación y el encuentro, que el tres es la complejidad y la dispersión, que el cuatro es el equilibrio y la perpetuación, que el cinco es la ramificación y la estrella, el seis la simetría y el secreto de la conservación, el siete la disonancia y el principio de la virtud, el ocho la infinitud y el arte de la repetición, el nueve la armonía por la cual todo está en cada parte, y el cero la desmesura y el secreto del vacío del mundo.

Pero nunca pude obtener de esas fórmulas un poder efectivo: se requieren mucho más que nociones para que la magia obre en las cosas. Me quedé sin saber lo que revelan al que sabe escucharlos el trote del unicornio, la regeneración del fénix, el vuelo alto del cisne, la cadencia del león, la fuerza invasiva del sol negro, la laboriosidad de la abeja, el temblor de la rosa de siete pétalos, la danza de fuego de la salamandra, el giro tornasolado del pavo real y el graznido del águila de dos cabezas. No alcanzaron mi paciencia o mi sabiduría para producir transmutaciones con lo que los sabios que mezclan las sustancias llaman condensación, separación, incremento, fermentación, proyección, solución, coagulación, exaltación, putrefacción y calcinamiento.

Sólo sé que, de pronto, el oro que estaban a punto de alcanzar las manos maravilladas de los magos en Córdoba y en Brujas, en Budapest y en Praga, apareció en el mundo por otro camino. Detrás de los mares, en estos templos del Nuevo

Mundo, cubriendo las cabezas de los guerreros, perforando sus narices, sus labios y sus lóbulos, tañendo sobre sus pechos y sus vientres, todo el oro que invocaron los nigromantes deslumbró de repente los ojos de otros aventureros. Tú mismo, sin hallar todavía tu tesoro, habrás visto más oro que el que vieron todas las generaciones de tus abuelos.

Esta es la edad de la riqueza. Oro de filigrana sobre las balsas muiscas, plata pulida de los chichimecas, collares de esmeraldas sobre los pechos desnudos, socavones riquísimos del Potosí, densos hilos de perlas en torno a las piernas de los cumanagotos: la riqueza tiene todas las formas, pero ninguna para mí más extraña que esa corteza roja que altera las bebidas y da a los alimentos una dulzura exótica. La canela: oro, sí, pero astillado en aroma, el túmulo de leños que hace siglos borraba en sus humaredas los palacios del Tíber, cuando, para despedir a su emperatriz muerta, Nerón hizo quemar sobre las plazas de Roma toda la cosecha que Arabia había producido en un año.

Fue en las terrazas saqueadas del Quzco donde Gonzalo Pizarro oyó por primera vez hablar del País de la Canela. Él tenía como todos la esperanza de que hubiera canela en el Nuevo Mundo, y cuando pudo dio a probar a los indios bebidas con canela, para ver si la reconocían. Un día, indios de la cordillera le contaron que al norte, más allá de los montes nevados de Quito, girando hacia el este por las montañas y descendiendo detrás de los riscos de hielo, había bosques que tenían canela en abundancia. Sé que los indios no pudieron haberle descrito todo con exactitud, porque las dificultades de comunicación eran muchas, pero Pizarro adivinó las arboledas rojas de árboles leñosos y perfumados, un país entero con toda la canela del mundo, la comarca más rica que alguien pudiera imaginar. Buscando canela habían venido las tres pequeñas barcas del comienzo, a las que me parece ver diminutas en el pasado, como tres cascarones de nuez embanderados por un niño y arrojados sobre un azul sin bordes, pero hasta entonces la canela del Nuevo Mundo no había aparecido.

Cuando nos hablaron del País de la Canela escribí a mi maestro Oviedo pidiéndole información sobre el árbol prodigioso, y él en su carta me contó todo lo que había llegado a saber a lo largo de muchas décadas sobre esas especias que siguen siendo nuestro desvelo. Ya es una buena prueba del afán que tenía Europa por salir de sí misma, buscando un cielo nuevo y una tierra nueva, esa fascinación por todas las sustancias que llegan de lejos. Más valioso que cuanto se produce en su mundo cristiano ha terminado siendo para Europa todo lo exótico: sedas tejidas con capullos de oruga, que los genoveses traen desde hace siglos por un camino que se rasga en las fronteras de China en dos rutas distintas: la fría y desolada de Fergana, y la ardiente de Bactria por los desiertos del sur; y también las porcelanas, las perlas y las piedras brillantes, que descargan los juncos livianos en los muelles de Málaca, y esas especias aromadas que enloquecieron al mundo: la pimienta, el jengibre, la menta, el cardamomo, la nuez moscada y el comino, el anís, la canela.

Olores y sabores que parecen tener un mundo en ellos, traen las especias como un soplo de músicas insinuantes, de serpientes que ascienden de sus cestas de mimbre, danzas salaces entre las humaredas. Esa pimienta negra y verde y roja de la India, el placer de los portugueses, que se cosecha en las costas malabares, que acarrean caravanas de camellos hasta Trebisonda, hasta Constantinopla y Alejandría, y que los pálidos comerciantes de Amberes distribuyen por todo el imperio. O esa nuez moscada, que se apreciaba tan poco cuando era sólo un remedio contra la flatulencia y el resfriado, pero que empezó a llegar en grandes cargamentos cuando los médicos de Holanda descubrieron que era el remedio final contra la peste. O el cardamomo digestivo que se acumula en las bodegas de Ormuz. O esos barcos cargados de clavo de olor que vienen de las islas Molucas, y que los galeones españoles compran en alta mar a los chinos.

Pero sobre todo la canela, el cinamomo de Ceylán, ese perfume de victoria y rocío, que según dijo Heródoto, crece en lugares inaccesibles protegido por dragones o duendes. Oviedo me contó que los sacerdotes de Egipto la utilizaron para embalsamar cadáveres y para agravar hechizos, pero las gentes ricas de España la usan para aromar los alimentos que tienden a dañarse, cuando no para fabricar jabones y ungüentos, o pócimas que dan energía sexual. Es tanta la fascinación por las sustancias lejanas, que algún día se apoderará del gusto de Europa el qahwa, negro como la noche, que beben en infusión en Turquía y en Siria, y que espanta el sueño de los viajeros venecianos.

Cuando corrió la voz de que lo que nos esperaba tras las montañas no era un pequeño bosque sino todo un país de caneleros, el delirio dominó a los soldados. Todos creyeron, todos creímos a ciegas en el País de la Canela, porque alguien había contado que ese país existía y centenares de hombres necesitábamos que existiera. Cada día Pizarro nos repetía que fue buscando canela, y no oro, como llegó Colón al Nuevo Mundo. Por fin se iba a cumplir el sueño de los descubridores: después de tantas guerras y penalidades, un tesoro más fabuloso que todo lo visto hasta entonces estaba esperando por nosotros.

A mi edad no importaba tanto la riqueza: yo iba buscando algo que se me debía por justicia, pero viví con todos la certidumbre de que seríamos ricos. Otras cosas embriagaron mi imaginación: sin duda recorreríamos comarcas donde el viento olía a canela, donde los árboles no ofrecían frutos a la avidez humana sino troncos encendidos que se descascaraban en leños de aroma. Hasta llegué a pensar que los secretos habitantes de aquel país harían casas perfumadas, barcos dejando estelas de aroma sobre los ríos escondidos. Yo había leído en los viejos poemas latinos que me enseñó mi maestro Oviedo, que los hombres de Samotracia fabricaban navíos de sándalo.

Pero, según los informes de los indios, el terreno sería difícil, los bosques estaban muy lejos y la comarca poblada de tribus guerreras. Había que prepararse para una violenta travesía.

7.

PARA ENTENDER
LA CAÍDA DE LOS INCAS

Para entender la caída de los incas no basta pensar en la ferocidad de los invasores. También hay que saber que el imperio había estado unido desde su fundación, y que sólo a la muerte del inca venerable Huayna Cápac se repartió entre sus hijos en dos partes distintas: el reino grande del sur, cuya capital era Quzco, que le fue entregado a Huáscar, el heredero por tradición, y el reino del norte, que le correspondió a Atahualpa, el hijo preferido del rey.

Huayna Cápac era hijo de Túpac Inca Yupanqui y nieto del gran Pachacútec, a quien veneran los incas como el noveno de los reyes y el más grande de todos, porque recibió del Sol los dones de expansión, claridad y renovación, y por ello engrandeció el reino de Wiracocha, su padre, y cubrió con sus leyes la cara arrugada de las montañas, y dio nuevos propósitos a un mundo sembrado sobre ruinas de mundos. Después se había sentado para siempre en el templo del Trueno.

La división del poder no sólo se debió al amor desmedido que Huayna Cápac sentía por Atahualpa, sino a la decisión de extender por el norte el imperio más allá de las gargantas inclementes del Patía, donde pueblos aguerridos se resistían a su avance. No tardaron en aparecer discordias entre los hermanos por alguna franja de tierra, y después de un día de eclipse en que el Sol tuvo dos colores, la rivalidad tomó alas de guerra, y Atahualpa, más audaz y belicoso, derrotó a Huáscar y lo redujo a prisión. En esa guerra estaban, el Sol contra el Sol y la montaña contra la montaña, cuando aparecieron diminutas por el occidente a la vista indignada del dios las tropas fieras de Francisco Pizarro y avanzaron desde el litoral y remontaron la cordillera, hasta que finalmente urdieron su emboscada en la gran plaza rectangular de Cajamarca.

Cada vez que miro ese episodio de sangre, como en el espejo mágico de Teofrastus, veo otra cosa. Huáscar murió estando cautivo de las tropas de Atahualpa; Atahualpa murió estando cautivo de los soldados de Pizarro, y quien supiera leer en los signos del tiempo podría ver a la muerte atenazando a los reyes y pisoteando los reinos con una furia desconocida. Muchos dicen que el astro de Quzco, Huáscar, murió por orden de Atahualpa, a quien también la muerte le venía pisando los talones, pero lo cierto es que los dos soles del imperio sufrieron uno tras otro un eclipse del que ya no se repondrían.

Pizarro hizo sepultar a Atahualpa en los propios llanos de Cajamarca, pero sé que sus súbditos lo desenterraron y emprendieron una peregrinación luctuosa por las montañas. No se entierra a un emperador como a un animal de los caminos: todo su pueblo se levantaba en las noches para rendir honores a aquel sol apagado, el cortejo enlutó las montañas, y músicas y llantos recorrieron el firme camino de piedra por el que antes los mensajeros llevaban en seis días las órdenes imperiales de un extremo a otro de sus dominios. Si ya no se podía llevar al muerto glorioso a sentarse con sus abuelos a las mesas de oro de Quzco, al menos tendría en Quito su refugio hasta el día en que su sangre, fertilizada por los años, lo hiciera surgir de la tierra de nuevo y volver a reinar sobre un mundo regenerado.

Y ya que lo preguntas, nadie supo después dónde quedaron las cenizas del Sol.

Por ese camino avanzó Belalcázar más tarde, enviado a tomar posesión de las provincias del norte, y librando duros combates con Rumiñahui, el gran general que estaba recogiendo y concentrando la tardía respuesta de los guerreros incas. Tras semanas de calzadas junto al abismo y puentes sobre el vértigo, llegaron a un templo que mantenía intactos su riqueza y sus cultos, y era la morada de más de mil quinientas mujeres de todas las edades, desde ancianas que oficiaban rituales antiquísimos, hasta muchachas púberes que intentaban en tiempos de eclipse mantener la dignidad y la majestad de su oficio. Eran las vírgenes del Sol, dedicadas al culto del dios celeste, y aunque por su lujo y sus severos rituales daban la sensación de ser únicas, eran apenas una de las muchas comunidades de mujeres entregadas al culto. Otras fueron llevadas, según me contaron los indios, a ciudades secretas en los peñascos, donde anidan los cóndores, y donde hay ventanas de piedra para contemplar las estrellas.

Ese fue el camino que tomamos para ir a buscar la canela. Después del cortejo de la muerte el cortejo de la guerra, y ahora venía el cortejo de la ambición. Tres caravanas que iban siguiéndose a través de los años por el mismo camino: primero el hondo desfile nocturno de músicas de duelo del cortejo fúnebre, con sus pendones negros y rojos; después el tropel de espadas y arcabuces de Belalcázar, con su reguero de sangre y su rastro de cráneos y fémures; y después nuestra larga procesión de hombres y de bestias, que iba buscando hacia el norte las escalas de la montaña.

Yendo hacia Quito, Pizarro tomó la decisión de visitar la ciudad de Guayaquil, donde desemboca uno de los pocos ríos de la cordillera que escapan al llamado de la serpiente. Esta ciudad, fundada por Belalcázar y destruida por los indios, había sido refundada por Francisco de Orellana, famoso por su suerte en los negocios y por haber perdido un ojo en un combate por los litorales. Había sabido prosperar a la lumbre de los cuchillos que enfrentaban a los conquistadores, recibió a Pizarro con cortesía, y se mostró dispuesto a renunciar al gobierno de la ciudad y dejarla bajo su mando si el capitán lo demandaba. Pero Gonzalo no tenía interés en quedarse gobernando una población húmeda y fatigosa, calcinada por las brasas del mar del Sur. Llevaba los ojos y los labios demasiado llenos de la fiebre de la canela como para prestar atención a otra cosa. De modo que en vez de entusiasmarse Pizarro por la ciudad de Orellana fue Orellana quien se contagió con nuestra expedición, y tomó la decisión de alcanzarnos muy pronto. Le pidió a su primo que lo esperara, pero habría sido más fácil pedirle al río que detuviera por unos días su descenso hacia el mar: Pizarro ordenó retomar el camino, y atrás quedó Orellana vendiendo deprisa sus cosas para financiar su campaña y sumarse finalmente a la nuestra. Tierras que serían impenetrables en otras condiciones iban a ser franqueadas por la expedición que Pizarro había organizado, y sobre todo sus armas y sus provisiones eran la promesa de un éxito que de otro modo sería impensable.

Quito fue ciertamente una puerta de sueños para el viaje. Nunca oímos tantas historias, ni tan increíbles, como en esos días en que esperábamos que finalizaran los preparativos. Pizarro iba y venía, resolviendo millares de asuntos, había un nerviosismo en la atmósfera, una expectativa de cosas grandiosas, y también un recelo. Mirábamos la cordillera que sería nuestra escala hacia el tesoro, las lomas secas que allá en lo alto tienen peñascos en forma de muelas del diablo, como si miráramos una muralla invencible, veíamos la sequedad de esas tierras fatigadas por el viento del oeste y no imaginábamos qué podía haber más allá.

Abajo se abría un gran valle con escasas arboledas, antes de comenzar los peñascos. Nos reuníamos en la zona central de la ciudad, donde estaban la mansión de Belalcázar, recién construida, y un templo en homenaje a la Virgen al que también entraban los indios con ofrendas. En las plazas había danzas incaicas que los señores no se animaban a dispersar, para no acabar de crear un clima de tensión con los nativos. Un viejo nos contó que la Virgen que veneraban los españoles era una diosa india desde siempre, la señora de arcilla de las montañas, que tenía alas como los pájaros y un penacho de coya inca en la frente. La diosa ayudaba por igual a indios y a españoles, hacía fértil para todos el suelo de los montes, que pisan día y noche apacibles llamas y vicuñas, y estaba de luto por Atahualpa pero no guardaba rencor a quienes lo mataron, porque la montaña es más generosa y más grande que los hombres, y también a veces hace cosas ciegas, como arrojar llamas por sus pezones de piedra, como hacer cruzar lenguas de rayos por el cielo aborrascado, como traer en vuelo temible las bandadas de cóndores que presagian cambios turbulentos.

No habíamos visto pasar ningún vuelo de cóndores, pero nuestro ánimo oscilaba entre los grandes entusiasmos y los presentimientos sombríos. Al calor de la hoguera en la plaza central, el jefe indio nos dijo que para curarse de los malos presagios no había otro remedio que la música, e hizo venir un grupo de flautistas que, acompañados por quenas y tambores, pretendían conjurar nuestros temores. Un andaluz sonriente, Melchor Ramírez Muñoz, les preguntó por qué la música inca era tan triste, pero ellos no aceptaron la pregunta. Dijeron que aunque los árboles no ríen, nadie puede decir que están tristes. Que tal vez los árboles sólo están meditando, y rememoran las lunas que han visto, o los cuentos que susurra el viento en las ramas, o los recuerdos de los muertos. «No es triste la selva cuando se oscurece, ni el jaguar cuando ruge, ni la llama cuando mira la blancura de las montañas», dijo.

Y fue esa misma noche cuando le pregunté a uno de esos hombres de cobre, cubierto con un turbante de muchos colores, qué tan lejos estaba de Quito el país de los caneleros, y para mi asombro me contestó que no había tal cosa, que en estas tierras los árboles son todos distintos y que él no había oído jamás de un bosque donde todos los árboles fueran iguales. «Si eso es lo que esperan encontrar, se nota que no saben nada de la tierra. Estas montañas no son terrazas de cultivo», añadió, «donde abundan el maíz y la papa por un esfuerzo de los cultivadores». Añadió que la tierra no sabe demorarse en un solo pensamiento y que detrás de las montañas lo que estaba era el reino de la gran serpiente, pero que ni siquiera los indios conocían su extensión, porque aquel país, más grande que todo lo imaginable, era el bosque final, brotado del árbol de agua. Dijo que la serpiente dueña del mundo no tenía ojos, de modo que nadie podía saber dónde estaba su cabeza ni dónde su cola, y que por eso iba a veces hacia un lado y a veces hacia el otro.

A mí me afectaba esa manera de hablar. Recordé los relatos de Amaney, contando cómo el mar inmenso está guardado en una caracola, cómo el cielo lleno de ramas es a veces la casa de los animales, y cómo los trazos luminosos en la playa son las huellas que va dejando la noche al caminar. Aquella noche en el frío de Quito me dormí recordando a mi nodriza casi con remordimiento, viendo en sueños que sobre el mar de mi infancia brotaban lunas grandes del color de las perlas, y oyendo decir a una voz desconocida en el sueño que cuando llegaron las últimas guerras la Luna se fue haciendo negra y roja como el ojo de un buitre.

8.

GONZALO PIZARRO
ERA EL TERCERO

Gonzalo Pizarro era el tercero de una familia de grandes ambiciosos. Buitres y halcones a la vez, sus hermanos Francisco, Hernando y Juan, con una avanzada de hombres tan rudos como ellos, se habían bastado para destruir un imperio. Tuvieron el privilegio de ver el reino de los incas en su esplendor, cuando los viejos dioses vivían. Encontraron por esas cordilleras caminos empedrados más firmes que las rutas de Italia, puentes anudados sobre el abismo, sendas con señales que indicaban el rumbo a los viajeros sobre el hombro luminoso de la montaña. Vieron hombres con grandes joyas en las orejas cultivando en terrazas escalonadas cientos de variedades de maíz, manzanas de tierra de todos los tamaños y colores, quinua más nutritiva que el arroz gris de las praderas del Asia. Vieron procuradores envueltos en mantas finas de ocre y de granate que gobernaban con un saber antiquísimo los grandes cultivos. Los vieron enterrar en los cimientos de las fortalezas, para neutralizar a los poderes subterráneos, fetos translúcidos de llama, a cambio de los niños que se ofrendaban en los tiempos antiguos. Y vieron pasar en cortejos ceremoniales, bajo un palpitar de tambores y en un viento de flautas, mujeres cuyas miradas altivas las hacían parecer reinas a todas, hasta cuando los truenos de Cajamarca mordieron el orgullo de las ciudades y empañaron el resplandor de las miradas.

Para entender a esos hombres de Extremadura, que fundidos a sus potros enormes fueron capaces de dar muerte a un dios, tenemos que pensar en la dureza de la vida en España cuando no se ha nacido en cuna de príncipes. De cuantos cruzaron primero el océano, Francisco Pizarro era el más brutal y el más ambicioso: yo siento que en él convivían el toro y el cerdo, el romano y el vándalo. Tú vienes de un linaje de guerreros, pero basta mirarte para saber que en ti no sólo hay sangre de soldados, sino sombras de letrados y artistas. Desde el fondo de tu mente se alcanzan a ver las paredes de la ley, y está el freno de Dios en tu mano. Pero había que ver a los Pizarro para entender lo que se dice de tantos guerreros extremeños y de los duros tercios de España: que gentes de su sangre cazaban bisontes en la aurora, que pintaban con sangre sus cacerías en el interior de las grutas, que desencajaban con sus propios brazos las mandíbulas del jabalí bajo los encinares sangrientos. Unos vinieron de Roma vestidos con togas ceremoniales, pero se descubrieron salvajes en los pedregales de Iberia; otros bajaron de naves que tenían velas rayadas de blanco y de rojo, trayendo vinos y gallos fenicios; otros cruzaron los desiertos envueltos en túnicas negras, cabalgando desde el fondo gris del amanecer con sus melenas aceitadas en grasa de muertos y sus lanzas adornadas de cráneos, cuando unos reyes amarillos clausuraron los cielos de Oriente. Y todavía después esos hombres fornidos habían crucificado cerdos y brujas, habían fatigado sus brazos flechando mezquitas y decapitando infieles bajo las nubes negras de Jerusalén, esparcieron las entrañas de los herejes entre un viento de aullidos y cuartelaron los cuerpos de sus hijos pequeños bajo el hormigueo de los cuervos. No traían libros ni rezos en la memoria sino riñas de yeguas y de lobos, negras carnicerías bajo los planetas helados del amanecer, ritos obscenos ante las ruinas de mármol de las ciudades, y negocios carnales deprisa sobre el heno, a la sombra de las iglesias abandonadas. Sólo esa violenta madeja de ayeres puede explicar el miedo sobrenatural que esos hombres lograron infundir en el alma de un mundo.

Gonzalo era treinta y cinco años menor que su hermano Francisco: cuando llegó a las Indias, los primogénitos ya habían vivido hallazgos y tormentos, y él tuvo que inventar sus propias locuras. El destino no le deparó como al primero un marquesado sobre la sangre seca del Inca, ni le concedió el poder subalterno del segundo, capaz de conducir sobre el océano barcos que por poco se hundían de oro. Era apuesto, era joven, era el mejor jinete de los reinos nuevos, se le medía a todo riesgo y, como sus hermanos, nunca sintió otro amor que la pasión de mandar y la embriaguez de arriesgarlo siempre todo. Buscaba un reino propio que estuviera a la altura de su ambición, y la noticia del País de la Canela le dibujó en el aire un destino más rico que la ciudad de pedernal de los muertos.

Era la hora de imitar a sus hermanos triunfales, la hora de superarlos, y para ello fue preciso preparar con furia el camino, hablar noches enteras con veteranos, censar cientos de obstáculos previsibles. Mandó buscar al teniente Gonzalo Díaz de Pineda, en cuyas manos llenas de cicatrices había fracasado años atrás una expedición por el mismo camino, disuadida por flechas con ponzoña y por marañas impenetrables, más allá de los hielos que silban. Díaz de Pineda, que seguía en el reino, no había oído nunca de bosques de canela, y un fuego de rencor le asomó en los ojos oyendo hablar de esa riqueza que había estado a punto de ser suya. ¿Por qué sólo al avance de los Pizarro la tierra muda soltaba sus secretos y hasta las puertas más cerradas se abrían? ¿Era posible todavía aprovechar el regalo de Dios? Gonzalo Pizarro, que valoraba su experiencia, recibió con afecto a Díaz de Pineda y a su socio, Ginés Fernández de Moguer, un mozo de veinticuatro años que lo había acompañado en las primeras incursiones a Chalcoma, Quijos y Zumaco, y de quien los propios compañeros decían que tenía los ojos verdes de tanto buscar esmeraldas, y les dio mando firme en la gran expedición que se fraguaba con el oro del Quzco.

Vuelvo a decirte que nadie supo nunca a cuánto había ascendido ese tesoro. Contaban en el aire tejas de oro sobre tejas de oro, cofres de plata sobre cofres de plata, mantas de bordados finísimos, la lana laboriosa de las vicuñas, estrellas de esmeralda y topacio que habían arrebatado a los tronos. Noticias del hallazgo del reino muisca, en las mesetas del norte, renovaron entonces las esperanzas, y aunque eran cada vez más confusas las pistas de los imperios ocultos, ya nadie ignoraba que las montañas tienen duras raíces de plata y de oro.

Cada quien sabía algo, pero sólo el fuego lo sabía todo, sólo en sus lenguas danzantes estaba cifrado el secreto, y volvíamos a sentarnos en las plazas recién fundadas, a escuchar con una mezcla de credulidad y recelo cuentos inverosímiles en torno a las fogatas. Cuentos de Cumaná y de sus islas de perlas, donde crecían ciudades hora tras hora; cuentos del reino de Coscuez y de Muzo, donde hasta las mariposas tienen el color de las esmeraldas; cuentos del cerro magno de Potosí, donde el paladar de la tierra relumbra de plata; cuentos de selvas que respiran sobre sigilosas vetas de amianto. Oímos de las tierras de Gez y de Ciana, donde la piedra y el metal están vivos; de las fronteras de Cibola, la ciudad de los simios; de Manoa la escondida, con sus embarcaderos de oro; y de la fuente de la eterna juventud de la isla Florida.

Nadie nos mencionó ese lugar donde los enviados de Tis-
quesusa escondieron el oro de los muiscas, el oro que el astuto
zipa ocultó a las tropas de Jiménez de Quesada, y que tú mismo
dejaste intocado en las cavernas del nuevo reino, pero lo cierto
es que entre tantas comarcas prodigiosas no resultaba extraño
oír hablar de un país de canela, aunque sí era asombroso que
en este mundo donde la guerra se hacía por metales y por
piedras preciosas, unos árboles llegaran a tener tanto valor.

Aquí los cuentos desvelan más que los insectos. Cuántos
hombres no han enloquecido por falta de sueño, pensando en
mantener los ojos siempre abiertos porque la riqueza puede
aparecer en las arenas de los ríos, en las venas de la tierra, debajo de las piedras, en los ojos de las estatuas, en las ostras recién
arrancadas o en el buche de los caimanes. Muchos terminan
creyendo que todo puede ser señal de riqueza: el trazo de las ciudades de los indios, los dibujos que dejan en las piedras, el modo
como se deslizan las serpientes del Sol por las terrazas de los
templos, las palabras que salen de la boca de los flecheros y hasta
el grito de un pájaro en las cornisas de la montaña. Y acaban
por creer que aquí todo, como dicen los indios, envía mensajes:
el Sol que sube piedra a piedra los montes, las avalanchas que
sepultan aldeas, las manchas negras en la piel del jaguar, el vuelo
de alas rectas del cóndor blanco.

Yo no digo que no sea verdad que todo tiene un significado: los indios que esconden sus flautas a la orilla del río,
los brujos que guardan manteca de delfín en sus pequeños
calabazos, o los grupos de indios que pretenden almacenar
lo que saben en grandes canastos que entierran al pie de los
árboles, pero mientras se comprueba la verdad de lo que dicen
uno corre el riesgo de ver señales donde las señales no existen,
y de creer que todo pájaro habla cuando canta, que bajo todo

árbol hay un sepulcro de oro, que todo río oculta su caudal, que todo indio es brujo, que toda marca en las piedras es un mapa, y muchos españoles se han vuelto más supersticiosos que los propios indios, porque los enloquece la codicia, que es más capaz de invenciones que cualquier mago.

Lo duro es verse rodeados por un mundo tan desconocido y hostil. Gonzalo Pizarro empezó prestando demasiada atención a los relatos de los indios, escuchando sus cuentos, y terminó creyendo esas historias más que los indios mismos. Espiaba sus danzas, fisgoneaba sus conversaciones, vivía siempre al acecho, sintiendo que las cosas más importantes los indios no las decían con franqueza, que había que arrancarles sus verdades cuando estaban hablando entre ellos. Esas riquezas que necesitábamos le parecían escondidas, por decirlo así, en las puntas de sus lenguas taimadas, y habría querido tener tenazas para arrancarles con las lenguas los secretos que guardaban.

Como te dije, mientras Gonzalo nos contagiaba su fiebre de canela, Hernando Pizarro, después de llevar a Carlos V un nuevo tesoro, había quedado preso en una celda de España: la Corona empezaba a desconfiar de sus proezas de altanería. El marqués Francisco pensó que la Corona quedaría deslumbrada con el tributo, que vendrían en avalancha grandes ennoblecimientos para su linaje, y es verdad que no hubo en la corte un momento de mayor embriaguez con las conquistas de Indias, porque el oro del Perú volvió doradas las pupilas de una generación en las provincias hambrientas, y tienes que admitir que tú mismo saliste de tu infancia bajo los destellos de ese sueño. Ahora la Corona recibía la presa que le traía el halcón, pero se apresuraba a ponerle de nuevo el capirote en la cabeza… y sobre todo, ya no le mostraba los ojos.

Por fin llegó la hora de la partida, y sólo en Quito pudimos ver completa la caravana que se había armado. Para nuevas aventuras, sangre nueva, y tenía Gonzalo veintisiete años cuando acabó de organizar la expedición. El propio marqués le había dado todo su apoyo, puso su parte en oro y le confió el mando con plena conciencia, porque tenía la ilusión de que todos en la familia serían reyes, y para sí mismo incubaba silenciosa en su mente la ambición de un imperio. Gonzalo escogió, entre los centenares de soldados baldíos de las guerras recientes, a los doscientos cuarenta varones que salimos con él por los montes. Cien eran oficiales a caballo, ciento cuarenta éramos peones con mando sobre los cuatro mil indios que, más que contratados, habían sido enganchados a medias con promesas y a medias con amenazas, para que cargaran parte de los fardos que requería la caravana. Las cosas más pesadas irían al lomo de dos mil llamas, camellos de los páramos resistentes al frío, cuyo sentido del equilibrio es un milagro en los riscos de la montaña. Enrolladas sobre las llamas iban las mantas, enlazadas las herramientas y bien embaladas las armas. Pero Pizarro quería armas más eficaces, y se reafirmó en ello al oír de Díaz de Pineda las desventuras que sufrieron sus soldados bajo el asedio de los indios. Por eso hizo traer de España y de las islas el arma más feroz que llevamos a la travesía, dos mil perros de presa cebados y adiestrados para despedazar bestias y hombres.

Yo conocí a uno de los marinos del barco que los trajo, y si no estuvieras tan ansioso por escuchar la historia de la expedición, podría contarte también la historia de los perros del mar, su larga navegación sobre los lomos del océano, esas noches interminables de ladridos en la tiniebla mientras subían y bajaban sobre el agua las estrellas del sur. Y es que todavía me parece oír en el viento a los perros. Durante muchos días fue el único sonido que escuchamos, y sólo al separarnos de la tropa me sorprendió descubrir que esas tierras tienen su sonido propio, un rumor de incontables criaturas.

También el alimento que necesitaba esa muchedumbre tenía que ponerse en marcha, y así se añadieron dos mil cerdos con argollas en el hocico, traídos como los perros en parte de España y en parte de las granjas de porqueros de Cuba y La Española, que serían sacrificados a medida que avanzáramos. Tal vez Pizarro armó esa expedición delirante para que tantas formas conocidas nos recordaran el mundo del que procedíamos, para no enloquecer ante los caprichos de la naturaleza por tierras tan distintas, pero la solución para que cada uno de nosotros no enloqueciera consistió en que toda la expedición fuese una locura.

Tantos hombres de España, tantos indios, tantas llamas, tantos perros, tantos cerdos subiendo por esas pendientes de viento helado, yendo a rendir tributo a unos dioses desconocidos, tanta gente dispuesta a morir por un cuento, por un rumor, ahora me alarman, porque esa expedición sólo a medias era la búsqueda de un tesoro. Era sobre todo la prueba de una credulidad desmedida, una sonámbula procesión de creyentes yendo a buscar un bosque mágico, un ritual corroído por la codicia, espoleado por la impaciencia.

Y así salimos a buscar el País de la Canela. Los cien jinetes ansiosos y crueles que remontaron la sierra, los ciento cuarenta peones acorazados que caminábamos atrás, los millares de indios de las montañas que cargaban en fardos las sogas, las hachas, las palas, las demás herramientas y las armas, las dos mil llamas cargadas de granos y provisiones, y los dos mil cerdos argollados, que ascendían como un tropel de gruñidos por las lomas resecas, forman todavía en la memoria una confusión imborrable.

Como un enorme ser que sólo se viera a sí mismo, el propio tumulto de la expedición no nos dejaba advertir el mundo que recorríamos. Todo el tiempo había que cuidar que los cerdos no se despeñaran, que los perros tuvieran alimento, que los fardos estuvieran asegurados, que las armas no padecieran humedad, que los caballos sobrepasaran los fangales y los barrancos resbaladizos. Y la verdadera presencia extraña eran los miles de indios. Bajo el estruendo de los perros y la ferocidad de la tropa avanzaban dóciles y ajenos, con una actitud que podía ser de odio o de resignación, la mayor parte de ellos con ese gesto indefinible que nunca nos permite saber si son amigos o enemigos, si están serenos o atormentados, si quieren matar o si quieren morir.

Pero sobre ese largo recuerdo persisten los perros, con sus carlancas de hierro en el cuello erizadas de púas para protegerlos de las otras bestias, los perros abriendo camino a las llamas cargadas que rumiaban atrás por la ruta, los perros siguiendo a la nube de cerdos que gruñían noche y día, los perros feroces abriendo los caminos de la montaña. Tú no sabes lo que era aquello, y yo no quisiera repetirlo nunca. Los perros furiosos, los perros hambrientos… el eco interminable de sus ladridos… sólo los aguaceros a veces lograban atenuar en los montes el estruendo infernal de los perros.

9.

NUNCA HABÍAN SENTIDO AQUELLOS MONTES

Nunca habían sentido aquellos montes el avance de una expedición semejante, y nosotros nunca habíamos visto un camino que cambiara tan continuamente. Enfundados en corazas de hierro, soportamos primero el frío de los montes nevados al este de Quito. La cordillera es una sola, pero la cara que mira al occidente es seca, como si la barrieran los vientos. Lomas que nos parecen más viejas que el mundo, porque no las refresca ni las renueva la vegetación, sino que apenas las recubre una maleza amarilla menuda y árida. A veces un árbol oscuro y retorcido como un fantasma, a veces una hilera de peñascos que emergen de la tierra como las ruinas de una construcción aniquilada hace milenios. Por entre esas formas primitivas avanzaba el tumulto, afrontando los vientos fríos y buscando las lomas más altas, detrás de las cuales todos esperábamos ver aparecer el país presentido.

Así alcanzamos las laderas resecas, donde lo más despiadado era el viento, después la apretada vegetación de los páramos, con sus hojas vellosas y flores diminutas de colores vivísimos, y por último los riscos de hielo, para los cuales no estaban preparados ni suficientemente protegidos los indios. A más de uno vi palidecer en aquellos filos, primero agarrotados por el esfuerzo, tan rígidos que no podían dar un paso, y después con la risa congelada en los labios, mostrando los dientes blancos a la blancura de la escarcha. Allí supe que Dios no está en las alturas: cuánto más sube uno, más lejos se siente de Dios en aquellas montañas. Hasta los indios parecían desamparados de su fe en la Tierra, la diosa madre como la llaman, porque ese hielo inclemente no puede ser maternal para nadie. Después de la última cumbre siempre aparece otra, más empinada y desalentadora, bajo una luz oscura en donde a toda hora del día es el anochecer. Pero gastadas las últimas esperanzas, superados los pedregales filosos, las cumbres superpuestas y los hielos mortales, es tan distinta la otra cara de la cordillera, que uno cree estar viendo otro mundo.

Todo enseguida está cubierto de una vegetación apretada y fragante, que va creciendo a medida que se desciende. Musgos, hierbas, helechos, juncos, arbustos, lianas, enredaderas, marañas que se extienden, grandes árboles, y comienza a gotear entre todo una humedad persistente que se va convirtiendo en pequeñas y casi imperceptibles caídas de agua. Ahora sé que en cada rizo de agua de esos follajes de las montañas está naciendo el río más grande del mundo, pero eso uno no puede adivinarlo. No podíamos siquiera oír la música de los nacimientos de agua por el bullicio de nuestra caravana. Debería ser un alivio salir de la aridez y vivir el comienzo de la fecundidad de la tierra, pero en ese momento todo el mundo viene quemado por el frío, entumecido, las manos rotas por los peñascos, los labios reventados por la resequedad y la fiebre, y la primera humedad encona las heridas, aviva los dolores.

Si los pobladores de esas regiones nos sintieron venir, debieron correr a esconderse en las cuevas más secretas, o trepar por los árboles a esperar en la altura a que terminara de pasar aquella cosa aterradora, llena de animales desconocidos y de hombres extraños. Las partidas de indios que se nos cruzaron, por temeridad o por inadvertencia, estaban enseguida tan espantadas ante la novedad y el bullicio que no acertaban a escapar, y eran presa inmediata de las bestias sangrientas. Esa es tierra de indios feroces que los incas jamás pudieron dominar, y si apenas nos atacaban y nunca aparecían en grandes ejércitos, es porque nuestra marcha era demasiado amenazadora y en lugar de disimularse se anunciaba sin cesar.

Estas Indias son reinos del sigilo. Casi sin proponérselo, los indios no hacen ruido y caminan por las colinas y los bosques como avanzan la noche y la niebla. Has visto que se bañan cada día y con frecuencia varias veces al día, no porque padezcan enfermedades o plagas sino porque quieren eliminar el olor de su cuerpo, para que la selva, los animales que también son la selva, no puedan advertirlos.

Pizarro quería estar seguro de que teníamos suficientes pertrechos para resistir los ataques de los pobladores, y no se equivocó al llevar los mastines para disuadir a los enemigos posibles. Seguimos la ruta que Díaz de Pineda recordaba, hasta una región de grandes desfiladeros, abajo de las crestas de hielo. Sólo los bosques presentidos de canela balsámica, más codiciables que reinos de oro, nos animaban a afrontar la inminencia de aquellos pueblos indios a los que Díaz de Pineda describía, silenciosos en la acechanza y ensordecedores en el ataque, que se habían ensañado con todos los que nos precedieron.

Apenas terminado el primer descenso, se cerraron los bosques. El hielo y el páramo habían matado más de cien indios, a pesar de los esfuerzos de Baltasar Cobo, un soldado a la vez valiente y bondadoso, por ayudarles, pero Pizarro dio la orden de avanzar y no contar los muertos, afirmando que el camino sería menos riguroso con los cristianos.

Una mañana, sin motivo aparente, los perros empezaron a aullar de un modo angustioso, los indios se pusieron a gritar, a gemir y a alzar los brazos hacia la montaña, una bandada de pájaros pasó en bullicio, y un momento después la cordillera se movió desde las raíces. Ninguno de nosotros había visto temblar la tierra, pero aquello no era un simple temblor. Si hubiera ocurrido un mes más tarde, habríamos pensado que era una venganza de los dioses incas por las crueldades de Pizarro contra los indios, pero en ese momento todavía no habían ocurrido las masacres. Algo rugía y palpitaba bajo la tierra, hubo un deslizamiento de piedras y de árboles; mientras todo temblaba, se abrió una grieta en la montaña frente a nosotros, un estruendo repercutió por los cañones, y los que iban adelante dijeron que habían visto rodar y rebotar por los abismos un peñasco del tamaño de una catedral. Los indios clamaban al cielo, los perros ladraban, las llamas abandonadas por los portadores huían por las pendientes, y todavía el temblor no cesaba, de modo que sentimos que aquellas avalanchas iban a ser nuestra tumba. Finalmente, cuando cesó la catástrofe, todos seguimos sintiendo que la tierra temblaba, y entre la consternación de los indios y la desesperación de los perros, cada uno esperaba el derrumbe que lo sepultaría.

Yo busqué el amparo de un árbol, sintiendo que sin duda habría resistido a otros desastres, y no encontré oraciones en mi memoria sino apenas el nombre de Amaney, que repetí como sin darme cuenta hasta cuando oí que ya todos estaban hablando o gritando, pasado el enmudecimiento del pánico. Es así como recuerdo los hechos. Durante años hice lo posible por olvidarlos, y si no lo he logrado es porque ya otras veces tuve que volver a contar esta historia, que cada vez se convierte en una historia distinta.

Tú eres el primero que quiere saberlo todo. Oviedo, en La Española, sólo quiso saber cómo era el mundo que recorrimos, las montañas, las selvas, cómo son el río grande y las bestias del río. Interrumpía mi relato para indagar por árboles y tigres, para hacer que yo recordara los peces y las tortugas, y creo que su interés por los indios no era distinto del que sentía por los animales. Hasta para él a veces los indios eran animales, al menos tan curiosos como los otros. Después hallé alguien en Roma que no estaba interesado en el río, ni en sus tortugas ni en sus árboles, sino sólo en los seres fabulosos que encontramos. Todavía me parece ver al viejo cardenal, vestido de seda roja bajo la barba larga y blanquísima, preguntando por las sirenas y por los hombres de una sola pierna, por los delfines humanos y por los duendes de los árboles. Nada le interesaba más que saber si de verdad habíamos visto a las amazonas, si conocimos sus costumbres. Y más tarde, en España, al marqués de Cañete, que parecía presentir su nombramiento como virrey, lo tenían sin cuidado las selvas y sus bestias, y más aún las sirenas o los endriagos; ni siquiera pensaba en las ciudades llenas de tesoros que todos persiguen: sólo preguntaba y sigue preguntando cómo fueron los conflictos en la selva y el barco, cómo se comportaron los capitanes, cómo ocurrió aquello que Gonzalo Pizarro, mientras tuvo la cabeza sobre los hombros, llamaba, lleno de ira, «la gran traición».

Sólo cuando se convierte en relato el mundo al fin parece comprensible. Mientras los vamos viviendo, los hechos son tan agobiantes y múltiples que no les encontramos pies ni cabeza. O tal vez tiene razón Teofrastus, quien me dijo que lo que les da orden a los recuerdos es que ya conocemos el desenlace, que los vemos a la luz del sentido que ese desenlace les brinda. Al soplo de los hechos, todo va gobernado por la incertidumbre, y los únicos seres que parecen coherentes son aquellos que, a falta de saber cómo terminarán las cosas, tienen claro un propósito que buscan imponerle a la realidad. A cada paso eligen en función de lo que persiguen, les resulta más fácil optar entre alternativas y tomar decisiones, saben escoger con resolución un camino y prescindir de otro.

Tal vez entenderás mejor que yo estas cosas que cuento, porque yo las viví por accidente y a ciegas pero tú buscas algo, todas estas historias para ti tienen un sentido. Basta ver tu mirada y tus gestos para entender que cada cosa que escuchas va ocupando un espacio en tus planes, y no será fácil convencerte de que estás intentando una locura. Sólo se puede ir a esas tierras como fuimos nosotros: por azar y por accidente, y no está en sus cabales el que emprenda el camino sabiendo qué le espera. Por eso me importa contártelo todo con el mayor detalle, aunque sé que no escuchas estas cosas buscando advertencia o consejo.

Quieres saber lo que pasó después de que se abrió la tierra, cuando los perros aullando nos hicieron sentir que cruzábamos la boca del infierno. Nadie durmió en las noches siguientes, temiendo que el temblor se repitiera. La imagen, que sólo unos habían visto pero que todos recordábamos, del peñasco rodando, la conciencia de que sobre las arboledas se alzaban las paredes inestables de la cordillera, se imponían a la imaginación. Los indios hablaban con miedo de la furia de la montaña y al parecer atribuían esa furia a nuestra expedición, que para ellos era monstruosa.

Creíamos llevarlos como guías, pero se veían tan extraviados como nosotros, porque eran incas de la cordillera, gentes de las terrazas bien pensadas, del maíz florecido, de los templos con canales de oro; no estaban preparados para afrontar hoy los peñascos de hielo cortante y mañana el calor húmedo de las selvas espesas. Para ellos el temblor era expresión de la voluntad de alguien que nos miraba severamente desde las grietas y desde los torrentes, pero ¿cómo burlarnos si, en el fondo, también nuestra religión piensa lo mismo?

10.

DÍAS DESPUÉS VIMOS APARECER ANTE EL CAMPAMENTO

Días después vimos aparecer ante el campamento unos fantasmas blancos y casi desnudos, armados de espadas. Eran los restos de la expedición que nos seguía desde Quito. Habían emprendido el camino sin otra protección que sus armas, y sobre ellos cayeron todas las plagas de la montaña. El capitán era el teniente de gobernador de Santiago de Guayaquil, Francisco de Orellana.

Orellana había nacido también en Trujillo de Extremadura, y era pariente lejano de los Pizarro. No viajó con ellos, pero la leyenda de sus aventuras llegó muy pronto a la tierra natal, y el hombre fue uno de los muchos que sintieron el olor del festín y quisieron venir a participar de él. Su rastro se había perdido en las Antillas: unos decían que combatió con las huestes de Belalcázar junto al lago de Managua, otros que traficó con esclavos entre Cuba y Cartagena, otros que se extravió por estas maniguas de Panamá, y que realizó toda clase de oficios, hasta el muy miserable de limpiar de su podredumbre los barcos negreros que atracaban en Nombre de Dios. Lo cierto es que llegó al Perú con las segundas oleadas atraídas por la leyenda del oro de Hernando Pizarro, y por las muchas versiones que corrían en el viento sobre la caída de Atahualpa en un lago de sangre. Los primeros conquistadores ahuyentaban como a cuervos a los que venían después a participar del despojo, pero no los alejaban mucho porque sabían que iban a necesitar de su ayuda para conjurar una rebelión que, tarde o temprano, llegaría.

No tuvo mucha suerte Orellana en las primeras campañas, pero el país era grande y, como tantos, se dedicó a esperar su hora donde fuera menos doloroso. Cuando Belalcázar emprendió su viaje hacia Quito, allí iba Orellana, al lado de Jorge Robledo y de tantos otros que oyeron hablar de un nuevo El dorado al norte del reino de los incas. Obtuvo una encomienda en la desembocadura del río Guayas y se instaló allí, negociando con el oro y con los bienes de los indios de la región, y posiblemente fue entonces cuando perdió un ojo en combate con los pueblos del litoral. Desde su casa lujosa de Guayaquil seguía a distancia el rumor de los avances de Pizarro y sus hombres hacia el sur, de la llegada de las tropas al Quzco, y de las descomunales riquezas que allí se obtuvieron. Sus primos no le habían concedido mayor atención a este pariente pobre, Francisco Pizarro lo había tratado como a un aventurero más, pero Orellana se decía, como nos decimos siempre todos, que ya llegaría su hora, y que él sabría aprovecharla.

Fue por esos días cuando Pizarro coronó en Quzco con grandes ceremonias a Manco Inca Yupanqui, el hermano de Huáscar y de Atahualpa, como emperador de los incas, tratando de conjurar la reacción de las tropas organizadas de un imperio que estaba todavía lleno de ciudades y poblaciones no sujetas al poder de los conquistadores. El joven Inca le había ofrecido ser su aliado si Pizarro respetaba las tradiciones y lo entronizaba como rey, pero ya el hecho de que no recibiera la mascapaycha real de sus súbditos sino de un conquistador extránjero, y que el rito que lo consagraba no fuera el culto del Sol sino una misa de púrpuras ante dos leños cruzados, oficiada por el mismo capellán Valverde que había bendecido la masacre de Cajamarca, dejaba un sabor de falsedad sobre aquella ceremonia. Manco irradiaba grandeza, más que Atahualpa, incluso, y estaba decidido a gobernar con justicia, pero pronto comprobó que los conquistadores sólo lo habían coronado para mejor beneficiarse de los reinos bajo su sombra, de modo que dio órdenes en secreto para que los inmensos ejércitos incas se concentraran y marcharan sobre la ciudad.

Inicialmente pensó en reconquistarla, aunque ya el Quzco soberbio de cinco años atrás estaba tomado por el enemigo, los templos eran establos, todo el oro de los muros había sido fundido, los padres de los padres del joven rey eran despojos arrojados por los invasores, los templos de las vírgenes habían sido asaltados y las propias criaturas divinas violadas y asesinadas de mil formas distintas. Un día Gonzalo Pizarro llevó su torpeza hasta profanar a la propia hermana de Manco Inca Yupanqui, Curi Ocllo, la hermosa y última Coya del reino, y fue esta la circunstancia que movió al Inca a escapar de sus captores, aprovechando la confianza que tenían en su mansedumbre, para reunirse con los ejércitos.

Y una mañana Quzco despertó rodeado por una muchedumbre de guerreros que nadie había presentido, y que habían ido llegando en silencio de todos los confines desde la noche anterior. Los doscientos españoles que ocupaban la ciudad, entre los cuales no se encontraba Francisco Pizarro, pues ya estaba dirigiendo los trabajos de construcción de la Ciudad de los Reyes de Lima, pero sí sus hermanos Hernando, Gonzalo y Juan, descubrieron que también muchos de los incas que les servían habían escapado al abrigo de las sombras, y que ahora los trescientos templos que fueron su botín se habían convertido en su encierro, una especie de laberinto de piedra recubierto de vigas y de techos pajizos, donde estaban atrapados y rodeados por un hormiguero de ejércitos.

El sitio de la ciudad había comenzado. Rápidamente los defensores organizaron la resistencia, dispararon hacia la llanura y las pendientes llenas de indios sus ballestas y sus cañones, y pronto los incas supieron por qué los españoles estaban posesionados de su reino: eran indoblegables. Manco ordenó primero respetar la gloriosa ciudad de sus padres, una reliquia de siglos que tenía que ser salvada del conflicto, pero a medida que pasaban los días sin lograr la rendición de los hombres de la fortaleza, el Inca comprendió que si la ciudad había sido abandonada por los dioses, era forzoso convertirla en tumba de los invasores. Mucho vaciló en su corazón antes de dar la orden, pero recordó las momias profanadas de sus abuelos y decidió que, si ese era el precio de destruir para siempre a los enemigos, convertiría en un horno al rojo vivo el corazón de su reino. Él mismo encendió la primera flecha que voló en la noche desde los campos silenciosos, que describió su arco en el cielo como el meteoro que había anunciado la muerte de Atahualpa, y fue a clavarse sobre el tejado de uno de los templos. Al instante llovieron de todos los costados miles de flechas encendidas contra el viejo puma moribundo, contra esa ciudad que yo he venerado desde mi infancia, y el puma que había sido de oro se convirtió en un puma de fuego, porque las llamas se apoderaron de todos los techos de madera y de cañas.

Allá adentro, mientras caían los envigados y se extendía el incendio, los hombres de España tuvieron que salir a la plaza central: ardía como una fragua en torno suyo la ciudad de la que no podían escapar. Su única defensa era mantener bien protegidas las entradas. Los incas, conocedores ya de los cañones y de otras armas mortíferas, no intentaron entrar en la ciudad: se habían trazado el plan de hacer morir de encierro y de hambre y de fuego a los hombres que la ocupaban, y más bien entorpecieron las salidas de tal manera que si los españoles intentaban limpiar de escombros el paso, se vieran siempre expuestos a los flechazos de los arqueros.

El sitio y el incendio se prolongaban. Al final, los hermanos Pizarro decidieron vender caro el pellejo, y armaron súbitas incursiones contra la masa de los guerreros incas, para tomarlos por sorpresa, seguros de que los sitiadores no esperaban tales muestras de temeridad. Aunque lograron sorprender a los atacantes y causar muchas bajas en sus filas, no podían diezmar de un modo visible a una tropa tan numerosa, y una de esas incursiones les permitió ver que en la distancia, desde los flancos de los cerros vecinos, Manco Inca Yupanqui, montado sobre un caballo blanco, dirigía el ataque vestido a la española, con casco y escudo, con una lanza de hierro en la mano y a la cabeza de una tropa de capitanes incas que formaban también un cuerpo de caballería.

No dejó de causar impresión en los capitanes españoles, tan seguros de su superioridad militar, ver que los enemigos no sólo habían tomado confianza con los caballos, que hasta hacía poco les causaban terror, sino que estaban empezando a usar las armas que los conquistadores perdían en las batallas. Volvieron a entrar en la ciudad, sangrientos y orgullosos de su arrojo, pero convencidos de que sería muy difícil que alguna tropa enviada por Francisco Pizarro pudiera abrirse camino entre la mancha infinita de los sitiadores nativos.

Cuando Orellana recibió la noticia del sitio del Quzco no vaciló un instante. Invirtió sus riquezas en armar y proveer una tropa, que nunca supe qué tan grande fue, y emprendió el viaje hacia el sur sin esperar orden alguna, porque había llegado su hora. No sólo sobre Quzco habían caído los enemigos: todas las ciudades ocupadas por españoles estaban siendo sitiadas, y nadie imaginó que hubiera tantos habitantes insumisos y tantos guerreros rebeldes en un reino que ya parecía dominado. El propio marqués Pizarro padeció las oleadas de un asalto en su ciudad floreciente junto al mar, pero consiguió rechazarlo y, alarmado por la magnitud de la reacción tardía pero feroz de los incas, había enviado ya cuatro expediciones sucesivas, de cien jinetes cada una, en ayuda de sus hermanos en la ciudad sagrada. Los incas astutos las dejaron pasar, una tras otra, hasta internarse bien en sus territorios, después las envolvieron en cercos implacables y acabaron con ellas. Vencidas las expediciones, se dedicaron a recoger sus armas y a capturar los pocos caballos sobrevivientes, de modo que mientras Pizarro pensaba que ya sus hermanos habían sido auxiliados, los defensores de Quzco estaban más desamparados que nunca.

Orellana logró pasar con astucia evadiendo los ejércitos incas, libró breves y exitosos combates contra pequeñas tropas enemigas, y se acercó más que otro cualquiera a la ciudad sitiada. Para su suerte, un nuevo factor vino a influir en la contienda, y es que, después de cinco meses de tener asediada la ciudad, había llegado la época de la siembra, y los incas no podían mantener sus multitudes allí, lejos de las terrazas de cultivo, sin correr el peligro de que a la amenaza de los españoles se sumara, más grave, la amenaza del hambre para su inmenso pueblo. Manco Inca Yupanqui ordenó el retiro gradual de las tropas, confiando en que las fuerzas de los defensores estarían muy menguadas, y fue entonces cuando las tropas de Orellana avistaron la ciudad y cargaron hacia ella con tal ímpetu, que los guerreros incas que quedaban ante Quzco sintieron con alarma que los españoles se reproducían por milagro, y se replegaron definitivamente.

11.

ORELLANA, CASI SIN LUCHAR, SE CONVIRTIÓ POR SU LLEGADA OPORTUNA

Orellana, casi sin luchar, se convirtió por su llegada oportuna en símbolo de salvación para los Pizarro, que por fin reconocieron en él a alguien de su sangre. Desde entonces se afilió sin vacilación al bando de sus primos. Empezaba la guerra entre conquistadores, y fue en las Salinas de Cachipampa, a una legua de Quzco hacia el sur, donde se libró un día la batalla entre los Pizarro y su traicionado socio Diego de Almagro. Allí volvió a destacarse Orellana y se hizo merecedor de la gobernación de Guayaquil, ciudad que era necesario refundar después de que los indios arrasaron la fundación primitiva de Belalcázar. En tres años Orellana logró construir un poblado, distribuir las tierras, librar combates exitosos contra los nativos rebeldes, e impartir justicia con mano severa, al buen estilo de sus parientes.

El caso más sonado fue el de un joven español, Bartolomé Pérez Montero, que se aficionó por un indígena del litoral llamado Dauli. Parece que el muchacho fue auxiliado por Dauli en un momento de peligro, y desde entonces no se separó de él, sino que lo adoptó como su criado y su ayuda de cámara. Un día un enemigo de Pérez Montero afirmó en una junta de notables que había sorprendido a los dos muchachos durmiendo juntos, y aunque estos lo aceptaron y presentaron como algo natural compartir el espacio en una situación de precariedad, lenguas indignadas alzaron el rumor de que en realidad los dos mozos, el cristiano y el idólatra, profesaban vicios griegos y nefandos, y exigieron al capitán que los castigara.

Dauli fue condenado a prisión con cepo, y estuvo varias semanas encerrado casi sin comer en un calabozo, pero una noche se descubrió que el joven amo español se había deslizado en las sombras para llevarle a su criado alimentos y una frazada. Enterado de esto, Orellana quiso poner a prueba la relación de los dos mancebos y le entregó a uno de sus soldados la llave de la prisión para que se la ofreciera clandestinamente al español. Este aceptó la llave, pagó por ella unos cuantos ducados, y esa misma noche se deslizó de nuevo y entró en la celda donde su amigo se extenuaba. Parece que al llegar, a solas y con un pequeño candil para no llamar la atención, encontró al indio tan mal, que lo tomó en sus brazos y quiso brindarle un poco de alimento. No cabía duda de que sentía un gran pesar por aquel amigo caído en desgracia por su culpa, pero en ese momento Orellana y sus alféreces, que estaban ocultos junto a la celda, entraron en ella con lámparas y encontraron a los jóvenes uno en brazos del otro, en una posición que cualquiera podía interpretar como quisiese. Allí los dejaron cautivos a los dos, desnudos y atados el uno al otro de tal manera que apenas podían respirar.

Al día siguiente les siguieron un juicio en el que testificaron el soldado que vendió la llave, el que los había denunciado primero y los que los sorprendieron en la celda, y antes del mediodía Orellana los había condenado a muerte por perversión y sodomía. El capellán, en nombre de la santa religión, pidió la pena máxima y suplicó invocando a Jesucristo que no se les impusiera ni el garrote ni el degüello sino la única muerte válida para corregir la enormidad de su falta, que era la de ser quemados vivos. Y al caer la noche, los dos muchachos de veinte años fueron llevados, como habían estado la noche anterior, atados y desnudos, hasta el gran montón de leños que habían preparado los soldados y se hizo una misa de tinieblas exhortando al demonio para que saliera de aquellos cuerpos y se ofreció finalmente al joven español que si quería salvarse de la humillación de arder en una llama con un indio encendiera él mismo la pira de Dauli, a cambio de ser degollado. Pero allí sí se demostró ya sin dudas que la pasión que lo animaba era distinta de la lealtad con un amigo y con un criado, porque el joven se negó a esa mitigación de su pena, y murió abrazado al indio, y después de los gritos finales se confundieron en un solo montón de cenizas a la orilla del mar.

Ya sabes que cuando Gonzalo Pizarro pasó por Guayaquil, nombrado gobernador de Quito, Orellana procuró mostrar de nuevo su fidelidad a la casa de sus primos y le quiso hacer entrega de la gobernación. Qué iba a interesarle: Gonzalo le habló del País de la Canela, y fue más bien Orellana quien vio la oportunidad que había soñado toda su vida. Le rogó a su primo que lo esperara, pero una expedición tan enorme no podía acampar por semanas aguardando a un hombre, por importante que fuera, y Pizarro sólo supo prometerle que si nos alcanzaba en Quito, tendría su lugar en la aventura. Orellana vendió deprisa unas propiedades e hipotecó otras, armó una tropa ágil de veinticinco hombres de a caballo, y gastó más de cuarenta mil pesos de oro en la empresa. Nosotros lo esperamos en Quito muchos días, pero viendo su tardanza Pizarro dio la orden de marchar, y cuando Orellana llegó a la ciudad ya estaban fríos los rastros de nuestra expedición.

Entonces tomó la decisión desesperada y harto insensata de ir detrás de nosotros por las montañas.

Nunca entendí cómo se atrevió a salir solo, cuando todo el mundo había visto las extremas precauciones de Pizarro, incluida la de llevar como protección una jauría estruendosa. Los indios guerreros que no se atrevieron a atacarnos se encarnizaron después con aquella tropa, más frágil y menos numerosa. Flechas súbitas y despeñaderos dieron cuenta de los caballos, los nativos pacíficos que iban cargando los fardos murieron todos en el hielo, y los hombres de Orellana lo único que no perdieron en aquella aventura fue la vida. Descansaban menos que nosotros y así se fueron acercando, cada vez más desesperados, hasta que oyeron como una bendición ráfagas de ladridos en la distancia. Los fantasmas temblaban recordando de qué habían escapado, y hablaban también de un estruendo descomunal que escucharon por las gargantas de la cordillera el día del terremoto, y que sólo entendieron cuando alguien les habló de la caída del peñasco.

Yo vi la gratitud y la alegría en el rostro de Orellana, al verse tan bien recibido por los nuestros. Pizarro se empeñó en que los atendiéramos con especial solicitud y, para hacer sentir al primo que apreciaba su arrojo al emprender un camino casi suicida, lo nombró teniente general de nuestra campaña. Bien alimentados y vestidos, los fantasmas se recuperaron, Orellana empezó a cumplir sus funciones, y muchos días después me di cuenta de que algo comenzaba a distanciar a los dos primos.

Pizarro era duro, hacía sentir su autoridad, y esto resultaba más enojoso para alguien que lo conoció desde niño y compartió con él la pobreza en Trujillo, cuando esta tierra nueva no existía. Los dos procuraban hacer evidente su acuerdo, porque era necesario para la expedición, pero algo nunca ajustaba, surgían pequeñas discrepancias sobre la ruta, y cada vez que Pizarro daba una orden o proponía una tarea, algunos podíamos adivinar quién arquearía las cejas con preocupación, o se acariciaría la barba con lentitud, o permanecería a solas mirando los bosques con su ojo bueno, mientras el ojo muerto seguía mirando caminos aún más imposibles.

Les interesó menos regir unas ciudades establecidas que inaugurar una nueva fuente de riqueza, y el plan de una conquista común unió a esos hombres que habrían terminado siendo rivales, como gobernadores de ciudades vecinas. Orellana no podía olvidar que llegó arruinado y cansado, y que Pizarro lo recibió con la lealtad elemental que hay que mostrar en estas tierras por el amigo desvalido. Pero Pizarro no lo habría hecho si presintiera lo que iba a ocurrir. Es más, dejó en sus manos una parte de la expedición, y se fue con el resto a buscar las llanuras de caneleros que, según sus informantes, ya estarían muy cerca. Poco después supimos el horrible resultado de aquel avance.

12.

ACOSTUMBRADO A LAS ALAMEDAS Y LOS OLIVARES

Acostumbrado a las alamedas y los olivares, a los robledales y los pinares que se encuentran al otro lado del mar, Gonzalo Pizarro ignoraba, como todos nosotros, que esta región del mundo no produce bosques de una sola variedad de árboles, y nada le parecía más natural que la posibilidad de hallar un interminable bosque de canela. Pero aquí en el suelo más estrecho proliferan árboles y plantas diferentes, y cuando Pizarro llegó con sus tropas a la región que le habían anunciado los guías indios, donde esperaba encontrar caneleros sin fin, sólo halló entre la selva árboles espaciados de una canela nativa, de sabor semejante, pero que no justificaba la búsqueda porque no podía aprovecharse para negocio alguno.

Posiblemente nunca se había organizado en las Indias una expedición más costosa y más ardua, pero Pizarro no sabría decir si lo peor de esta fueron sus costos en oro o en esfuerzo. Todos en su familia tenían propensión a la cólera y esa pasión violenta fue capaz de los hechos más espantosos. Cuando acabó de entender lo que pasaba no podía creerlo. Recontó en su mente la riqueza que habían acumulado en el saqueo del Quzco, la piel de oro macizo de los templos del Sol, y no supo a qué horas se había dilapidado una porción tan grande del tesoro en jornadas de miseria y fatiga y en un viento oprobioso de ladridos de perros. Más que frustrado, más que engañado, pálido de rabia, sintió que la selva empezaba a girar en torno suyo como un remolino. Alguien tendría que pagar por esto. Los falsos caneleros iban a ser los testigos de su ira, los indios recordarían para siempre que no se puede engañar a un Pizarro.

Los indios tampoco entendían: les habían preguntado por el árbol con el que se aroman las bebidas, ellos no sólo le habían dicho al capitán dónde estaba ese árbol, sino que habían ido con él a mostrárselo. Ahora al capitán no le bastaban los árboles que hallaron: quería que la selva entera tuviera un solo tipo de árbol, que debía ser rojo, que no podía ser el árbol que ellos conocían desde siempre sino otro que sembraban manos desconocidas en reinos distantes. El capitán parecía querer vengarse de la selva por no producir sus árboles como a él le gustaban, y volvía a someter a los nativos a toda clase de interrogatorios, para ver dónde estaba el error, quién había mentido, quién era el responsable, qué interés tenían ellos en hacer fracasar una expedición tan costosa.

Por momentos incluso alentaba la ilusión de no haber llegado todavía al lugar indicado; quizá más adelante estarían los bosques verdaderos. El País de la Canela había existido tanto en su imaginación, que tenía que existir también en el mundo. Pero no es tan fácil negar lo real ni ocultar lo evidente. Dilató su ilusión hasta lo imposible, pero al final no pudo seguir diciéndose que el país verdadero estaba oculto. La selva oscura y húmeda nos estaba mostrando su verdadera cara, estanques con bestias, móviles manchas de hormigas bermejas, troncos en la hojarasca con agujeros habitados por enormes arañas. Todo en aquellos limos era resbaloso y estaba vivo, a veces en el aire se formaba un cuerpo espeso y zumbante, un ani mal hecho de animales, un enjambre de insectos diminutos formando un volumen que por momentos parecía mostrar antenas, extremidades, vientres, alas.

Pizarro quería quitarse el calor como si fuera un traje; parecía en su ira uno de esos picados de flecha que quieren quitarse también el pellejo. Y en su interior se fraguaban ideas atroces. Llamó a sus capitanes más fieles y les dio una orden horrible que algunos no comprendieron: había que escoger diez indios de los más influyentes y arrojarlos en trozos a los perros. «¿Para qué, capitán?», preguntaron. «Para que aprendan a decir la verdad», contestó. «Para que estas bestias aprendan que no se nos puede mentir.» Y después dijo, como tratando de justificarse: «Y para castigarlos por traidores».

Muchas veces, cuando lo he contado, quienes me escuchan me entienden mal, y tengo que explicarles de nuevo que Pizarro no empezó a matar a los perros para alimentar a los indios sino que empezó a matar a los indios para alimentar a los perros. La confusa crueldad de tomar diez hombres y destrozarlos con hacha y machetes para entregarlos a la voracidad de los mastines causó terror entre la multitud indígena, pero no produjo cambio alguno en sus respuestas. Todos siguieron jurando que habían actuado bien, que habían cumplido sus promesas. «Pero si nosotros hemos sufrido más que ustedes en esta expedición» decía uno de los viejos incas, «¿cómo pueden pensar que los hayamos traído a sufrir y a morir si somos nosotros los que ponemos siempre los muertos?» Pizarro hizo anunciar entonces con bandos de guerra en español y en la lengua de los hombres de la montaña que cada día haría aperrear a diez indios hasta que reconocieran su culpa. Esto, te lo confieso, no lo había contado antes. Sé que para muchos miembros de la expedición aquel trabajo de exterminio fue tan horrible como para los indios, porque un soldado está dispuesto a matar en su propia defensa pero no todo guerrero se complace en las carnicerías.

Más grave aún es que la locura de Pizarro crecía con las horas, ya nada más ver a los indios le causaba malestar físico, y así llegó el momento en que tomó la decisión de acabar con todos. Había estado un rato mirando la selva, solo, y cuando salió al campamento de nuevo: «Hay que matarlos», les dijo a sus ayudantes. «¿Matar a quiénes, capitán?», contestaron, fingiendo no entender la orden, tan loca era. «Que no quede vivo un solo indio», gritó. Los nativos veían venir aquello, pero estaban atrapados en una región que no les era familiar, de la que muchos apenas habían oído hablar, a merced de las armas, de las bestias y de la crueldad de sus jefes, a los que sin embargo habían servido con paciencia y con resignación. Pizarro ordenó que a la mayoría los amontonaran en círculo, y que se mantuviera a los perros amarrados, listos para saltar sobre ellos. Había concluido que nuestra supervivencia dependía de que los indios murieran: «Son más de tres mil malditas bocas que alimentar, si no los matamos no saldremos vivos de aquí, ni ellos ni nosotros».

Habría podido dejarlos en libertad: muchos se las habrían arreglado para encontrar de nuevo las montañas, pero Pizarro necesitaba vengarse, quería sangre, quería demostrar que de su linaje no se burlaban impunemente unos pobres diablos que adoraban piedras y estrellas. Tal vez de lo que llevo tantos años huyendo es de ese recuerdo. De los cuatro mil indios que habían salido con nosotros en aquella campaña, una parte se la entregó a los perros, y a muchos otros los quemó vivos junto a los caneleros falsos que hallaron. Así me lo contaron sus propios soldados, porque nosotros, con el capitán Orellana, nos habíamos quedado a la retaguardia. Para alcanzarlo de nuevo tuvimos que cruzar por verdaderos campos de horror, cuyas moscas y cuya pestilencia no me siento capaz de describir; orientados sólo por el lejano y cada vez más escabroso ladrar de los perros.

Baste decirte que el primer perro que vimos traía una mano mutilada en las fauces. Yo he visto todas las cosas horribles, pero esa imagen fue suficiente para llenar muchos sueños de aquellos días, y allí sentí por primera vez una fatiga insoportable, un malestar de tener cuerpo, de no poder detener la locura, de estar sin remedio donde estaba, viendo lo que veía, porque todos estábamos atrapados en una cárcel de árboles y de agua, rodeados de bestias y a la vez obligados a serlo, cohonestando con todas las demencias en el vago proyecto de sobrevivir.

Muchos hechos crueles se ven legitimados en estas tierras por la presión de las circunstancias, por el deber imperioso de sobrevivir a como dé lugar. Cada vez que los ejércitos avanzaban contra las escuadras guerreras coronadas de oro, empenachadas de plumas, sentíamos que era en defensa de nuestras vidas, de la religión o de la autoridad del rey, que había que triunfar sobre aquellos seres indescifrables. Pero en la selva sentí que la crueldad de Pizarro nacía sólo de su furia y se vengaba precisamente en los pobres y dóciles portadores que nos habían salvado por las montañas, llevando sobre sus espaldas cuanto necesitábamos para el viaje.

Uno de los soldados, Baltasar Cobo, que había curado a varios indios heridos en los riscos de hielo, no soportó más la indignación que le causaba el hecho y le gritó a Pizarro que lo que estaba haciendo era infame. «Capitán: ¿no le bastó con traernos al infierno? ¿Tenemos que convertirnos en demonios también?» El capitán, ciego de furia, caminó en silencio hacia él bajo un raudal de la selva, e increíblemente, sin mediar diálogo ni juicio alguno, como si fuera un enemigo cualquiera en medio de la batalla, lo atravesó en el vientre con la espada, y después, ya caído, le dio un tajo en el cuello, y ordenó a sus soldados a gritos que se lo entregaran también a los perros.

De modo que sólo un español acompañó a los indios en esa marcha cruel hacia regiones más justas. Y yo en las noches le rezo todavía a Baltasar Cobo, con el que recuerdo haber hablado en Quito, como a un santo, porque hizo lo que nadie más se atrevió a hacer en aquel remolino de sangre, lo que muchos habríamos debido hacer aunque nos costara la vida. Nadie más se atrevió a rebelarse, y yo fui de los muchos indignos que aceptaron en silencio la infamia. Sé que en esos días he debido morir, sé que el amor que me había brindado una india de las Antillas exigía que yo me opusiera también a aquel holocausto, pero cerré los ojos anhelando despertar en La Española, ante el mar que todo lo purifica, cerca del regazo de aquella india que siempre me había cuidado, lejos de la jungla de árboles y de locuras en la que ahora nos hundíamos, lejos de la ambición que precipitaba estos hechos salvajes.

Por eso, aunque mis manos no mataron ni descuartizaron a ningún indio, yo me sentí tan responsable como Pizarro por aquella carnicería en la selva, y ni siquiera el hecho de ser el más joven de la expedición y el menos experimentado de todos me protegió del sabor amargo que llevé después en la boca por mucho tiempo, y del frío de vergüenza que sentí viajar en mis huesos. Esa mortandad era casi equivalente al crimen de Cajamarca, que también significó el sacrificio de miles de seres, pero era peor, porque en Cajamarca Pizarro y mi padre y sus hombres pudieron sentir que en ese estrago les iba la vida, pero ahora en la selva matar a aquellos indios era el más innecesario de los crímenes. Cuando dejamos atrás la pesadilla teníamos las almas turbias como ciénagas, y sentimos el deber de empezar a rechazar las ensoñaciones. Seguíamos en medio de un desafío mortal, asediados por peligros pasados y futuros, con sólo un horizonte de aguas crecientes y de bosques insondables esperando por nosotros.

También recuerdo la actitud de los pocos indios sobrevivientes. Eran los que podían hablar en castellano y resultaban por ello necesarios para entendernos con los pueblos de la selva, eran los más fuertes para cargar con todas las cosas que no podíamos llevar nosotros, los pocos que habían llegado a establecer algún lazo de colaboración o de servidumbre con los blancos. Casi nunca volvieron a hablar por su propia voluntad, enmudecidos por una especie de horror sagrado. Sabían ya sin duda que estaban en poder de los demonios, y siguieron a la caravana como autómatas, hundidos en la resignación o el espanto.

Ya te conté que de todos los peñascos de musgo y de la raíz de los bosques brotaban chorros de agua. Al cabo de cada nueva jornada de marcha los arroyos se hacían quebradas y las quebradas se ampliaban en riachuelos, y en menos de una semana ya corría junto a nosotros un río de muchas varas de anchura. Caminábamos en la noche oyendo su rumor, dormíamos, y al amanecer el cauce se había duplicado. Te he dicho que no buscábamos el río, pero el río sí parecía buscarnos a nosotros. Lo evitábamos, para esquivar el riesgo de que los cerdos que quedaban se despeñaran, e incluso el riesgo de que los pocos sobrevivientes indios improvisaran canoas y escaparan; pero aunque torcíamos el rumbo para no avanzar siempre bordeándolo, volvía a aparecer ante nosotros, terco y sinuoso, encajonado entre arboledas o entre barrancos lisos, y hasta tuvimos que retroceder alguna vez porque el cauce se arqueaba totalmente y parecía envolvernos.

Los indios sobrevivientes tenían motivos para deplorar no haber sido asesinados como los otros: el peso de la carga se había multiplicado, mayor era el trabajo y el descanso ninguno. Comían poco, y casi nunca los mismos alimentos que nosotros. Ya en las montañas donde están sus ciudades habíamos advertido que les repugnan los huevos de aves y la carne de cerdo. Y aunque a nadie le importaría si esos cuatro centenares de siervos se alimentaban o no, ahora iban llevando nuestra carga y tenían que estar en condiciones de resistir la dureza de los caminos. En otras circunstancias los látigos de los capataces los habrían convencido de comer a la fuerza, pero ahora convenía que la mejor alimentación estuviera reservada para nosotros, y algunos indios, los más familiarizados con el monte, ya empezaban a flechar pájaros al vuelo y peces lentos en los remansos.

También llevábamos maíz, el único alimento que compartíamos con ellos. Pero el esfuerzo de la expedición nos hizo más voraces y los cerdos fueron disminuyendo por el camino. Los bosques se hacían espesos, a veces llovía el día entero y la expedición resbalaba en caldos de fango y de raíces muertas. Y aunque los jinetes, vigorosos y ansiosos, soportaban bien la travesía, porque los caballos se adaptaban a los caminos pendientes y sabían sortear las tierras quebradas y traicioneras, y aunque los españoles de a pie, bien protegidos contra el clima, resistíamos mejor la adversidad, no tenían la misma suerte los indios descalzos que iban quedando desnudos por las ráfagas de la intemperie, y a los que forzosamente abandonábamos, no siempre muertos, cuando sus cuerpos, como dijo una vez

Pizarro, se hacían inservibles. De más de uno me persigue la mirada desamparada y vacía, cuando nos veían alejarnos y se quedaban solos a merced de la lluvia por caminos que sólo frecuentan las fieras.

13.

CUANDO EL CAPITÁN
PIZARRO ENLOQUECIÓ

Cuando el capitán Pizarro enloqueció, la selva empezó a cambiar a mis ojos. No diré que se volvió una morada, como parece serlo para los indios, pero los crímenes del capitán y sus verdugos me hicieron pensar que todo en la selva, comparado con aquello, era inocente: la acechanza amarilla del jaguar, los dientes voraces en los remansos, las serpientes que abren sus jetas y esperan que venga hasta ellas, por el túnel del aliento, el roedor hechizado; y sobre todo inocentes los árboles que no van en busca de nada, que sólo vuelan libres cuando son apenas promesa, puntos negros suspendidos en una gasa liviana y abatidos de golpe por la lluvia.

Como te digo, Pizarro había querido hacer el tramo final del camino acompañado sólo por sus hombres más cercanos: quería ser él quien hallara las leguas de bosques de canela y tomara posesión de ellos en nombre del rey, y fue eso lo que nos salvó de estar presentes en lo más atroz del exterminio. Y a mí también me cuesta imaginar el modo como ordenó la matanza, porque es difícil matar a tres mil indios aun con la ayuda de tantos perros de presa. Aunque sólo llegué al final del holocausto, aquel olor de muerte quedó impregnado en mí, y, ¿por qué no confesarlo?, fue una de las causas de que después no sintiera demasiada tristeza ante la fatalidad de que

Pizarro quedara abandonado en la selva. «Le tocó quedarse viviendo con los huesos de sus víctimas», me dije más tarde, en los días del río.

Yo no ignoraba que otro río de sangre india me manchaba la frente, porque uno de los carniceros fue mi propio padre. Y habrás notado que nunca logro quitarme de la mente eso que no me fue dado presenciar: me persigue el fantasma de un rey llevado en una silla de oro entre un cortejo con trajes de lujo, del imperio vestido para el degüello, ochenta mil flecheros allá afuera, esperando un mensaje que jamás llegaría, y de repente, sobre los espantados funcionarios y sacerdotes y poetas y guerreros y mensajeros, sobre los portadores y los músicos que soplaban sus quenas y percutían sus tambores con plumas, sobre los graves ancianos con capas de lana y con pendientes de oro, en mitad de la tarde, los truenos.

Ahora tenía una evidencia más cercana de la ferocidad de esta conquista, y si me perdonas que use palabras que no ha dicho siquiera el adversario de mi maestro Oviedo, fray Bartolomé de Las Casas, de la ferocidad de la España imperial. También de mí se esperaba que me mostrara capaz de matar a muchos y de reír en medio de la masacre, pero ni entonces ni ahora quería yo participar de esa ordalía. Temo que no nací para la guerra, aunque una y otra vez el azar me arrastró a sus infiernos. Todo el tiempo he tratado de esquivar esos rumbos de sangre, pero por todas partes, en Roma que siempre reza y en Nápoles que siempre canta, en Mühlberg, donde una tropa de veinticinco mil hombres avanzó protegida por la niebla, en Flandes que está lleno de esqueletos e incendios y en Argel donde los cuchillazos son curvos, se me han atravesado campañas y batallas que yo nunca buscaba. Y te juro que no es por cobardía, sino porque otras cosas me han inquietado la conciencia, porque otras preguntas trataban de salir de mis labios.

Pero lo que más me impedía en la selva participar de esa fiesta de sangre es que a mis veinte años yo había sido auxiliado por indios en momentos de peligro, y todavía antes había bebido la leche en los pezones de una india de La Española, y había escuchado los relatos de Amaney en nuestra casa de Santo Domingo: yo no podía ver a los indios como a bestias sin alma.

En esa expedición que te propones, y que no tendrá suerte, deberás arrastrar otra vez a su perdición a millares de indios. Y muchos otros habrás de enfrentar por el camino. Para Hernán Cortés, y aun para Francisco Pizarro, ese era el costo de la vengativa fortuna que estaban conquistando, y el brillo del oro les ayudó a creer que no estaban dañando sus almas. Pero en la soledad llena de tenazas y de colmillos ese sacrificio es aún más inútil, porque no hay nada allí que pueda satisfacer la ambición. Se puede conquistar una ciudad y un imperio, se pueden saquear tumbas y templos, se puede avasallar a un millón de aztecas o a un millón de incas, pero no podrás someter a la voluntad de unos hombres todas las dispersas tribus de una selva infinita, no podrás hacer jaulas para tantos pájaros, no podrás someter al yugo a las dantas de los ríos, no podrás poner riendas ni bridas a las anacondas monstruosas, no podrás sujetar con carlancas de hierro a una manada de jaguares para que arrastren el carro de tu victoria como los leopardos del dios Baco.

¿Qué es la selva? Cuando vas por el río lo sabes, porque lo que estás viendo es exactamente lo mismo que no ves. O sólo es diferente porque bajo el sol pleno allá adentro es de noche. Pero el gran poder de la selva se te escapa: en sus troncos enormes, en sus árboles florecidos, en sus monos aullado-res, en sus garzas, en sus serpientes del color del limo, con ojos blancos como si fueran ciegos, en sus troncos derribados don-de caminan las escolopendras azules de patas amarillas, lo que palpita es el secreto de la vida y la muerte, una cosa total e in-accesible. En vano intentaríamos nombrarla, enumerarla, porque esa es la clave de la diferencia entre aquel mundo y el nuestro: que en nuestro mundo todo puede ser accesible, todo puede ser gobernado por el lenguaje, pero esa selva existe porque nuestro lenguaje no puede abarcarla.

Y sobre todo, no se puede someter el río a la voluntad de los hombres. Eso es tan imposible como poner frenos de plata en el mar espumoso, como querer herir los nervios del agua con espuelas de hierro. Y por eso no voy a acompañarte a la empresa que sueñas: porque sé el resultado. No se me borran las selvas donde vi podrirse la sangre, ni la locura en las pupilas de Gonzalo Pizarro, ni las jornadas de hambre que siguieron a aquella demencia.

Como el que despierta de una embriaguez, sólo cuando los indios no eran más que carnaza humeante Pizarro comprendió que ahora no teníamos quién nos llevara la carga, que nos era forzoso a los españoles y los pocos indios restantes echarnos al hombro los fardos y avanzar pesadamente por arboledas que se hacían cada vez más impracticables, y donde un río se atrave-saba y volvía a atravesarse, sinuoso como una serpiente, llenas de peligro las orillas inundadas.

Ya se alzaba la luna de los perdedores. Cada día había nuevas y rabiosas discusiones, los jefes cavilaban, pero antes de que pu-dieran decidir cuál sería nuestro rumbo, las provisiones restantes se terminaron. Íbamos esquivando el río sin nombre, los bosques eran más espesos, la tierra se deshacía en pantanos, y la parte más dura del viaje comenzaba apenas, porque el hambre es una cruel consejera y, agotados los cerdos, las miradas de nuestra compañía se volvieron hacia los perros y hacia los caballos.

Lo que ocurrió entonces parecería absurdo a quien no lo haya vivido. La expedición, flamante y ostentosa al principio, se había ido diezmando por la fatalidad, como si otro perro invisible devorara sus miembros. Ya estábamos sin los cerdos, sin muchas de las llamas y casi sin los indios: le iba llegando el turno al resto. Sin explicar por qué, los soldados optaron primero por sacrificar los caballos, a pesar de que eran mucho más necesarios que los mastines devoradores. Se dirá que en Europa es común ese alimento, y que en cambio la costumbre de alimentarse de perros repugna desde siempre a los cristianos, por la relación de familiaridad que hace tanto mantienen con ellos. Pero no fue esa la razón principal para postergar a los perros, aunque el cebo primero y el hambre después los hacían más feroces y empezaban a ser un peligro para todos. La razón nadie la sacaba a la luz pero todos la conocíamos muy bien en la penumbra de nuestros pensamientos, y es que estos perros, que tarde o temprano tendríamos que devorar, se habían cebado en la carne y se habían saciado con la sangre de los indios, y pese a la crueldad de esta conquista, allí nadie ignoraba que los indios son seres humanos. Yo conservaba nítido el recuerdo del perro oprimiendo con los colmillos la mano reventada de un hombre. Y sé que todos querían decir, pero sólo uno lo dijo, que aquellos perros estaban alimentados con carne humana. Los dioses inescrutables de la montaña y del hambre se disponían a cobrarle a nuestra expedición la inhumanidad que había mostrado con los hijos del Inca.

Nos habíamos detenido una tarde, después de largos esfuerzos por superar un pantano sobre el cual se movía una nube de mosquitos diminutos, cuando uno de los hombres de a pie, que ya había hablado a solas varias veces por los caminos, se levantó de pronto y soltó en una frase toda su angustia contenida: «¡Los indios están en los perros!». Uno de los incas que quedaban con nosotros se volvió hacia el río y empezó a pronunciar una especie de rezo en su idioma. Se llamaba Unuma, hablaba un poco en castellano y yo había conversado con él más de una vez en la travesía. Era un hábito de nuestros soldados mirar a los indios como bestias de carga, pero bastaba hablar con aquel hombre para darse cuenta de que había en él algo misterioso y venerable, que no alcanzábamos a comprender.

No sabíamos mucho de su mundo, de sus costumbres, de sus zodíacos ni de sus sueños. Pero los antepasados de aquel hombre habían alzado ciudades de piedras gigantes y las habían recubierto de oro, habían trazado templos y palacios en las alturas, habían tallado observatorios en las agujas de piedra de la cordillera, habían leído los signos del cóndor, del jaguar y de la serpiente en los tres niveles del mundo, habían domesticado las semillas y las vicuñas lanosas de los riscos, sabían convertir el oro en pendientes y en plegarias, conocían los secretos de las terrazas de cultivo, repetían leyendas y canciones, guardaban historias y cifras en los nudos antiquísimos de sus quipus, sabían tejer mantas y trajes lujosos con lana de alpacas y hacer para sus reyes capas flexibles de alas de murciélago, negras y blandas como la noche misma, habían estudiado los abismos del cielo, conocían los ciclos de fertilidad de la Luna y los nombres de las estrellas. Sólo nuestra barbarie podía borrar tantas cosas y verlos en su silencio como bestias sin dioses.

Se alzó un rumor de vociferaciones. Pizarro comprendió que habíamos llegado a un momento extremo, y le pidió a fray Gaspar de Carvajal, el capellán de la compañía, que tranquilizara a los hombres explicándoles que los indios estaban muertos lejos de allí, que los perros no eran demonios sino animales hambrientos, y que si la necesidad lo ordenaba, los cristianos podían alimentarse de lo que Dios proveyera. Así comenzó la parte más abominable del viaje, y después de las primeras repulsiones, que más parecían espasmos de la culpa que males digestivos, empezamos a parecernos al tiempo, que desgarra las uñas del jaguar y roe los dientes de los agutíes, que desgasta las limas de hierro y mata las ociosas espadas.

Gradualmente disminuyó el estruendo de los ladridos, que nos había acompañado desde el comienzo. Tú sabes que por feroz que hayamos hecho a un perro, no pierde nunca su nobleza con los amos, su fidelidad y su lealtad. Cada soldado tenía por lo menos un perro al que consideraba su amigo personal, con el que jugaba a veces cuando estábamos descansando en los claros del monte. Y aunque el hambre nos fue haciendo bestiales, quedaban en nosotros esas chispas de humanidad que hicieron más doloroso todo el sacrificio de los perros, adiestrados para el horror pero que conservaban la nuez de una infantil inocencia.

Muchos me han preguntado cómo dormíamos en aquella estridente intemperie, y yo mismo no acierto a responderlo. Uno se acostumbra a dormir pocas horas, en cualquier superficie, cubierto o no por el techo de las tiendas, no gracias al esfuerzo de conciliar el sueño sino vencido por el cansancio, y en cuanto se ha restablecido lo suficiente, lo despierta un ladrido, una hormiga en la cara, una racha de viento. Basta descender unos cuantos metros por las montañas y todo el cuadro cambia.

Esquivábamos en vano al río, que cada vez se nos aparecía más grande, y seguíamos preguntándonos cuál sería su rumbo y su desembocadura, hasta que pudo más la terquedad de sus curvas y la promesa de sus aguas afanosas, y un día el capitán, exasperado, decidió no esquivarlo más. Varias veces propuso Orellana virar hacia el norte, buscar tierras pobladas por las sabanas que ascienden hacia Pasto y Popayán, y mostró con vehemencia su rechazo ante la idea de que avanzáramos orillando el río que crecía. Si hubiera sabido entonces qué destino estaba trazado en la palma de su mano, donde también las líneas de los pequeños arroyos desembocaban en un cauce central profundo e ineluctable, habría encontrado el oculto significado de aquel rechazo, por qué su insistente deseo de buscar villas pobladas y alejarse de las orillas del mundo desconocido.

Pero los indios dijeron después que a partir de aquel momento fue el río quien tomó las decisiones, y pasados los años y los hechos, para mí es bien posible entenderlo así. No habíamos avanzado una jornada por la orilla cuando vimos aparecer una aldea de nativos pescadores junto a un extenso playón donde estaban atadas con lianas unas veinte piraguas. Eran alargadas y bien pulidas, tallada cada una en el tronco de un árbol, se mecían sustraídas a la prisa del río, y sus constructores las habían pintado con oscuras tintas de colores. No hallamos un solo indio en la aldea, pero había mucho pescado fresco, que harto consuelo fue para gentes tan hambrientas y ya hastiadas de comer lo abominable. Hallamos largas cañas, varas finas con ganchos, y arcos y flechas, y cilindros de bejucos rectos enlazados por unas lianas en espiral que nos parecieron adornos inútiles. Un indio nos contó más tarde que eran redes para pescar, y cuando explicó su mecanismo sentimos admiración por el saber que había guardado en ellas.

Los nativos debieron de huir al sentir nuestra presencia, y probablemente estaban escondidos en algún lugar por las arboledas espesas. Pero cuando uno de los indios de nuestra compañía dijo que si no los veíamos no era porque se hubieran ido, sino porque se habían transformado en monos, en serpientes, o en esos pájaros de picos enormes que gritan a veces desde los ramajes remotos, otro, que sumergía el remo a su lado, me advirtió que no creyera tal cosa, porque los habitantes de la aldea estaban allí, tal vez sentados en las piraguas, pero que tenían rezos para hacerse invisibles.

Pizarro ya no estaba interesado en cuentos de indios, y más de una vez nos riñó con rudeza por escuchar sus historias. Dijo que quienes terminaban convertidos en monos y en lagartos eran quienes los oían, pero por alguna razón que nunca comprendí, tal vez por ser yo el más joven de la expedición, parecía tenerme aprecio y nunca se mostró verdaderamente violento al hablarme. Pero a mí ya su presencia me daba espanto, y sentía a su lado como si él pudiera leer en mi mente mis pensamientos, de modo que trataba de no estar nunca cerca. Robamos las piraguas. Cargamos en ellas las provisiones que sobraron después de satisfacer nuestras hambres, y con unos cuantos hombres navegando y el resto de la expedición por la ribera, retomamos el camino de descenso hacia lo ignorado.

Tal vez el río decidió que robáramos las piraguas para que la expedición tuviera que seguir forzosamente por su orilla. Para mis veinte años era fácil y casi entretenido pensar así. Yo venía de un mundo distinto, donde se cree que sólo los hombres tenemos voluntad, pero la juventud es arcilla dócil, y sé que si uno viviera unos años entre aquellos pueblos podría terminar viendo en el mundo todo lo que ellos ven: las flautas del agua, los espíritus de los árboles, los animales que caminan por el cielo estrellado y las perceptibles intenciones del río. Días más tarde yo me sorprendía pensando que en cada una de esas piraguas que avanzaban con nosotros iba alguien más que nadie podía ver, un indio invisible que determinaba su rumbo siguiendo las voces del agua. Y el agua terminó siendo más poderosa que la tierra, porque otro día el capitán ordenó que nos detuviéramos, y encargó a los armadores la construcción del barco.

14.

A ESA ALTURA EL RÍO YA TENÍA UNAS CIEN VARAS

A esa altura el río ya tenía unas cien varas castellanas de ancho, y si bien un barco como el que estábamos en condiciones de armar no podía sacar de ese sitio a toda la expedición, al menos permitiría explorar las dos orillas en busca de provisiones. Orellana volvió a opinar que Pasto y Popayán serían mejor destino; que seguir la corriente y atarse a ella con un bergantín era sumergirse sin esperanzas en un mundo que sólo prometía peligros, y Pizarro, ya molesto, no dejó de recordarle que era él quien había insistido en unirse a la aventura, que no formaba parte de la expedición inicial, y que cuando existía la promesa cierta de una gran fortuna no parecían preocuparle tanto los peligros del camino. Sólo le faltó decirle que se devolviera, solo, por la ruta que había tomado por su cuenta, y que no interfiriera en una empresa de la que era apenas un recogido tardío.

Ahora pienso que, antes de que llegara su hora, ya Orellana estaba atrapado por los hilos de su destino; ni siquiera él entendería las cosas que estaban tomando forma en su mente y que a lo mejor en las noches ya se estaban apoderando de sus sueños. El rechazo violento puede ser la primera máscara de una tentación demasiado poderosa contra la que intentamos en vano luchar; acaso Orellana empezaba a sentirse culpable de algo que aún no había ocurrido y que se estaba decidiendo en la sombra.

Pizarro, por fortuna, no lo escuchó. Consultó a los armadores qué tipo de nave era posible hacer con los recursos disponibles, y varios días revisaron los manuales de la Corona. Yo miraba con fascinación esos esquemas preciosamente dibujados que venían en los cofres y que son parte necesaria de las grandes expediciones. Oí a los conocedores discutir modelos y requerimientos, me deleité con los nombres de las piezas y de las herramientas; baupreses y trinquetes, botalones y mesanas comenzaron a abundar en las conversaciones, porque mucho antes de ser un objeto en el mundo el barco empezó a vivir, disperso y fragmentado, en los diálogos, en exclamaciones de fatiga o de impaciencia, a volar con vida propia, con vida previa y creciente, en las palabras.

Los escasos indios cargadores, vecinos vertiginosos de la sierra, miraban pasmados el agua. Ninguno supo decirnos qué río era aquel ni hacia dónde fluía. Ninguno de ellos entendía muy bien de qué hablábamos, aunque evidentemente percibían que un ser nuevo, una forma desconocida, estaba gobernando nuestros actos. Esos hijos del cóndor se sentían mal lejos de sus cumbres, parecían odiar o temer el descenso, cuando se acercaban a la orilla lo hacían con una ceremoniosidad de persas, y pocos sabían hacer lo que todos los indios de los ríos hacen desde niños, ensartar peces en la corriente con sus largas y finas flechas que no fallan jamás.

A lo largo de la orilla empezaron a trabajar las sierras por el bosque; en aquel fango de hojas podridas se midieron las piezas de madera que se convertirían en cuadernas, varengas y baos, el costillar de maderas duras de aquel objeto que era casi un fantasma; ante el chillido de los monos fueron tomando forma listones y tablas; bajo la algarabía de los loros hubo un susurro de cepillos y lijas. Teníamos toda clase de maderas disponibles, y es verdad que son bien preciosas las maderas que ofrece la selva. Pero lo que faltaba eran clavos, y cuando esto se advirtió, pude ver por primera vez que Orellana entraba en acción, recogiendo una gran cantidad de herraduras viejas y disponiendo con otros la construcción de hornos para fundirlas. Al cabo de algunos días los martillos lograron modelar una buena cantidad de clavos de distintos tamaños. Después se pulieron los listones, las tablas y las vigas, que se iban convirtiendo en codaste y en roda y en quilla; los martillos hundieron los clavos, y día tras día vimos cómo iba formándose bajo el cielo de árboles salvajes la carcasa solemne de una nave española. Anochecía y amanecía sobre ese sueño que las palabras habían insinuado y que unas manos afanosas imponían al mundo, y un día los mástiles se alzaron, las sogas se anudaron, se tensaron los cabos de cáñamo, los largos remos entraron en sus orificios, y aquel objeto desconocido y casi incomprensible para ellos se reflejó en las pupilas de los indios silenciosos como un pájaro que se despereza. La nave crujió empujada por centenares de brazos y rodó sobre troncos hasta las aguas oscuras del río.

Nunca se había visto un barco como aquel en los altos pasos de la montaña y en los ríos encajonados de la cordillera. Sé que las selvas lo miraron con admiración y con envidia desde sus miles de ojos, y fue tanto el asombro de los indios, que fueron ellos quienes llamaron El Barco, en castellano, al sitio donde el bergantín fue construido. Presiento que así se llamará para siempre. Pero aunque desfilen mil barcos ante ese lugar, el nombre seguirá designando sólo a aquel objeto de madera y de fuerza, aquel solemne juguete del agua que en una mañana de mis veinte años contemplamos con ansiedad y con orgullo todos los miembros de la expedición de Pizarro: el barco que iría acompañándonos por el río impaciente, y que quizá nos daría también alguna orientación para la salida hacia el mundo, el barco que llevaría los enfermos y los fardos ahora que la locura había sacrificado a los cargadores silenciosos.

Gonzalo Pizarro confió inicialmente el bergantín al mando de Juan de Alcántara, a quien llamábamos el Marino, del maestrazgo de Santiago, que era el más experto de todos en cuestiones de navegación. Pacientemente fueron trasladadas al barco muchas de las cosas que habían acarreado los indios y, por fortuna, todas las ropas que traíamos como carga fueron depositadas en la bodega. Los más enfermos se acomodaron como pudieron en la cubierta y el barco empezó a navegar, seguido por las piraguas, y con el resto del real y unos pocos caballos avanzando por las inundadas orillas.

Aquello parecía un cortejo mitológico. Era como si muchas criaturas de la tierra fueran rindiendo tributo a una gran bestia del río. El bergantín cargado de dolor y de oro, de los llagados y los febriles, pero también de la parte del tesoro que todavía no se había gastado, básicamente metales y esmeraldas, navegaba con lentitud, seguido por las canoas y por un reguero de soldados vacilantes y de indios resignados. Así avanzamos, cada vez más difícilmente, durante varias semanas fangosas.

Orellana y Pizarro, los primos, procuraban entenderse bien, aunque no se podría decir cuál de los dos estaba más consternado por el rumbo desastroso que habían tomado las cosas, y por el casi seguro fracaso de nuestra aventura. Después de haber vendido sus posesiones en Guayaquil para proveer a su compañía, después de las demoras que terminaron siendo su ruina, Orellana no salía del abatimiento.

Entonces fue cuando, de repente, se ofreció para ir en el bergantín en busca de víveres, explorando las tierras río abajo, con los hombres que pudieran acomodarse en la nave. Era hábil para los idiomas, siempre se mostró capaz de aprenderlos al vuelo, y había oído a los indios comentar que en las selvas de abajo había una gran laguna con mucho alimento y poblaciones ricas, y que si las alcanzábamos estaríamos salvados. Era evidente que atrapados por el monte impracticable y sostenidos por alimentos escasos y repulsivos sería muy difícil escapar, pero creo que lo que más movió a Pizarro a aceptar su propuesta fue la costumbre de Orellana de rechazar todo lo que tuviera que ver con el río, su llamado continuo a que abandonáramos el avance por la selva y buscáramos las serranías que llevan a Pasto. El capitán vio en esa iniciativa la salvación providencial que estaba esperando y le dio su aprobación enseguida, pues crecía el descontento y algunos hablaban de emprender el regreso, incluso contra la voluntad de los jefes.

Sí, ya lo ves: también el riesgo de un motín ayudó a que Pizarro aceptara enseguida la propuesta, justo del hombre que más había rechazado la construcción del barco. Orellana prometió peinar las orillas, le pidió que avanzara también por tierra hacia aquella laguna y que allí lo esperara, y que si no regresaba en un tiempo razonable no se ocupara de él. Las precisiones eran necesarias porque en tan desastradas circunstancias todo podía pasar: el barco iba sujeto a los impredecibles azares del río. En el primer momento Pizarro aceptó esas frases de su primo con naturalidad, y nos despidió efusivo y confiado, pero tiempo después tuvo que recordarlas e interpretarlas de otro modo.

¡Cómo sabe engañarnos la esperanza! El jefe de la expedición no podía saberlo, pero acababa de abrirse en su vida la estrella más negra. Al rumor de esas palabras con que autorizaba nuestra exploración, el destino estaba trazando sobre su frente una vuelta fatal. Nadie puede saber cuándo empiezan las cosas, pero esa decisión de un instante fue definitiva para que con los meses sus agravios se sumaran a sus fracasos, y para que un día la ambición añadida al rencor lo convirtieran en el mayor rebelde de estos tiempos. Aquel día en el río se decidió secretamente que Gonzalo Pizarro se haría dueño del Perú, que tendría el arrojo de hacerse gobernador y aun la locura de pretenderse rey. Y fue también el giro de esa hora lo que hizo que al cabo de unos años su cabeza rodara sobre la tierra que estuvo a punto de ser suya, la tierra que él y sus hermanos habían manchado con la sangre del Inca. Pero es que hay días que se alzan entre los días, y ese del que te hablo decidió la suerte de cada uno de nosotros. Si yo soy quien soy, si estoy aquí hablando contigo, es porque el destino hizo que fuera uno de los hombres del barco.

Pudo ser mi juventud lo que determinó que yo fuera de los primeros en ser embarcados, al lado de los más hábiles en rastrear, de los buenos cazadores, de los que dirigieron la construcción del bergantín y de los marinos avezados de la expedición. Un barco como aquel podía llevar normalmente veinte hombres: la necesidad de provisiones y lo breve de la travesía proyectada hicieron que subiéramos casi sesenta, bajando a tierra algunos de los más enfermos, y que emprendiéramos el viaje, tratando de encontrar un alimento menos innoble y de romper el cerco que nos acorralaba contra las ciénagas malsanas y la arboleda sin caminos.

Ya imaginarás que no teníamos lienzo suficiente para hacer unas velas, pero por eso te he dicho que fue una fortuna que lleváramos mantas y ropas. Muchas manos torpes y temblorosas cosieron con ellas a su tiempo lo más parecido a una vela cangreja que se podía hacer en aquellas circunstancias, y otras velas cuadradas. Para la ida contábamos ante todo con la inclinación y la fuerza del río, y para el regreso sólo podíamos confiar en los remos, y en algo que no teníamos aún: la fuerza que nos darían los alimentos que íbamos a encontrar.

Orellana siempre afirmó que había embarcado cincuenta y siete hombres. Pero fray Gaspar de Carvajal declaró en sus memorias haber contado cincuenta y seis en el momento de partir y haberlo anotado así en nuestros papeles de viaje, para descubrir más tarde que éramos en realidad cincuenta y siete. A mí me ocurrió lo mismo, y después me dije que quizá los que contábamos no nos incluimos en la cuenta, pero es extraño que nos haya ocurrido a los dos. Y debo confesar que ni él ni yo incluimos en la cuenta a los esclavos negros ni a los indios. De todos los indios que sobrevivían apenas tres subieron al barco, y eso porque Orellana entendió en el último instante que necesitaríamos intérpretes en caso de hallar las aldeas prometidas. Él escogió a dos de ellos, y yo me animé a recomendarle al silencioso Unuma, que era respetado por los demás, y que tal vez infundiría el mismo respeto a los nativos de los otros pueblos. Por lo demás, los seres más inadvertidos son a menudo los más importantes. Ya se sabe que los negros, que nunca figuran en la lista, son los que reman sin descanso todo el camino.

Llevábamos en el barco pocas armas; fuera de las espadas y las dagas, sólo cuatro ballestas, tres arcabuces y una mediana provisión de pólvora, porque nadie pensó en principio en ir a cazar nada: la esperanza era encontrar aldeas de indios, y ni siquiera previmos llegar a combatir por alimentos. Cinco de las piraguas de colores vinieron tras nosotros; en la primera parte del avance llevamos esa escolta, y quién sabe si algún indio invisible no habrá montado también en el bergantín donde nos hacinábamos, porque en adelante la mayor parte de las decisiones pareció tomarlas el río.

Todavía me parece ver los restos desbaratados de una expedición que había sido ostentosa y amenazante cuando salió de Quito diez meses atrás. Todavía puedo verlos despidiéndonos, llenos de esperanza, desde la orilla cenagosa del río, el día después de la Navidad de 1541: unos hombres demacrados y horribles, muchos desnudos, otros con los trajes desgarrados, enrojecidos los ojos, castigados por la intemperie, que movían los brazos llenos de esperanza diciéndonos adiós por unos días, sin saber que ese barco pesado de hombres al que veían alejarse sobre las aguas caudalosas no regresaría jamás.

15.

SI ALGO ESTABA LEJOS
DE NUESTRA INTENCIÓN

Si algo estaba lejos de nuestra intención era alejarnos demasiado por el río. Todos sentíamos la necesidad de volver, porque uno prefiere lo conocido, porque es poderosa la fuerza que une a los que comparten una misma desgracia, y porque allí no sólo quedaban compañeros de viaje, sino algunos amigos entrañables por los que habríamos dado la vida.

Descendimos el día entero sin encontrar provisiones y comprendimos, tarde, que había sido un error no llevar recursos para siquiera tres días de viaje. La certeza de que bastaba descender un poco para encontrarlos nos había hecho partir casi sin víveres. Nada nos deslumbró tanto al comienzo como la sensación de libertad de ir navegando, de avanzar sin esfuerzo cuando hasta el día anterior cada paso nos resultaba doloroso. Descubrimos también el extraño silencio, lleno de todos los sonidos de la selva. El rumor blando del agua, los gritos de los pájaros, cada uno con su ritmo y su timbre, nos parecieron música.

Ahora bastaba remar un poco y dejarse llevar, mantener el rumbo por el centro del río, las dos orillas a la vista. La primera noche pasó, vigilante y ansiosa, pero al promediar la tarde del día siguiente, un tronco muerto, fijo en medio de la corriente, nos sumió una tabla del casco, y el barco empezó a hacer agua por su peso con tanta rapidez que, de no ser porque estábamos cerca de una isla en mitad de la corriente, nos habríamos hundido sin remedio. Sacar el agua y remendar la avería nos tomó el resto de la tarde y la noche, y sólo a media mañana pudimos emprender el viaje de nuevo. No habíamos encontrado alimento confiable: era nuestro deber seguir buscando esas despensas que nos habían anunciado y que esperaban con tanto afán los que se habían quedado en la orilla.

Sin cesar desembocaban por la derecha nuevos arroyos y ríos, y el caudal que nos llevaba corría tanto que a cada hora sentíamos más la angustia de los que se quedaron. Completamos tres días sin encontrar ningún poblado, acabamos con toda cosa remotamente masticable, y comprobamos qué torpe había sido nuestra idea inicial de volver enseguida. Emprender el regreso sin alimentos era más insensato que seguir el descenso y la búsqueda, pero al cuarto día ya nos atormentaba el hambre y sólo vino a distraernos la confluencia del caudal que nos llevaba con las aguas de un río todavía más grande. No era un río desembocando en el nuestro, era una avalancha de trescientos pies de ancho: de repente nos vimos arrastrados por la corriente salvaje en un solo río inmenso, y antes de que pensáramos en impedirlo, la tarde nos llevó aguas abajo viendo las arboledas que se prolongaban por ambas orillas.

Así llegamos al último día del año, que ya nos parecía el último día de la vida, y fue entonces cuando fray Gaspar de Carvajal y el otro fraile que venía en el barco, fray Gonzalo de Vera, decidieron celebrar una misa de náufragos en la cubierta del barco, como las misas que se celebran en alta mar, no sólo para despedir el año horrible, sino para implorar a Dios que el nuevo no nos saliera peor. Los hombres que lidiaban con los remos y mantenían un pulso con la corriente asistieron de lejos, pero todos los otros, incluso los aterrorizados indígenas que nunca se habían visto navegando así sobre aguas turbulentas, escuchamos aquella voz que hacía resonar sus solemnes palabras latinas sobre la selva bulliciosa. Yo, que era el más joven, agité la campanilla cuando el sacerdote vestido de soldado con cota de malla alzó la hostia, el único alimento que quedaba y que él escondía con el celo de un guardián del firmamento. Puse en su cáliz de oro unas avaras gotas de vino, y él lo levantó como si quisiera alzar vuelo, intentando conjurar con la Carne y la Sangre el rostro inexpresivo de aquella selva, pero en el cielo abrumador del verano las nubes se ennegrecieron anunciando tormenta.

Ahora sé que los hombres del real que quedaron en la playa nos aguardaron muchos días. Habíamos prometido en caso extremo esperarlos más adelante, sin sospechar que entraríamos en aquel torrente, y sé que días después llegaron a la confluencia esperando el reencuentro y no hallaron ni sombra del bergantín y de los tripulantes. Entre maldiciones y lágrimas vagaron unas tardes consternados antes de emprender el regreso, por el odioso camino lleno de osamentas y de tristes recuerdos. Ese regreso tuvo que ser mucho más miserable de lo que había sido el avance desde la muralla de nieves perpetuas de los montes quiteños, y sé que al fin, después de mil hambres, de cientos de muertes y de muchas más agonías, unos hombres desnudos y decrépitos, barbados y amarillos, salieron otra vez con sus llagas a padecer el hielo de las altas montañas. No muchos se salvaron, y el capitán Pizarro entabló una querella ante el emperador, acusando a su primo Orellana, y por lo tanto también a nosotros, de premeditada traición. Dura palabra es esa cuando se viaja por reinos remotos en manos del destino, cuando necesitamos más que nunca la lealtad de los otros.

Yo no sé qué designios habría en la mente de Orellana, y no puedo jurar que las decisiones del azar no coincidieran con sus anhelos secretos, pero te aseguro que no sabíamos cómo remontar la corriente en aquel barco. Ya te he dicho que nunca antes se había visto en las aguas encajonadas de la cordillera un barco de tales dimensiones: ni Juan de Alcántara ni nadie sabría manejar un bergantín español contra aquella corriente. Pero debes pensar también que el barco estaba diseñado para veinte hombres y casi sesenta nos amontonábamos en él, temiendo a cada instante que los leños y los rápidos de la corriente lo hicieran voltear en las curvas.

El rencor de Pizarro duraría lo que le duró la cabeza sobre los hombros, pero la verdadera responsable de que nunca volviéramos fue la fuerza del río. Y tengo que contarte algo que entonces me pareció incomprensible: es tal la fuerza que imprimen al agua los ríos y los ríos que desembocan sin tregua sobre la gran serpiente, que el caudal es poderoso incluso cuando ya se explaya por las llanuras de Omagua, donde se esperaría que el agua fuera mansa, mansa y lenta. Esa fuerza de émbolo hace que el río siga corriendo poderoso, que su mole de agua y de trombas de fango y hojarasca no se precipite arrastrada por el abismo, sino empujada por la fuerza de sus orígenes.

Mucho se discutió después sobre la supuesta traición de Orellana, y el propio capitán tuvo que ir en persona a desmentir las cosas que se decían de él en la corte. Tuvo suerte de no encontrarse otra vez con Pizarro, porque el primo colérico no lo habría perdonado, aunque desplegase ante él todos los argumentos. Tú has visto que hace poco, aquí, en Panamá, ni siquiera a mí me perdonaron haber sido parte de esa navegación, haber salido vivo de ella. El hombre rencoroso necesitaba que Orellana fuera culpable para sentirse justificado en su ira: no se deja abandonado a un Pizarro en medio de la selva y del hambre, así lo decidan todos los ríos del mundo.

El odio es persistente. Tiempo después, ya absuelto Orellana y reconocido por la Corona como gobernador de los territorios que habíamos descubierto, a los que llamaron Nueva Andalucía, cuando su sueño de conquistar lo trajo de nuevo desde España hasta el río, ¿no te parece extraño que no repitiera su viaje bajando de los montes quiteños, por el río ya conocido que desemboca en el Napo, sino que haya tratado de explorarlo en sentido contrario, entrando por la desembocadura? Esa decisión no respalda el argumento de que los barcos son ingobernables río arriba; pero creo que Orellana intentó su viaje contra la corriente para no encontrarse de nuevo con ese primo violento que pasó el resto de la vida pensando en degollarlo. El primo que ahora preparaba su tiranía en las montañas del Inca, exaltado en gobernador del reino, deseoso incluso de ser rey, y que no dejó de odiar y de maldecir a Orellana hasta que el padre La Gasca lo quebró como a un junco. De modo que la muerte se lo llevó primero, después de haber querido coronarse por mano propia para mostrarle al mundo todo lo que es capaz de intentar un Pizarro.

Peligros más grandes esperaban a Orellana por el camino, y cuando Pizarro fue ejecutado ya el pobre capitán Orellana no era más que un esqueleto pelado por los pájaros en la desembocadura del río de las Amazonas, a las puertas del mundo que habíamos descubierto y del que creía ser el gobernador porque así se lo decían unos títulos de la casa de Austria. Ahí tienes una buena prueba de la vanidad de nuestro orgullo: ese mundo del que una vez había salido ileso Orellana, tras mil penalidades, cuando no era más que un capitán invisible, no lo respetó cuando ya venía cargado de títulos y de poderes. La selva no se inclina reverente ante los mandatos de Carlos V y de su hijo Felipe, y legiones de criaturas limosas devoraron los títulos con sus lacres solemnes.

En sueños vi una vez ese fardo de huesos diciéndome con tono amenazante que nadie escapa dos veces a la furia del río, y al despertar me pregunté con asombro por qué Orellana, habiendo sobrevivido a la muerte que cada día nos mostraba su cara por el camino, con flechas barnizadas de curare y con el aguijón de los mosquitos que inyectan la fiebre, con borrascas y hervideros de peces carnívoros, con ojos de culebra agazapada bajo las piedras y con lanzas que salen sangrando al otro lado, volvió después a rendirse ante todo aquello de lo que había milagrosamente escapado.

Pero quieres saber cómo fue el descenso por el río. Más fácil es para mí recordar los primeros días que todo el tiempo que fuimos después navegando. Cada experiencia nueva se graba en la memoria con la fuerza de una amenaza o de una catástrofe. Al sexto día de ir bajando sin saber a dónde, ya eran tantas el hambre y la escasez que empezamos a buscar todas las cosas de cuero que nos quedaban: correas, trozos de alforjas y secciones de botas empezaron a caer en el agua que hervía hasta que parecían ablandarse, las adobábamos con hierbas desconocidas, y también fue repulsivo intentar encontrar algún sabor en esos cueros curtidos y viejos, llenar el vientre con residuos que después de ser fardos y ataduras, prendas y adornos, recuperaban su condición animal y se improvisaban como alimentos. Quizás en ese momento pudimos haber regresado, pero ya la corriente era muy fuerte, nuestras fuerzas muy pocas, y aún no teníamos nada que ofrecer a los que abandonamos. Volver era más peligroso, y sobre todo inútil, de modo que escogimos de dos males el menor, y tomamos la decisión de seguir descendiendo, hasta ver si la suerte se apiadaba de nosotros.

Sólo una vez por esos días nos acercamos a la selva; algunos hombres fueron en las piraguas a la orilla y después se metieron en las montañas, donde comieron hierbas y cortezas de árboles. Al regresar, unos parecían borrachos y los otros casi habían perdido el juicio, de modo que a nada le tomamos más miedo que a probar hojas o lianas de la selva sombría, y únicamente las raíces que ya antes conocíamos fueron de vez en cuando nuestro último recurso, salvo, ahora que recuerdo, cuando cinco de los nuestros se perdieron por los meandros de Tupinamba y vieron los seres diminutos, pero ya habrá tiempo de hablar de ello.

Aquel día de año nuevo de 1542 a algunos les pareció oír tambores en la selva cercana, y todos nos pusimos a escuchar con una ansiedad que daba lástima. Pero no se oyó nada más, aunque pasamos un día inmóviles y alerta, tratando de descifrar algún murmullo humano entre los mil sonidos de la selva, gritos, chillidos, rugidos, cosas densas que caen allá lejos, ecos tristes del mundo intraducible, y sonidos articulados de pájaros o de bestias que parecen el rechinar de una puerta, el rasgar de una tela, el estertor de una agonía abandonada en las ramas.

Algunos querrían echarse a llorar, pero de eso tenían más miedo que del hambre, ya que el que llora se entrega a su miseria. El capitán nos consolaba, y oyendo sus palabras y royendo raíces nos dejamos llevar por el río, ya sin remar, ya sin hacer esfuerzos, incapaces de movernos sobre la cubierta, apenas evitando que la corriente nos llevara a la orilla, convencidos de ir viajando en un bergantín no hacia los peligros del mundo, sino hacia la muerte que esperaba dentro de cada uno de nosotros.

Entonces resonaron otra vez los tambores.

16.

ESTA VEZ LOS SONIDOS ERAN TAN INDUDABLES

Esta vez los sonidos eran tan indudables que fray Gaspar se extasió oyéndolos desde la cubierta, y por su buen oído educado en los claustros nos señaló que había por lo menos tres clases de tambores que se llamaban y se respondían: «Tienen su contra, su tenor y su tiple», nos dijo. Ya no eran rumores lejanos, los tambores llenaban el mundo y nos hicieron sentir que las selvas a lado y lado, que habíamos imaginado despobladas en los días anteriores, estaban atareadas de gente. El único que no pudo oírlos al comienzo fue Hernán Gutiérrez de Celis, el mejor arcabucero de la compañía, que tal vez se había especializado en ese oficio porque oía mal y no padecía por ello la explosión de la pólvora y el estruendo de los disparos. Encontrar pueblos indios equivalía sobre todo a encontrar alimentos, pero la felicidad que daban los tambores se oscurecía con presagios de batallas y veneno de flechas, de modo que con las últimas fuerzas celebramos esa música preparando ballestas y arcabuces, petos y yelmos, manteniendo al alcance de la mano las casi insostenibles espadas.

Poco después se manifestó por el río una aparición milagrosa: eran cuatro canoas llenas de indios. Hicieron alto de pronto, ante el espectáculo inesperado de nuestro bergantín; se hablaban unos a otros señalando hacia el barco, dieron la vuelta entre maravillados y espantados, y otra vez se perdieron como fantasmas bajo las arboledas en una de las curvas del río. Remamos con más fuerza, si puede llamarse así al desaliento con que nuestros hombres trataban de empujar los remos largos, y muy pronto vimos aparecer una playa con sus casas atrás, entre los árboles, y cantidad de seres desnudos en la orilla, que parecían asistir a un ritual incomprensible, todos inmóviles, silenciosos y tensos, mientras persistía la algazara de los tambores, al fondo, selva adentro.

La certeza de que habría algo que comer nos hizo más valientes, pero cada minuto estaba lleno de esperanza y de angustia. Bien aconsejados por el capitán, que nos predicaba entereza de ánimo, en un último impulso bajamos casi todos a un tiempo del bergantín, con las ballestas y los arcabuces dispuestos, y algo serio verían los escuadrones desnudos de la orilla porque se fueron replegando lentamente, casi diría yo que se fueron sustrayendo a nuestra mirada como hojas que se pliegan y flores que se cierran, y no supimos cuándo desaparecieron por completo a medida que avanzábamos hacia ellos. Dos de los nuestros, Sebastián de Fuenterrabía y Diego Moreno, se desmayaron entrando al poblado, porque venían en el límite de la resistencia. Hallamos qué comer por todas partes, e hicimos un esfuerzo para no engullir hasta hartarnos, por la debilidad extrema que padecíamos, pero manducamos como unas bestias tristes, aunque tan recelosos que teníamos en una mano las viandas, peces o tórtolas o panes de yuca, y en la otra el pesado hierro al acecho; un ojo en los manjares y otro en el caserío y en la playa.

Las tímidas canoas pasaban lejos, los remeros se demoraban un instante para mirarnos, como espantados, y empujaban el agua de nuevo, con más relatos que contarles a los que estaban ocultos en la selva. Muchos de nuestros hombres habían estado antes en encuentros con indios que no sabían nada de España y de sus gentes, pero para mí aquello ocurría casi por primera vez. Dijeron que todo se repetía idéntico: que los indios cautelosos y tímidos pero llenos de curiosidad no tardaban en aparecer de nuevo, como vuelven los pájaros; querían aproximarse, tocar con sus manos las armaduras y las barbas. "A veces hay que cuidar que no tomen las espadas por el filo, porque desconocen tanto estos metales que los he visto cortarse con ellas mientras las acarician", dijo Cristóbal de Segovia, que ya había recorrido casi todas las Indias conocidas.

A ese sí que lo recuerdo: había visto surgir islas en el Caribe y guerreado en aguas de Nicaragua, fue fundador de Quito con Belalcázar, y llevaba un paraíso en la memoria, porque había sido de los primeros en llegar al valle de samanes de Lilí, donde fundaron a Cali, y donde cierto cacique Pete coleccionaba pieles de enemigos. Siempre volvía a hablar de las colinas frente a un valle infinito, pesado de ceibales y liviano de garzas, donde saltaban en las ramas altas los monos diminutos, donde se perfilaban palmeras contra el cielo radiante, donde se duplicaban en el agua los macizos de orquídeas, y una brisa corría al atardecer densa de perfumes, y la Luna rojiza y enorme del verano brillaba suspendida sobre lagunas vegetales. Ahora venía de las guerras de Timaná y de los gualandayes de Neiba, donde dejó en custodia varias encomiendas, pero con uno de sus subalternos, Benito de Aguilar, no pudo resistirse en Quito a la tentación de la canela y a pesar de ser rico andaba por la selva tan hambriento como nosotros.

Más allá del título que le había dado Pizarro, Orellana era de verdad nuestro líder. Tomó la decisión de ir hasta el barranco frente a las aguas y empezar a llamar a los indios que pasaban en las canoas, modulando palabras en los idiomas caribeños que a medias comprendía, y consiguió que algunos se acercaran, atendiendo a sus maneras suaves y al galimateo de su lenguaje. Ayudado por los indios de nuestro bando les preguntó quién era su jefe, y con palabras vagas y con señas inciertas pidió que ese gran señor viniera a saludarnos, porque se proponía ser su amigo y pactar con él provechosas alianzas. Logró entender que se llamaba Aparia, y que gobernaba una gran extensión de la selva.

Lo cierto es que los nativos fueron a llamar a su rey, y finalmente, rodeado por hombres numerosos que lo trataban con gran reverencia, el propio Aparia vino, con plumas de colores en diadema, collar de oro y colmillos, y un bastón rumoroso de cascabeles. Orellana lo recibió con ceremoniosa cortesía, y le ofreció como presentes trajes de los nuestros, que aquel señor apreció mucho, y un rosario de cuentas de cristal, la rosa hecha de rosas, de dos que llevaba, con la esperanza de que esa cadena mística atrajera al jefe a la religión de Cristo. Pero el gran jefe se lo enrolló enseguida en la muñeca, donde tenía otros brazaletes, y nadie tuvo la oportunidad ni el tiempo de enseñarle a repetir cien veces el saludo del ángel a la joven inmaculada. Más tarde fray Gaspar deploraría haber abandonado ese rosario en manos de un idólatra, porque tuvo que improvisar uno con semillas rojas de la selva y le dolía rezar con un instrumento que se parecía más a un collar de indios que a la reliquia celeste que Domingo el santo recibió de manos de la Virgen para luchar a rezos contra los albigenses.

Nos costaba creer que el capitán lograra comunicarse, pero Aparia le dijo que eran trece los grandes señores de esa selva, y Orellana le pidió con urgencia que los invitara. Hallar gentes distintas trae siempre consuelo y zozobra: si nos alivia de la soledad, nos lleva a descubrir cosas que son posibles y que no concebimos, o cosas que ya estaban en nosotros y que no podíamos ver. En la canoa ya está el barco, pero llegar a él requiere orgullo y ambición, la decisión de desafiar al abismo y de someter el viento a servidumbre. En el arco y la flecha ya está la ballesta, pero llegar a ella exige una multiplicación del rencor o del miedo, la decisión, no de matar, sino de prodigar la muerte. Y cuántas cosas habría que decir del abismo que hay entre la desnudez cubierta de tintas y de sortilegios, de plumas y de cascabeles, y los trajes que no sólo nos amparan del mundo, sino que nos protegen del pecado y nos ocultan de nosotros mismos. Esas cosas que no se dicen llenaban las miradas de recelo y los pechos de miedo.

Algunos de los jefes llegaron dos días después, contando que los otros estaban muy lejos por el río y la selva y tardarían demasiado en llegar. Y Orellana les habló con gestos vigorosos del gran emperador del que era emisario, del santo papa y de sus catedrales, y trató de hacerles entender también cómo era el Dios que nos enviaba, y cómo estaba *in excelsis* rodeado por nubes de ángeles, pero esta parte del discurso no pareció interesar tanto a Aparia y a los otros reyes. Menos les gustó que el largo relato pretendiera informarles que a partir de aquel momento todos ellos eran súbditos de tan importantes señores, y Aparia preguntó por qué no venían en persona aquellos príncipes para poder apreciar su valor y grandeza. Otro rey dijo que si tales monarcas gobernaban reinos tan magníficos como los que Orellana describía, qué interés podían poner en estas selvas sólo aptas para gentes capaces de cazar y de remar, cuyos reyes tienen que saber conversar con el árbol grande que trae las lluvias y con el pez que salta por las nubes y con la gran serpiente que pobló el mundo.

Viendo que cada vez era más difícil entender lo que decían, Orellana no insistió en el deber de los reyes de someterse, pero estos seguían extrañados de que emisarios de reinos tan poderosos tuvieran que andar mendigando maíz y casabe y carne dulce de los peces del río, pero a pesar de tantos misterios le ofrecieron a Orellana que se quedara el tiempo necesario, y que dijera qué requería. Siete de nuestros hombres estaban muy enfermos por las privaciones del viaje, y todos de verdad necesitábamos ayuda. El capitán pidió comida y bebida en abundancia para su compañía. De lado y lado había ojos de asombro: los nativos estaban maravillados como quien ve aparecer ángeles o demonios, y nosotros estábamos pasmados como quien descubre la locura o la inocencia. Los reyes retornaron a sus comarcas, y en adelante todos los días vinieron indios en canoas a traernos frutas y carnes y casabe y maíz, y tendieron hamacas para todos.

Fuenterrabía y Moreno intentaron comer pero murieron casi enseguida. Otros cinco viajeros no lograban sobreponerse a la fiebre y a la debilidad, y verlos morir de hambres pasadas cuando ya había comida de sobra fue cruel para nosotros. Cada bocado milagroso tenía el gusto amargo de haber llegado tarde para Mateo de Rebolloso, el valenciano, que nunca pudo digerir la carne de perro; para Juan de Arnalte, que había aprendido a hacer sextinas en Provenza, y trenzaba poemas incomprensibles, pero sufrió con su vientre por todo el camino; para Rodrigo de Arévalo, uno de los fantasmas de Orellana y el que padeció más la travesía; para Alvar González, un asturiano labrador de remos; y para Juan de Aguilar, que había nacido en Valladolid, en la vecindad de la corte, y que fue el único para quien la expedición no fue un fracaso, porque en sus últimas horas febriles creyó que habíamos llegado al País de la Canela y murió viendo en su delirio todas las cosas que habíamos soñado: los bosques rojos de canela, las cascadas espléndidas, las barcas perfumadas por los ríos, los árboles cantores, los conciertos de pájaros y los pueblos asfixiados de flores.

Los indios sucesivos que nos traían los alimentos llevaban sobre el pecho collares de oro, portaban el agua en vasijas de ese metal luminoso, e incluso alguna vez trajeron llena de frutas una bandeja de oro que nos quitó el aliento. Pero Orellana nos había prohibido mencionar siquiera el oro que veíamos, para que no descubrieran que lo teníamos en gran estima. Nos costó trabajo no pedirles aquellos objetos, porque eran tan dadivosos que querían darlo todo, y parecían felices si nos veían contentos, aunque el demonio que uno lleva dentro lo hiciera sospechar una traición en cada pecho y desconfiar hasta de la más espontánea sonrisa. Y no hubo día en que los indios no hablaran de un gran señor de la selva, aparentemente más poderoso que Aparia, al que llamaban Ica.

En las propias orillas de Aparia, Orellana nombró como escribano a Francisco de Isásaga, quien dejó registrada la toma ilusoria de aquel reino en nombre de Carlos Imperator y la paz celebrada con los jefes indios. Digo ilusoria porque tomar posesión de un reino de la selva una tropa extenuada y hambrienta que sólo podría estar unos días y que nada sabía de ese mundo, era apenas una ficción notarial. El capitán nos advirtió enseguida que el barco en que viajábamos no sería suficiente. Era preciso armar un bergantín más grande si queríamos que la aventura tuviera esperanzas. Allí empezó otra vez la discusión sobre las maderas convenientes, que por suerte abundaban, y otra vez fue la falta de clavos el principal obstáculo.

Hubo momentos de esta conquista en que la falta de herraduras volvió pedazos los cascos de los caballos y dejó a las bestias inhábiles para la marcha. Nadie ha olvidado aquel momento cerca del adoratorio de Pachacámac cuando Hernando Pizarro, falto de hierro, tuvo que ordenar a sus herreros forjar herraduras de oro con clavos de plata para todos los caballos de la expedición. Nadie podía ver aquello como un lujo, sino sólo como un desventurado derroche, pero el trote de las bestias bajo el sol produjo en las pupilas un centelleo de fábula. Por suerte para nosotros las herraduras ahora inútiles que llevábamos en el barco volvieron a ser nuestro auxilio. Había que hacer carbón y muchos nos internamos en la selva, hacha al hombro, para traer el alimento de los hornos. El trabajo fue tanto que logramos martillar hasta cien clavos por jornada, y al cabo de veinte días ya acumulábamos casi dos mil para construir la nave.

No había acabado esa faena cuando empezamos a notar a los indios menos solícitos en sus atenciones, ya la comida llegaba con desgano, y se hizo evidente que se estaban cansando de nosotros. No sabían si éramos hombres o dioses, pero hasta los dioses fatigan cuando la visita se alarga. Nos habían atendido con esmero por ser huéspedes desconocidos, o tal vez por ser muchos, o quizá por haber mostrado al comienzo cierta ferocidad. Eran indios pacíficos, todavía nos miraban con cierto pasmo y hacían movimientos extraños rezongando oraciones o conjuros, pero había cosas que no nos entregaban directamente sino que las dejaban en ciertos sitios para que las encontráramos cuando ellos ya se habían alejado, como si fuera para ellos importante que nos pareciera milagroso su hallazgo. Fue fácil advertir que ya querían que siguiéramos nuestro camino, y pospusimos, para cuando las circunstancias fueran propicias, la construcción del barco nuevo.

Lo que más nos retuvo en esas playas fue la fabricación de los clavos, y la certidumbre de que aquel país benéfico, con abundante comida y buen descanso tras tantos meses de penurias y horrores, era un regalo que había que aprovechar. Para lo que faltaba, más nos valía estar en buenas condiciones y con la salud restaurada, de modo que, gracias a la alimentación y al intenso trabajo, cuando llegó la hora de alejarnos del reino de Aparia habíamos recobrado el vigor que tuvimos antes de atravesar la cordillera.

17.

ERA HORA DE EMBARCARNOS, PERO TAMBIÉN DE DECIDIR HACIA DÓNDE

Era hora de embarcarnos, pero también de decidir hacia dónde: si de regreso, a llevar provisiones a los que se quedaron, o adelante, siguiendo el curso imprevisible del río. Juan de Alcántara, el Marino, nos explicó que el bergantín podía arriesgarse aguas arriba, pero con mucha lentitud. «Si nos tomó nueve días llegar a las tierras de Aparia», dijo, «podría tomarnos más de treinta el regreso, y las provisiones no resistirán tanto tiempo.» Pero además era mortal enfrentar las curvas torrenciales y las avalanchas que traen los ríos tributarios, con troncos grandes y cabelleras de hojarasca. Habíamos estado a punto de zozobrar bajando por el río, ahora vencer las curvas contra la corriente sería imposible.

Orellana, atormentado como todos por la suerte de los que se quedaron, prometió mil castellanos de oro a quien se animara a volver donde Pizarro llevando provisiones en las canoas. Ofreció como ayuda los dos remeros negros y algunos indios, pero sólo tres hombres, Sebastián Rodríguez, Francisco de Tapia y García de Soria, quien después moriría en Tupinamba flechado por los indios, se ofrecieron para esa aventura. No eran suficientes y la misión se canceló.

Consternados, decidimos bajar por el río hacia los reinos de Aparia el mayor, de quien también nos habían hablado los indios. Y allí Orellana renunció a su cargo como capitán y jefe, para que la decisión de seguir el curso del río fuera voluntad de todos y no algo ordenado por él. Estrenando funciones, el escribano Francisco de Isásaga se contagió enseguida de la locura notarial de esta conquista. Quería hacer un nuevo documento a cada instante: el segundo fue la solicitud de todos los presentes de seguir río abajo, en contra de la voluntad expresa de Gonzalo Pizarro. Orellana ordenó que se devolviera a los indios todo lo que se les hubiera quitado de objetos y riquezas, y el siguiente documento notarial así lo dejó consignado.

Discutíamos mil maneras de ayudar a los que se quedaron en la garganta de la selva, pero todas resultaban irrealizables. Armar un barco más liviano que volviera por ellos no nos permitiría enviar recursos suficientes; hacer canoas para todos era imposible; y pensando en los muertos que tuvimos, imaginamos que los hombres del real de Pizarro estarían ya diezmados, o dispersos, o que habrían emprendido el regreso imposible por las montañas. Y Alcántara, el Marino, lo resumió todo: «Volver por separado es buscar una muerte segura; regresar en el bergantín equivale a naufragar sin remedio: nuestra única opción es seguir adelante».

Cargamos abundante comida en el barco, confiando en que durara hasta encontrar nuevos pueblos, y a finales de enero el bergantín se abandonó otra vez a los riesgos del agua. En cierto modo la siguiente fue de verdad nuestra primera semana de navegación: íbamos fuertes y bien alimentados, con ojos nuevos para las arboledas, con brazos templados para los remos, con destreza para manejar sogas y aparejos, y con esperanzas renovadas en el corazón. La selva era ya para nosotros un reino hecho de reinos, no provincias de grandes ciudades ni tesoros en metales o en gemas. Estos indios vivían concentrados en la abundancia de sus árboles y de sus animales, como si les llenara el tiempo la relación con savias y con sales, con limos y bejucos, con flores, frutos, pájaros e insectos. No parecían estar allí para servirse de esas cosas sino para entenderse con ellas de un modo grave y lleno de ceremonias.

Había sembrados de maíz en pequeños claros de la selva, sobre todo en las tierras de la derecha, bañadas por los ríos que bajan de las lejanas cordilleras del Inca. Encontramos el río Curaray, que nos habían anunciado, e imaginamos cerca al vasto rey Irimara, un jefe que mencionaron los indios de Aparia. Pensábamos que pronto lo encontraríamos, cuando, después de una semana de uniforme y sereno descenso, entramos en un río tan enorme, que todos los ríos previos se nos volvieron pequeños. Oímos primero su respiración, su aliento de animal grande, y llegamos después al momento terrible del choque de las dos fuerzas. El agua peleaba con el agua y parecía correr en todos los sentidos, bajaban leños incontables arrancados a las arboledas, se formaban riesgosos torbellinos, y nuestro bergantín exhibía su fragilidad, porque faltó muy poco para que se volcara por la izquierda y entregara nuestras almas al fango.

Terminado el tumulto, el río grande nos llevó bajo selvas sin nadie durante largos días, hasta que sospechamos que el reino de Aparia, que nos pareció el comienzo de provincias populosas, era más bien la última tierra habitada antes del gran vacío, y la amenaza de alejarnos por regiones despobladas nos trajo miedo a todos.

Gran ayuda nos fue en esa parte del viaje la enseñanza que los indios nos transmitieron sobre frutos y plantas alimenticias, sobre el modo de capturar las tortugas y las iguanas, sobre las serpientes y las aves que pueden comerse. Nos repugnaba incluir en nuestra alimentación las orugas rojizas, los micos fibrosos, a los que había que comerse en condiciones desoladoras, porque los otros lloraban a gritos en las ramas altas por los sacrificados, el abdomen de miel de ciertos insectos voladores, los hongos negros de la base de los grandes árboles, las hormigas que se tuestan sobre piedras ardientes y las flores azules de unas plantas que ahogan los troncos podridos y que tiñen los dientes por varios días, pero muchas de esas cosas fueron ingresando por momentos en nuestra dieta. Por eso nada esperábamos con más ansiedad, a pesar del peligro de la guerra, que ver aparecer aldeas indias bajo el húmedo techo de las selvas fluviales.

Bajábamos por aguas abiertas, cada vez más lejanas las orillas, y el río era un espejo inmenso en el que se fijaban los cielos; la luz pesaba desde la mañana, de las flotantes franjas de selva se desprendían como semillas las garzas blancas, abrían sus alas grandes unos pájaros grises, y se oían chillidos de bestias asustadas o hambrientas. A veces el agua se estrechaba de nuevo, una isla cortaba en dos la amplitud del río, y por momentos dejábamos de ver las canoas que iban siguiendo al bergantín, gobernadas por los más ágiles de nuestros compañeros.

Un día perdimos de vista las dos canoas más grandes; largo rato esperamos, pero la superficie intranquila del agua no las mostró de nuevo. Ninguno las vio hundirse, aunque Cristóbal Enríquez creyó haber oído gritos, y de pronto nos vimos sin ellas y sin los once soldados que las tripulaban. Cuando cayó la noche en el barco todo era consternación, los aullidos de la selva se hacían más siniestros, los resplandores más amenazantes, el chapoteo del agua más triste, los zumbidos más fantasmales, y más solos que nunca los astros desprendidos del firmamento. Una cuarta parte de nuestra expedición se había esfumado en el rostro impasible de la corriente, y dos días después esperábamos todavía con el corazón desmayado que las aguas dejaran aflorar siquiera los cadáveres de nuestros amigos, cuando de pronto, por uno de los canales laterales que formaba una de las islas del río, en la vaga niebla de la tarde, vimos aparecer de repente ambas canoas con todos sus hombres como si la serpiente de agua que las había devorado las devolviera intactas. Soltamos ahogados gritos de asombro, después gritamos como monos hacia la corriente, llamándolos, pero ellos nos llamaban con más incredulidad y con más alegría, porque el castillo penumbroso del bergantín alto en la bruma se les ofreció como un sueño.

Se habían rezagado hasta perdernos de vista, se habían extraviado en los meandros de uno de los canales, y después la noche los llevó por la corriente a ciegas, como si los arrastrara un embrujo. Dos días remaron sin rumbo, sin saber si el barco estaba atrás o adelante; cuando emergieron a la gran serpiente, creyeron que nosotros habíamos avanzado mucho más, y remaron con fuerza pero otra vez la corriente los desvió a los canales. Sólo cuando dejaron de luchar, el agua los entregó de nuevo a la corriente central, y el bergantín apareció ante ellos en la distancia. Horas después seguíamos en la fiesta de los abrazos y las lágrimas cuando vimos un gran poblado de indios bajo un tejido de palmeras. Estábamos llegando a las tierras de Aparia el mayor.

La alegría, por inmensa que fuera, no podía borrar el hambre que crecía de nuevo en el barco. Bajamos a la playa a mendigar sin escrúpulos, y los indios del nuevo poblado nos dieron tortugas y papagayos, y nos ofrecieron los cascarones abandonados de una aldea para que acampáramos allí. Pero poco deleite nos dieron los alimentos, porque al atardecer sobre la aldea cayó una sombra densa y dañina, nubes de mosquitos desesperantes que nos obligaron a abandonar el caserío y pedir a los indios otro lugar donde pasar la noche. Así llegamos a un sitio donde no había insecto alguno, y recibimos de los indios más manjares que nunca antes, exquisitas perdices que a los hombres les parecieron más grandes que las de España, pescados de distintos tamaños y sabores, tortugas grandes y gustosas, y un alimento del que yo tenía noción pero que nunca probé antes, la carne de esos manatíes perturbadores que amamantan a sus crías y lloran en las playas, y que en la tarde miran largamente a la Luna.

Estar en el reino de Aparia, el mayor, no significaba más riqueza ni casas más grandes ni tesoros más visibles, pero sí la sensación de haber llegado a un sitio en donde parecían converger varios mundos. La lengua que hablaban los indios, a la que llaman omagua, era según ellos la lengua en que cabe toda la selva. Orellana, que infatigablemente hablaba o fingía hablar con ellos, dijo que la compartían irimaes y omaguas, ocamas y cacamillas, yurimaguas y maynas, paguanas y tupinambas. Era lengua de los tupis, que enseña que todo está gobernado por el río y que todos los señores están sujetos a la gran serpiente; recuerda los tiempos en que todos hablaban un mismo idioma: los monos que discuten con el Sol, las dantas que escuchan la tierra, los jaguares que caminan por las ramas y los muchachos que esconden las flautas bajo el agua del río.

Habíamos llegado el 27 de febrero a las playas de Aparia el mayor, y dos días después, el primero de marzo, nombramos de nuevo a Orellana como capitán. Según la ceremonia, cada uno le pidió expresamente que fuera nuestro jefe, y todos juramos ante el maltrecho misal de fray Gaspar, quien, con el otro fraile, fray Gonzalo de Vera, bendijo el acto que reemplazaba la voluntad de Pizarro por la voluntad de los presentes. Orellana, después de hablar con los indios, nos pidió mostrar siempre una actitud de paz, y casi nos asustó con la recomendación de ser prudentes y desconfiados aguas abajo, porque había miles de guerreros a lo largo de muchas leguas del río y por un gran espacio selva adentro. Fue entonces cuando los indios mencionaron, aunque en ese momento nadie prestó atención, a las amurianas de Coniu Puyara, guerreras que, dijeron, "eran feroces y muchas". Sólo días después vinimos a saber de qué hablaban.

Y a aquellas playas vino a visitarnos Aparia el mayor. Trajo más de veinte jefes de pueblos, y su cortejo llevaba hachas de piedra, objetos de cobre, vasos de oro, adornos de jade y piezas de cerámica. Otra vez oímos hablar de jefes más poderosos, que nunca aparecían en las playas y que, como te digo, daban la impresión de estar más en la memoria y en los rezos que en la vida de las poblaciones. El más mencionado era Tururucari, un señor antiguo y sabio que lo había enseñado todo, que conocía las hierbas y los bejucos, el secreto de las sales y el poder de las grasas de los peces, el delfín que se convierte en hombre, el amigo de la gran serpiente, el padre de los padres, el que derribó el árbol que es el río, el que está más cerca y el que vio a la canoa sembrando de hombres las orillas.

En vano Orellana intentaba contrastar todas esas creencias hablándoles del Dios que sangra en la cruz, en vano les explicó cómo ellos andaban errados adorando piedras y bultos hechos por sus manos. Hizo que trajéramos de la selva dos vigas grandes y con ellas erigió una cruz firme que se viera desde el río y que sobresaliera en la playa, y les dijo que ese era el símbolo de la única religión, porque en ella había estado clavado el Dios verdadero. Esto por fin les gustó a los súbditos de Aparia y a los propios jefes, quizá porque sintieron que en ese relato era más poderoso el árbol que el hombre.

Cuesta entender cómo están organizados los pueblos de la selva. Dan la impresión de sólo obedecer a jefes locales, pero hablan con respeto de reyes y chamanes más grandes, y se diría que estos a su vez obedecen a otros reyes que no parecen estar en las riberas ni en la selva profunda, sino en la memoria de todos y en la lengua común. Todas las hablas que encontramos tenían sus semejanzas: y eso fue una suerte para Francisco de Orellana, que tenía un solo ojo pero parecía tener muchas lenguas. Hasta los reyes invisibles y los chamanes más altos están sujetos a la voluntad de las aguas, de los bejucos sagrados, de las flautas de ceremonias y del saber que guardan los ancianos en los canastos grandes de la selva. Para mí que nadie de esas comunidades está solo en ella. Wayana, un indio que encontramos después, por ejemplo, único en la inmensidad de las playas bajo un intrincado cielo de árboles, nos pareció rodeado por la selva como por una nube amistosa. Nosotros, en cambio, si quedábamos solos un instante, sentíamos el peligro incluso en las propias entrañas.

18.

ESTÁBAMOS CERCA DE LA DESEMBOCADURA DEL RÍO YAVARY

Estábamos cerca de la desembocadura del río Yavary, el sitio indicado para la construcción del nuevo bergantín. Desde el primer día comenzamos a escoger las maderas. Parecíamos metidos en un sueño del que ya habíamos salido; otros indios miraban ahora con extrañeza el ir y venir de listones y vigas, de tablas que procurábamos curvar con el poder de la humedad pero que casi siempre teníamos que fragmentar para que dieran las curvas requeridas. Y poco a poco el barco fue ganando su forma, y lo hicimos más grande que el otro, aunque tal vez menos diestro. Esa fue la estación más larga de nuestro viaje: casi dos meses, exactamente cincuenta y siete días, demoramos reparando el San Pedro, que había padecido todos los rigores del viaje, y sobre todo construyendo el Victoria, con el que confiábamos hacer menos duro el resto del camino. No es lo mismo contar, como en España, con el tiempo adecuado para que las maderas alcancen sus curvas de pájaros; aquí no sólo luchábamos con la selva sino con el tiempo, porque era preciso seguir adelante, sin saber no obstante durante cuántas lunas ni en verdad hacia dónde.

Permanecimos en esas playas tórridas hasta terminar la semana de pasión. Para fray Gaspar la mejor manera de no sentirse extraviado y alejado del mundo era llevar la cuenta de días y semanas con todo el rigor, tener siempre presentes los días de fiesta y las liturgias obligadas. Poco antes de la partida llegaron a la aldea cuatro indios misteriosos que dijeron proceder de un pueblo más alejado de todos los que habíamos visto. Eran muy altos y hermosos, de piel blanca, los cabellos negros y brillantes les llegaban hasta la cintura, vestían una especie de túnicas bien hiladas y traían al cuello y en los brazos muchos adornos de oro. Alonso de Cabrera me dijo que si no supiera que eran indios los habría tomado por ángeles, no sólo por su aspecto sino por su dulzura. Traían alimentos para entregar a Orellana y repitieron que venían de muy lejos por la selva. También con ellos se entendió el capitán aunque su lengua era distinta, y después de escuchar los relatos y las órdenes de Orellana dijeron que llevarían el mensaje a su jefe, el más grande señor de aquellas tierras, y se volvieron a la selva con los gestos mansos y el aire de distancia que mostraron a la llegada.

Fray Gaspar empezó a predicar con una energía nueva, y desde el Domingo de Ramos en la playa no se hizo más que rezar y pedir a Dios que nos ayudara a salir de aquel trance. Algo que trajo asombro y cierto espanto a la tripulación fue que el Miércoles de Tiniebla y el Jueves de la Traición y el Viernes de la Cruz no aparecieron los indios que todos los días venían a traernos alimentos, de modo que nos fue forzoso ayunar como no lo habríamos hecho si tuviéramos provisiones. Fray Gaspar vio en ello una intervención de la divinidad: «Démonos cuenta de cómo Dios ha traído su luz hasta los habitantes de estas selvas. Qué mejor prueba de que no nos hemos perdido de la vista de Dios, y de que todo lo que estamos viviendo es un designio suyo. Porque no hay accidentes sino decisiones secretas de la divinidad, y nadie anda tan extraviado que no esté en el centro de su propio camino, y no hay sufrimiento que no sea en el fondo la joya de un relato de misericordia». Después entró en trance, y oró y lloró, y fueron muchos a él en confesión, aunque nadie había tenido la oportunidad de cometer ningún pecado nuevo, y sólo le faltó que preparara hostias con casabe salvaje, pero no osaba hacerlo porque según él sólo en el trigo de Mesopotamia están, por orden del papa y por voluntad de los concilios, el cuerpo y la sangre del Salvador. Debió de ser tan fuerte su predicación, que recuerdo que en sueños, la mañana de Resurrección, vi a Jesucristo caminando por la orilla del río, y a uno de sus apóstoles avanzando en la proa de un barco de cristal por el agua, entre las lianas de la selva, y predicando a los papagayos y a las mariposas gigantes, mientras desde la orilla los cuatro indios altos y blancos cantaban en una lengua que parecía tupi una canción incomprensible. Fue tan nítido el sueño, que esa imagen de Cristo por la selva ya forma parte de mis recuerdos de aquella aventura.

Al lunes siguiente emprendimos de nuevo la navegación, ahora en los dos barcos que la fortuna nos había permitido construir. Era la víspera del día de san Marcos, y fray Gaspar antes de la partida llenó su predicación de milagros y de desiertos. Habló de un león al que no consumían las llamas y dijo que así debía ser nuestra confianza; habló de la cabeza de Marcos, que, errante entre Alejandría y Venecia, era el símbolo de cómo el destino nos pone a prueba extraviándonos por los caminos del agua. Pero al abandonar aquel sitio donde habíamos pasado tanto tiempo, sentimos que el viaje a lo desconocido en realidad apenas comenzaba.

Once días después encontramos el río Juruá, precisamente el día de san Juan ante-Portam-Latinam, como bien nos lo recordó fray Gaspar con su obstinada manera de hacernos sentir que los días del mundo perdido seguían gobernando nuestra vida. Era su modo de no enloquecer de ansiedad: imponer sin tregua un orden cada vez más irreal a este tiempo que se deshilvanaba como una tela, a este viaje que agujereaba las semanas y descomponía los meses, a este mundo donde ninguno de los órdenes de la mente encontraba ya su confirmación ni su respaldo. Ese día 6 de mayo vivimos un curioso milagro, y es que Diego Mexía vio en un árbol frente al río nuevo una iguana inmensa de cresta erizada y cuello tornasolado, que medía casi tres metros de la cabeza a la cola. Ansioso de atrapar el prodigio, cometió la torpeza de disparar la ballesta contra ella. La iguana, que había estado quieta todo el tiempo como una piedra de colores, esquivó el disparo y escapó a una velocidad impensable, y casi diríamos que la vimos sumergirse en el aire. Pero la nuez de la caja de la ballesta saltó y se perdió en las aguas oscuras del río, y esa pérdida fue tan grave que todos quedamos desesperados, porque bien pocas ballestas traíamos y los peligros que se cernían sobre nosotros parecían crecer. Aquella tarde hasta Gabriel de Contreras, a quien le decíamos el Mudo, pero que era en verdad tartamudo, y hablaba por explosiones de voz, se quejaba de nuestra suerte mientras intentaba pescar algo con vara y anzuelo, cuando logró sacar un pez enorme, de casi cinco palmos, que le tuvimos que ayudar a sostener y a rescatar de las aguas. Ya al atardecer estaba abriendo el pez con el cuchillo cuando encontró en sus entrañas la nuez de la ballesta, y fue tanto su asombro ante el hecho que se curó de su tartamudeo, y el resto del viaje habló tan fluidamente que nos hacía reír a todos cualquier cosa que salía de sus labios.

A veces, en mis pensamientos, vuelvo al barco. Trato de ver los rostros y recordar las acciones de todos los que hicimos esa travesía. Pero años de viajes y de guerras van limando el recuerdo, y sólo de algunos compañeros conservo memorias precisas. A nadie recuerdo tanto como a Alonso de Cabrera, tal vez porque era casi tan joven como yo y su buen humor me ayudó a sobrellevar los peores momentos. Había nacido en Cazalla y tenía veintitrés años cuando entró en la expedición. No era un hombre muy fuerte, pero era prudente y valeroso. Había pasado al Perú con licencia real, que no todos tenían: muchos de los soldados que conocí habían pasado clandestinamente. Pero Cabrera lo hacía todo con método. Desde los primeros días, que fueron los más horribles, todo lo que tenía lo compartió conmigo; en la época de los grandes combates no me perdía de vista, hablábamos largo en las noches, y prometimos que si salíamos con vida seríamos siempre amigos, pero muy pronto la vida impuso sus distancias. Sé que después de nuestro viaje volvió a Quito, lo que es buena prueba de su temeridad, porque allí muchos no nos querían, y sé que Pedro de Puelles, un hombre de Pizarro, lo mandó prender enseguida. Te cuento ahora esto porque dicen que vive en Cuenca, en el reino de Quito, y sigue siendo un hombre pobre. A lo mejor él acepte acompañarte, y estoy seguro de que sería un excelente baquiano, dado que es además un hombre de suerte.

También recuerdo a Pedro de Acaray, un vizcaíno al que llamábamos Perucho. Tenía gran puntería con los arcabuces: en los primeros días mató varios pájaros que no pudimos recoger en la corriente del río, y una vez disparó a un enorme jaguar que nos miraba desde una rama, y que se desplomó y quedó tendido en la orilla, pero una lluvia de flechas nos impidió cobrar la presa. No pudo ejercitarse más, porque el capitán Orellana declaró que eran inútiles esos intentos de cacería desde la cubierta, porque no se podía desembarcar en ninguna de las dos orillas, y porque, en medio de los peligros que corríamos, era un desperdicio gastar pólvora cuando no resultaba indispensable.

Por el río murió de flecha Rodrigo de Arévalo, de Trujillo, vecino de los Pizarro, que vino de España siguiendo los pasos de Orellana, y que siguió a Orellana en su riesgosa travesía por la montaña. El de su muerte fue el momento en que vi más afligido al capitán, tal vez porque se sentía culpable de haberlo convidado a la aventura, y no pudo hacer nada al final para salvarlo. Otro al que recuerdo bien es a Juan Bueno, natural de Moguer, un hombre que cambiaba continuamente de estado de ánimo. En los momentos de tranquilidad era el más exaltado y nervioso, pero curiosamente en los momentos de peligro podíamos contar con su serenidad, su buen juicio y su presencia de ánimo para cualquier riesgo. Más tarde, en Santo Domingo, oí hablar de que aparecían dos firmas suyas diferentes en los documentos del viaje, pero ello no es de extrañar porque él mismo parecía dos personas.

En la parte final del viaje hablé mucho con Pedro Domínguez Miradero, quien tenía unos veintiocho años. Había llegado a Santa Marta con Pedro Fernández de Lugo, e imagino que arribó a la sabana de Bogotá con Jiménez de Quesada, aunque nunca hablamos del tema. Cuando me contabas tu historia volví a pensar en él, porque fue el primero en hablarme de las regiones de la Nueva Granada. Fue con el capitán Luis Bernal al descubrimiento de las provincias de Anserma, siguió de allí a Cali con Miguel Muñoz, y después vino a Quito, donde libró otras guerras de conquista.

Algo que me llama la atención es que muchos de los que vinieron a buscar la canela habían estado antes en la fundación de Popayán y de Cali. Domínguez Miradero volvió al Perú, y dicen que, para congraciarse con sus antiguos amigos, rindió ante Gonzalo Pizarro un informe minucioso de nuestra aventura. Estuvo después en la expedición contra los indios de la Puná, que dieron muerte a fray Vicente de Valverde. Nunca me pareció un hombre leal: lo vi siempre inclinándose del lado que más le convenía, y la versión de los hechos que le dio a Pizarro no debió de ser muy favorable para nosotros. Otro que dejó su nombre en la población de Quito y luego en la fundación de Cali y Popayán fue Francisco Juan de Elena, quien a su regreso también acabó aliándose con Gonzalo Pizarro.

Como recordarás, Pizarro estaba satisfecho de haber ganado para la expedición al veterano capitán Gonzalo Díaz de Pineda. De todos los grandes jefes, además de Orellana, sólo Díaz de Pineda, primer viajero por la ruta de la canela, terminó yendo con nosotros en el bergantín. Con su amigo Ginés Fernández abordaron en el último instante, y así escaparon a la suerte de los otros. Pero a pesar de su experiencia, de su fama y sus ínfulas de baquiano, el conocimiento previo del terreno de poco nos sirvió en la primera parte del viaje, de nada en la segunda.

Por lo demás, veo rostros, rostros vagos que fueron un día sin duda la complicidad y a veces la salvación; y escucho palabras, confidencias inesperadas, canciones consoladoras, oraciones de postrimerías, palabras que duran en la memoria a veces ya sin sus rostros, borradas las circunstancias de aquellas mañanas de niebla, de aquellas noches de lluvia, de días prolongados como presentimientos. Veo a Rodrigo de Cevallos, un hombre silencioso: siempre sentí que iba a su lado alguien invisible, una ausencia que le dolía más que su propia suerte. Veo a Gabriel de Contreras, que un día se dislocaba un dedo, otro día se cortaba con una soga, otro día se golpeaba con el remo, como si no acabara de caber en el espacio físico. Veo a Andrés Durán, que no parecía alterarse ante nada, y de quien me dijeron que más tarde fue alguacil mayor en la ciudad de Quito. Veo al valeroso Juan de Ampudia, que tuvo la fortuna de morir de flecha sin ponzoña, en las jornadas crueles de Machiparo. Veo a Esteban Gálvez, el del ojo marchito. Y oigo cantar a veces a otro que también murió, el alegre Juan de Aguilar, de Valladolid, y recuerdo los gritos de maniobra de Diego Bermúdez, que había nacido en Palos, y fue uno de los navegantes más diestros de la travesía. No acabaría nunca de contarte cómo fueron las enfermedades, cuándo hubo que extraer a sangre fría, con tenazas de hierro y entre gritos, dos muelas de una boca inflamada; quién vomitaba sangre con una úlcera rota y sobrevivió sin embargo; en qué clima de tristeza calmábamos a veces el hambre con cosas que rechazaría en España el mendigo más miserable.

Eran pocos los marinos que llevábamos, dado que la nuestra era una expedición de tierra firme. Pero uno de los hombres de confianza de Pizarro fue aquel marino experto: Juan de Alcántara. Ya te he contado que cuando se decidió construir el primer bergantín allí estaba Juan de Alcántara ayudando como nadie con las medidas y los datos precisos, y que una vez que el bergantín flotó sobre el agua, Pizarro le confió el mando a este hombre, al que le decíamos el Marino, para diferenciarlo de otro soldado del mismo nombre que venía con la expedición. El hecho se había prestado para algún equívoco, porque el segundo Juan de Alcántara se había enrolado aprovechando la confusión de los nombres. A veces pienso que si Orellana contó cincuenta y siete al embarcarnos y fray Gaspar cincuenta y seis, fue tal vez porque Orellana contaba cuerpos y el fraile contaba nombres, y acaso al ver el nombre repetido, creyó que era un error de quien hizo la lista.

Lo triste y asombroso es que en una misma semana murieron Juan de Alcántara y Juan de Alcántara. Desde el Perú nos habíamos acostumbrado a llamarlos Tierrafirme y el Marino, y casi habíamos olvidado sus nombres de pila, de modo que sólo después caímos en la cuenta de que dos hombres del mismo nombre habían muerto en el mismo trayecto del viaje. Juan de Alcántara, el de tierra firme, murió de fiebres o del mal influjo de unas aguas empozadas que bebió en una isla. Y dos días después Juan de Alcántara, el Marino, nuestro almirante del bergantín, murió por flecha de indio. Semejante simetría era sin duda un mensaje de Dios, uno de esos mensajes sobrenaturales que uno vuelve a interrogar muchas veces, pero que no descifra jamás.

Después del episodio de la ballesta habíamos navegado casi un mes cuando vimos la canoa grande de los niños. Iban por lo menos diez niños en ella, y sólo unos remaban, porque los otros llevaban animales consigo. Una pequeña tenía abrazado a su cuerpo uno de esos monos de los árboles que son los más lentos de todos, y a los que los españoles de las islas llaman pericos ligeros, por burlarse de su lentitud. Un niño de unos doce años jugaba con una tortuga grande que cazaba moscardones verdes del río. Y otro de esa edad, desnudo como los demás en la proa de su árbol del agua, llevaba anudada a su cintura una serpiente tan grande, que sosteniendo su largo cuerpo jugaba a dejarla sumergir la cabeza en el agua, y cuando la serpiente, más mansa que una tortuga, ya se creía libre en la dicha del río, el niño la atraía de nuevo hacia él en una especie de danza. Otro mantenía como hechizado a uno de esos cusumbos inquietos de cola frondosa y rayada y hocico alargado, y el último llevaba sobre una rama dos papagayos de colores vivísimos. En cualquier otra circunstancia nuestros hombres habrían procedido al asalto, bien por obtener información o por el afán de atrapar a los animales, pero en aquel momento la imagen de la barca silenciosa con sus niños y sus animales fue tan extraña y cautivante que todos nos quedamos silenciosos mirándolos, tratando de no hacer el menor ruido para que el espectáculo no se malograra, y más tarde la noche nos robó por los caños aquella aparición que parecía un sueño.

La noche más extraña del viaje fue la que siguió a aquella tarde. Nadie parecía querer dormir, como si tuviéramos miedo, no del sitio aquel, sino de los sueños que el sitio pudiera provocarnos. Estábamos entrando en Machiparo, y fue al amanecer del día siguiente cuando la confluencia del río que nos llevaba con otro muy distinto nos pareció una prolongación de las magias del día anterior. Bajábamos por el amplísimo río de color amarillo, cuando desde la izquierda cargó sobre nosotros un río tan oscuro que a primera vista parecía negro. Y cuando las aguas se encontraron nos sorprendió ver que no se mezclaban, sino que avanzaron una junto a la otra, formando como una línea ondulante allí donde debían mezclarse, y siguieron así como ríos gemelos muchas leguas abajo, sin confundir esas aguas que eran la sangre de dos mundos distintos.

19.

A MEDIDA QUE DESCENDÍAMOS
EL RÍO IBA CAMBIANDO

A medida que descendíamos el río iba cambiando, aunque más bien debería decir que el río inicial nos había arrojado a otro más grande, este a su vez a un tercero inmenso, y cada semana teníamos la sensación de estar en otro río, en otro mundo. El cauce que navegábamos se había ensanchado de modo considerable, y pululaba a sus lados una vegetación más y más desconocida. Las hojas en las ramas parecieron crecer sin cesar; las arboledas, que se cerraban tanto al comienzo sobre la orilla que por largas extensiones desaparecían la playa, ahora se apartaban, dejando al mundo convertido en un desierto de agua iluminada. Las selvas prietas en la distancia formaban una sola cosa con su reflejo, y daban la ilusión de que había sólo una larga franja de bosques flotando en el cielo.

Lo mejor que habíamos hecho en los pueblos de Aparia era aprender a sobrevivir con los recursos del río. Claro que nadie aprendió a pescar con lanza como lo hacen los indios, ni a cazar pájaros con cerbatana, pero aprendimos a escoger los sitios donde pescar con caña y anzuelo, y supimos bien dónde dejan las tortugas charapas sus centenares de huevos en las islas en medio de la corriente, ya que desde entonces fueron huevos de tortuga nuestro principal alimento.

Todos los días rezábamos con la más sincera de las devociones, que es la que nace de la desesperación: nunca en nuestras vidas habíamos necesitado tanto a Dios. Pero es bien distinto rezar en un templo, donde todo supone su existencia y su amparo, que improvisar un culto entre orillas salvajes, sobre el lomo mismo de la serpiente. Apenas sostenidos por una fe de náufragos, a medida que avanzábamos vimos que en lugar de salir parecíamos internarnos más y más en un mundo innombrable, y las oraciones de fray Gaspar acabaron siendo nuestro último vínculo con el mundo del que procedíamos. Un hilo de sílabas latinas a punto de reventarse en el estruendo de las aguas, ruegos más débiles que el grito lejano de las guacamayas y que el chillido de los monos en las ramas altísimas. La fe robusta del comienzo parecía al final a punto de mezclarse con creencias más turbias, en la vecindad de lo desconocido y ante la cara escuálida del hambre.

Si en los primeros meses de la selva nos había causado malestar devorar a los buenos caballos y repulsión masticar trozos de carne de perro apenas asada con un poco de sal, ahora en ciertos tramos esas bestias eran mención de esplendor para los huéspedes hambrientos de un barco desbocado, que dudaban en acercarse a la orilla temiendo las flechas sigilosas y las cosas secretas. Cuantas veces intentamos desembarcar, hacer campamentos, sentir firmeza de tierra bajo nuestros pies, descansar de esa sensación de vértigo que produce el ir siempre sobre la corriente inestable, a merced del pesado declinar de las aguas, sentimos algo hostil en el aire que no siempre se resolvía en flechas o en insectos. Era un clima de horror impreciso, la conciencia de haber llegado a un mundo ajeno, donde nada nos comprende y donde casi nada comprendemos.

Al amanecer, entre espesos vapores, la selva era un fantasma lleno de gritos lúgubres, después una luz amarilla lo iba envolviendo todo. Desde el barco podíamos oír el bullicio de las arboledas, chillidos y silbos, crujidos y alborotos, saltos y caídas, el zumbar de los insectos, el chirriar de cigarras estruendosas, y a veces el rugido de un gato grande de la selva que se afirmaba en las ramas altas de un árbol. Después el calor se aquietaba como una capa de vapor sobre nosotros, el cielo se iba llenando de pequeñas nubes todas con la misma forma, pasaban volando pájaros enormes de plumas de colores, y hacíamos vanos intentos por pescar ya que la cacería estaba prácticamente vedada. No podía haber mejor fiesta que avizorar islas en medio del río, porque en ellas solía haber tortugas desovando nuestro más codiciado alimento.

Cada cierto tiempo bajaban nuevos tributarios al caudal que nos llevaba en su lomo, unos pequeños y mansos, transparentes riachuelos donde nos habría gustado sumergirnos a la hora de más calor (si fuera posible despojarse de aquellas estorbosas corazas, de aquellos colchados cautelosos), y ríos grandes y densos, que se precipitaban en un desorden de aguas y cielos, haciendo crecer más el torrente que nos arrastraba.

No teníamos nombres para los peces que a veces salían del espeso cauce del río, y si ahora sé nombrarlos es porque finalmente aprendí algunas cosas de labios de los indios. Nunca, a lo largo de aquel viaje, pronunciaron nuestros labios palabras como cachama o piraña, como curimatá, pirahíba o atuy, aunque de todos esos peces nos alimentamos en las escasas pero no siempre ingratas comidas del barco, casi sin espacio para cocer los alimentos, sin una cocina que mereciera tal nombre. Íbamos más holgados, ya menos de cincuenta viajeros repartidos en dos naves a las que igual poco les faltaba a cada tumbo para zozobrar. Todas las funciones corporales se convertían en pesadumbre, y a medida que avanzábamos la ropa que sacábamos de la bodega se iba transformando en jirones abyectos que forraban los cuerpos o que pendían de ellos ya sin forma precisa.

Muchas otras criaturas aprenderíamos a reconocer después. Vimos en los lagos laterales delfines rosados y grises, que nos hicieron pensar por error que el mar estaría muy cerca, y vimos en las praderas de plantas acuáticas grandes manatíes que comen sin cesar. Sólo mucho después logré conocer los nombres que les daban los indios a criaturas que habíamos visto en abundancia y a las que les habíamos dado nombres provisionales o caprichosos, como los caimanes de los afluentes a los que llamábamos dragones de fango, como los caimanes blancos a los que Alonso Márquez llamaba salamandras mortales, y como los assáes, los grandes caimanes oscuros de hasta seis metros de largo a los que siempre llamábamos cocodrilos níger. El mundo se fue llenando de criaturas extrañas, como los potros acuáticos de hocico puntiagudo que los indios llaman dantas, o esas descomunales serpientes que se nos antojaban leviatanes, que se enroscaban en las ramas y que nos hacían creer por momentos, no que estábamos perdidos en una tierra ignota, sino que por algún conjuro nos habíamos reducido de tamaño, y éramos ahora como un pequeño grupo de hormigas flotando en un leño a la deriva, bajo la majestad y el horror de los bosques inmensos.

No sabíamos dónde estábamos ni sabíamos a dónde íbamos. Pasaban en las mañanas y en las tardes las nubes del bullicio, bandadas estridentes de loros verdes como un florerío de gritos de agua; veíamos a veces polluelos con uñas en las alas aferrados con ellas a las ramas, y vuelos de garzas y de ibis, y aves largas como cigüeñas pasando sobre las arboledas. Hubo después de Aparia un tramo de silencio y de tranquilidad. Mucho recuerdo unos pájaros con barbas de plumas y con crestas que se inflan cuando cantan, y lagartos pequeños de color verde esmeralda que pasan corriendo sobre el agua, y salamandras de cresta azul oscura, y un grillo del tamaño de una mano que al alzar vuelo desplegaba unas alas moradas y rojas. Recuerdo el vuelo continuo de las guacamayas de colores vivísimos, y todavía nada me parece más sorprendente que esos monos diminutos de caras leonadas, que caben en la palma de una mano y que chupan como niños la goma de los árboles.

Todo ocurrió hace más de quince años, y eso para mí marca un abismo de distancia. En aquel tiempo, cuando este continente llevaba medio siglo de haber sido encontrado, era fácil creer que el mundo tenía fin, que en alguna parte de las aguas sin freno y bajo el cielo nuevo podía aparecer el despeñadero por donde nuestra nave se precipitara en el vacío. Después de los viajes de Colón y de los posteriores, la evidencia de la redondez de los mares no borraba en las almas el recuerdo de que la Tierra era plana, de que había un abismo final, y aunque ya los viajeros por los mares estaban ciertos de que al cabo de las semanas, cuando nuevas estrellas giraran sobre los meridianos y los paralelos, la enorme tierra firme se abriría ante ellos, todos mirábamos el horizonte con aprensión, sospechando un espejismo, temiendo ver asomar la sima aterradora que siempre habían presentido los pueblos.

Nuestra situación era grave y extraña. Bajando de los hielos de Quito, de montes fríos y rocosos, y descendiendo por bosques que se hacían de hora en hora más cálidos, los españoles veían cambiar los climas, la vegetación y las bestias, como si el mundo se desordenara, como si se enloquecieran los árboles, pero ahora sentían lo que sentiría un hijo de Flandes o de Inglaterra si advirtiera que en medio de las nieves del invierno sale un sol estival y los árboles se llenan de hojas.

Una gratitud mezclada con espanto, porque es preferible un frío insoportable que respete las leyes del tiempo a una dulce tibieza que las violente y que sólo puede ser preludio de catástrofes. Pero en eso no me les parecía: yo había nacido en islas de calor y huracanes, donde de enero a enero están vivos los árboles.

A pesar de la culpa de haber abandonado a nuestros compañeros en tierras donde necesitarían más de un milagro para sobrevivir, el accidente que nos puso en el río había sido nuestra salvación. Estábamos vivos, alimentando la ilusión de que al cabo de algunas jornadas, a juzgar por el caudal donde ahora se deslizaban nuestros barcos, el viaje tendría su desenlace, veríamos de nuevo algo conocido, volveríamos a tener voluntad contra la tiranía del agua, aunque nuestro destino fueran la miseria o la guerra.

Aquello era un milagro mezclado de horror y agravado por la pregunta de si la selva tendría fin algún día. Desayunábamos esperanza y merendábamos desesperación. «Un día más», era el susurro de la mente, «un día más adentro de estas tierras sin fin.» Y siempre había una rana oculta en el barco puntuando con su silbo las horas, y había al atardecer murciélagos rojos al sol que mordían en su vuelo las frutas de las ramas. Y nos encomendábamos a Dios y a la suerte a la hora en que los playones se llenan de misterio, cuando con la primera oscuridad salen haciendo ruido de sus agujeros en los árboles las ratas espinosas.

Sabíamos que los muchos habitantes de esta selva serían cada vez menos cordiales. Al acercarnos se silenciaban los tambores, flechas de advertencia volaban de los bosques, gritos y aullidos empezaban a agitar los ramajes, a ensordecer las riberas, y cada vez era más fuerte la certeza de que las orillas estaban

completamente habitadas. Íbamos recorriendo reinos popu-
losos; tierra adentro habría más aldeas y a lo mejor ciudades.
Era ya una aventura despojarnos de los yelmos empenachados
y de las corazas ardientes, a pesar del calor y de la humedad,
porque si algo habíamos podido comprobar era la increíble
puntería de los flecheros indios, y más tarde tuvimos pruebas
venenosas de esa destreza.

En el tramo central del viaje seguimos la norma de no
orillar para que no se repitieran las experiencias amargas que
ya nos habían hecho perder a dos hombres, y aceptamos seguir alimentándonos del condumio habitual. Pero por abundante que sea un solo alimento, pronto empieza a hostigar, y
no perdíamos la esperanza de encontrar nuevas provisiones.
Debo reconocer que fuimos menos viajeros de la selva que
viajeros del río, y que tal vez alguien que haya penetrado en
la gran red de los días voraces podrá contarte cosas que yo
no supe nunca. Hasta este momento del camino, la selva no
nos había mostrado su cara más feroz, y todavía tendíamos a
identificarla con la cordialidad de los indios en el hospitalario
reino de Aparia.

20.

UN DÍA DECIDIMOS EXPLORAR
DE NUEVO LA ORILLA

Un día decidimos explorar de nuevo la orilla, casi borrado el mal efecto de las experiencias pasadas. Encontramos un pueblo con asombroso acopio de víveres, y Cristóbal Maldonado se internó por él con doce compañeros a buscar provisiones. Habían ya capturado casi mil tortugas cuando las selvas, indignadas por el robo, respondieron con flechas. Ante las ráfagas de las ballestas, lo que atacaba se replegó, dejando a dos de nuestros hombres heridos, pero cuando Maldonado venía de regreso llovieron muchos indios sobre su tropa. Resonaban tambores tras los árboles, había un crotaloteo de cascabeles, y seis españoles padecieron los dardos, milagrosamente libres de veneno. Ya Maldonado ordenaba el repliegue cuando una flecha le atravesó el brazo, y un dardo enseguida se le clavó al sesgo en el rostro. Lo arrancó de la mejilla menos con dolor que con ira, y ni siquiera se limpió la sangre, sino que allí mostró esa inflexible tozudez ibérica de no dar un paso atrás y no ceder por ningún motivo la victoria a los otros. Con la flecha clavada todavía en el brazo, maniobró con el otro la espada, dando ejemplo a sus hombres, pero ya los hijos de la tierra no sólo arreciaban sobre los doce, sino que caían sobre el pueblo vecino donde se había quedado Orellana. El capitán exploraba las casas cuando irrumpió la gritería y se dieron a rugir los tambores, y allí el más joven de la expedición, que vigilaba a la salida del pueblo hacia la selva, se vio rodeado por cientos de nativos, y los mantuvo a raya con una daga en la izquierda y una espada de Toledo en la derecha, sin sufrir un rasguño, hasta cuando los soldados acudieron. Los atacantes eran más de trescientos. Había por el suelo nueve españoles heridos, pero los otros luchaban con desesperación, y cuando los indios por fin retrocedieron, un soldado, Blas de Medina, estaba tan enardecido que corrió tras ellos gritando y desapareció en medio de su muchedumbre con apenas una daga en la mano. Lo alcanzamos jadeante entre los árboles, solo, y con un flechazo en el muslo.

Juan de Ampudia, uno de los hombres de Maldonado, venía malherido, y no hubo manera de salvarlo. Un total de dieciocho heridos restantes se curaron con rezos, pues nada pudo hacerse más que arrancar los dardos que les roían las carnes. A Orellana se le ocurrió envolver los heridos en mantas y llevarlos al barco como si fueran sacos de granos, para no envalentonar a los que vigilaban desde las ramas, viendo tantos soldados cojos y sin fuerzas. Ya estaban desamarrados los bergantines, ya las manos empuñaban los remos, ya entraban en las naves los heridos cargados por los portadores, cuando en un parpadeo brotaron de la nada casi quinientos indios y apenas si los ballesteros desde cubierta lograron impedir que esas gentes de agua y de barro acabaran con los que subían.

Era ya de noche cuando los bergantines emprendieron el viaje: gritos y antorchas nos seguían desde la ribera. Aunque nos alejamos hacia el centro del río, a veces una flecha se clavaba en la borda, porque días atrás uno de los tripulantes había descubierto el modo de alimentar una lámpara con aceite de huevos de tortuga, y esa luz temblorosa, flotando sobre el agua, guiaba flechas precisas en la tiniebla.

Al día siguiente, muchos heridos y todos extenuados, nos detuvimos en una isla desierta para guisar tortugas y reponernos del combate, pero una muchedumbre de canoas cubriendo el río a lo lejos bogaba hacia la isla. Se habían preparado la noche entera con armas y con rezos para exterminarnos. Soltamos el tesoro de tortugas, y subimos a los barcos deprisa.

Entonces las canoas bulliciosas rodearon a los bergantines. El cauce del río se había estrechado por la vecindad de las islas, y por la orilla de la selva corrían también multitudes. Las canoas de colores se abrieron para dejar pasar las barcas de los sacerdotes, que venían desnudos, bañados de cal blanca, arrojando ceniza por la boca y moviendo grandes hisopos con cascabeles. Lo más increíble es que no se podía acertar en ellos con las ballestas, aunque les apuntaran los más diestros. Uno de nuestros hombres, tal vez Pedro de Acaray, dijo haber visto que las flechas se desviaban antes de tocarlos, pero nadie puede ver con tanta precisión en una batalla. De pronto callaron los tambores y los gritos en toda la selva, sólo se oían las palabras cantadas de los chamanes y el susurro de sus cascabeles, y fue el momento en que todos sentimos más miedo, porque era más terrible el silencio que todo el ruido atronador que había antes.

Sólo cuando los sacerdotes se alejaban recomenzaron trompetas, cuernos y las distintas voces de los tambores, y allí advertimos que sin saber cómo estábamos entrando por un brazo del río hacia la selva. Miles de indios y de árboles esperaban en las orillas y las canoas entraban tras nosotros. En la proa de una piragua central venía el jefe de todos ellos, un señor grande pintado de azul con diadema de plumas y un gran bastón en la mano. Y fue tema de todo el resto del viaje que precisamente Hernán Gutiérrez de Celis, que no había oído nada del canto de los hechiceros, apuntara el arma contra el jefe de los indios, y le rompiera el pecho de un disparo de arcabuz. Cuando lo vieron caer al agua, muchísimos indios saltaron de las canoas a rescatarlo, lo subieron de nuevo a la piragua grande, entre lamentos, y ya no persiguieron más a los bergantines.

Así salimos de la provincia de Machiparo; dejamos a la selva despidiendo con grandes ceremonias a su rey, y escapamos al embrujo de aquella región, que nos había dejado extenuados; pero pasaron muchos días antes de que nos atreviéramos a pisar la tierra de nuevo.

Cuando lo hicimos, uno de los exploradores fue fray Gaspar de Carvajal, quien tenía los sentidos atentos a todo porque desde el día de la firma del acta del nombramiento de Orellana había decidido llevar un registro de los acontecimientos, y aunque siempre tenía en los labios sermones y oraciones, tampoco desamparaba la espada. Pocos tripulantes sabían escribir, y ninguno tenía más méritos para ser el cronista del viaje que este sacerdote llegado al Perú con los primeros conquistadores en el año 33, traído por el propio Vicente de Valverde, el capuchino que le mostró a Atahualpa la Biblia y que exigió después a Pizarro acribillar al cortejo porque el rey había arrojado el libro por tierra.

Fray Gaspar quiso acompañar el recorrido para detallar los árboles y los animales. Había un gran silencio y una quietud extrema en los follajes de la orilla. Vimos macizos de hojas palmeadas, racimos de flores que parecen bajar a beber a piel de agua, y un enjambre de lenguas verdes arqueadas sobre la corriente. Como imaginarás, nos movíamos con extrema precaución, aunque parecían regiones despobladas. Ese día vimos el árbol más grande del viaje, que ascendía más y más, con raíces como altas paredes junto a las cuales éramos diminutos, y que quería escapar en su ascenso a las enredaderas que trepaban por él, abrazándolo y devorándolo, hundiendo sus raíces en las ramas manchadas. Miramos con pasmo esa red de estrellas y tentáculos, la abundancia de los follajes muertos, troncos derribados bajo mantos de hojas y de flores. Un rayo agujereaba la nata verde, una gran rama desprendida había astillado un tronco, más allá las lianas se descolgaban como serpientes y al fondo los árboles daban la ilusión de grandes nubes inmóviles.

Uno tendría que inventar muchas palabras para describir lo que ve, porque entre formas incontables nadie, ni siquiera los indios, sabrá jamás los nombres de todos esos seres que beben y aletean, que se hinchan y palpitan, que se abren y se cierran como párpados y que tienen una manera silenciosa de vivir y morir. Todo es lo mismo siempre y nada se repite jamás. Junto a cavernas de follajes, donde se encogían garzas blanquísimas, vimos correr iguanas de cuello soleado y una rama se dobló bajo el salto de un mono aullador. Detrás había otras formaciones de palmeras, de helechos y enredaderas en flor, y todo se enmarañaba formando la noche ulterior de la selva, que agobia la imaginación con suposiciones y amenazas.

Para ver mejor las orillas, fray Gaspar se había levantado la visera. Estaba mirando todas esas cosas con espíritu atento cuando de pronto, en total silencio, una flecha voló de la selva y se clavó en su ojo derecho. Cuando la advertimos ya estaba clavada, fray Gaspar se desplomó, y mi primer temor fue que lo había matado, porque la flecha parecía haber entrado profundamente. En realidad era un venablo corto, y después de atravesar el ojo debió de chocar contra el hueso, de modo que, pasado el primer momento de espanto, el fraile intentó arrancárselo, aunque los demás se lo impedimos. Y cuando ya lo ayudábamos a regresar a la nave, saliendo otra vez de ninguna parte, del silencio y de la quietud, cayeron sobre nosotros los indios, y las espadas tuvieron que enfrentarlos mucho rato. El dolor de fray Gaspar aumentaba, no sabíamos si la punta de la flecha tenía veneno o gancho, y en el barco, cuando por fin llegamos, hubo otra vez trabajo para lo único parecido a un médico que había entre nosotros: Juan de Vargas, quien había sido barbero y sabía hacer sangrías y aplicar ventosas.

Orellana, que sólo tenía un ojo, se creía con alguna experiencia en el manejo de esos problemas, y dialogó con el barbero sobre lo que debía hacerse. El ojo había resultado tan afectado que no cabía la esperanza de salvarlo, pero el venablo tenía que extraerse, para no comprometer la vida del sacerdote. Varios tuvieron que inmovilizarlo y al final vacilaron entre extraer la flecha suavemente o arrancarla de un solo tirón. La solución fue primero un intento tenue por extraerla, para ver qué efecto causaba en la víctima, y cuando se tuvo no la certeza sino el pálpito de que la flecha era lisa y sin gancho, un brusco gesto hacia atrás hizo salir la flecha con parte de la materia que había sido el ojo de fray Gaspar. En todo el barco se oyó el grito del fraile, y los pájaros que estaban detenidos en lo alto del palo mayor alzaron vuelo gritando también. El pobre prelado, sudoroso, se desvaneció entre las mantas, y el barbero puso sobre el ojo una compresa con las telas más limpias que fue posible preparar, hirviendo el agua del río en una marmita y echando las telas en el agua en ebullición.

Mientras fray Gaspar convalecía con su ojo cubierto, cada vez estábamos más reacios a mirar las orillas. Toda una semana nos concentramos en la navegación, en mantener a distancia la orilla, resignados a huevos de tortuga y a las pequeñas nutrias que trabajan en las islas en medio de la corriente. Ya no desamparábamos las ballestas con su carga de flechas ni los tres arcabuces que, después de los milagros de la nuez recuperada en el buche del pez y del disparo del sordo Celis, eran nuestra más estimada posesión. Estos al menos habían demostrado no ser sólo efectivos por la impresión que causaban sus truenos en los adversarios.

Tres días después fray Gaspar ardía en fiebre, la cuenca del ojo vertía un licor verdoso, toda esa parte del rostro se había inflamado y el conjunto del cráneo presentaba un aspecto deplorable y deforme. Lo desvelaban en la noche los tambores lejanos de la selva, y ya temíamos lo peor cuando el amistoso Unuma, uno de los indios del barco, encontró en una isla frutos espinosos de supay que le parecieron propicios, los cocinó y los machacó con otras hierbas, y le impuso un emplasto verde rojizo que al cabo de dos días pareció surtir buen efecto.

Entonces comenzaron verdaderamente las tierras pobladas.

21.

HABÍAMOS VIVIDO MUCHAS COSAS, PERO EL HALLAZGO MÁS EXTRAÑO

Habíamos vivido muchas cosas, pero el hallazgo más extraño de nuestro viaje estaba por ocurrir. Tras entrar en las tierras de Omagua los poblados indígenas se sucedieron sin tregua, no hubo día sin sobresaltos, sin amenazas, sin encuentros armados, a veces con grupos pequeños y a veces con verdaderas muchedumbres de indios que nos seguían en piraguas agitando sus arcos y sus cascabeles, que disparaban flechas desde las dos orillas, que apuntaban sus cerbatanas y arrojaban venablos ponzoñosos, y fue milagro que murieran tan pocos de nuestros hombres ante un asedio tan numeroso y continuo.

Sin embargo, tuvimos cada día la impresión de que los ejércitos que nos enfrentaban eran apenas avanzadas de un poder más oculto que tardaba en aparecer. Atacaban, sí, pero como tanteando, y retrocedían de nuevo, así que por momentos nos veíamos en el centro de un combate que se anunciaba prolongado, y unas horas después no había nadie ante nosotros, como si esas canoas de colores llenas de guerreros pintados y tocados de plumas hubieran ido a llevar sus informes o se complacieran en desaparecer para dejarnos rumiando la inquietud y el peligro. Un día, uno de los indios que capturamos en una guazábara nos dijo que los largos pueblos de la ribera eran tributarios de un gran señorío enclavado varias leguas selva adentro. La región se ahondaba en montañas cubiertas por la espesa vegetación, mesetas y cantiles, grandes cavernas y lagos interiores en la plenitud de la jungla. Pero cuando Orellana, como era su costumbre, preguntó quién era el señor de ese reino al que todos parecían temer tanto, el nativo nos dijo que no era un señor sino una reina, que aquel país era el señorío de las mujeres guerreras. Tengo que confesarte que no recuerdo exactamente el nombre que les daban, si Amanas o Amanhas, y nosotros tardamos un poco en asociarlas con las amurianas de Coniu Puyara que ya nos habían mencionado.

Fue a mitad de la mañana del día siguiente, mientras fray Gaspar luchaba por recuperarse de su herida, cuando los hombres del mástil mayor advirtieron que en la orilla derecha del río había un grupo de mujeres desnudas. El catalejo que desde el accidente del fraile se había convertido en el instrumento más útil del barco dio noticia de que en la playa había sólo mujeres: eran jóvenes y fuertes, y parecían mirar nuestro barco con gran curiosidad. Entre los hombres se despertaron toda suerte de habladurías: «Escondidos detrás, en la selva, deben estar los hombres», dijo uno. «Las están poniendo allí como carnadas para que caigamos sobre ellas. Hasta redes debajo del agua tendrán esperando para atraparnos». Otro advirtió que estaban armadas, tenían arcos y flechas, y largas lanzas de punta blanca como de hueso. «No son más que mujeres», dijo otro, «tratemos de resistir la corriente y observémoslas nosotros también. Harta falta nos están haciendo unas cuantas mujeres en este barco.» Y es que ya casi completábamos seis meses navegando por el río. Si a eso se suman los diez meses que tardamos desde Quito hasta el río, ya hacía más de un año que nadie había tenido comercio con mujer alguna, y en el hacinamiento del barco sólo la vigilancia ajena impedía que se perdiera el respeto a las costumbres. Al día siguiente las mujeres volvieron a aparecer en la orilla, y el deseo de los hombres de acercarse había crecido. «Lo importante es no descuidarse», dijo uno. «No veo por qué cincuenta españoles valientes han de tenerles miedo a unas mujeres que viven solas, sin hombres, en la espesura de una selva bárbara.»

Esa misma tarde las vimos de nuevo, armadas y feroces, en la orilla del río: eran altas y de piel más clara que los indios que nos habían acogido. Yo pude compararlas con los cuatro indios altos y blancos que vimos en el primer caserío de Aparia y que nos sorprendieron por su altivez. Pero si bien estas mujeres se les parecían en la altura y el color, no podía compararse la serenidad de aquellos hombres con la ferocidad y la fuerza de estas mujeres guerreras. Una de ellas alcanzó a arrojar una lanza contra el bergantín y para nuestro espanto la lanza se hundió más de un palmo en la madera del casco, aunque era de las duras maderas de la selva. La lanza, que examinamos luego, era un objeto bien labrado, con dibujos a lo largo como adornos de hojas, con nudos tallados, con una punta de pedernal pulido, agudo y resistente. La fuerza con que había sido arrojada nos dejó perplejos, porque podría haber atravesado algún cráneo. En otra incursión las mujeres entraron al agua y rociaron de flechas el casco del bergantín, que al final se veía erizado de púas como un animal de la selva. Alonso de Tapia y mi amigo Alonso de Cabrera les gritaron cosas desde la cubierta, y trataron de intimidarlas, pero las chillonas mujeres redoblaron los gritos y hacían nuevos gestos de amenaza. Entonces llegamos a la orilla. «Si salen hombres guerreros estaremos listos para retirarnos», dijo el maestre, «pero si no, bien podría ser que estas mujeres vivan sin hombres.» Entonces Orellana añadió: «Mira que sería un extraño lugar para venir a encontrar a las amazonas».

Bastó que pronunciara esa palabra, y la actitud de los hombres cambió. A una circunstancia casual de un choque con pueblos de la selva, acababa de añadirse una posibilidad fantástica. Ya otros habían encontrado sirenas en los ríos; ya en las florestas de Venezuela los hombres de Alfínger habían combatido un día con gigantes; ya en el Caribe una expedición había cruzado ante el pueblo de los hombres sin cabeza, que tienen el rostro en el pecho desnudo; ya se sabía de la existencia de serpientes voladoras y de sapos que hablan; ahora estábamos quizás a las puertas de la ciudad de las amazonas, y cada quien echó mano de las nociones que tenía de aquellos seres legendarios.

Algo me había hablado de ellas en sus lecciones mi maestro Oviedo, pero al parecer quien más sabía era precisamente el padre Carvajal, ahora hundido en la fiebre. Los marinos fueron a buscarlo, y a pesar de su estado, le pidieron que les contara todo lo que pudiera saber de ese pueblo de hembras guerreras. Y fray Gaspar, desde su lecho, nos narró la historia de Hipólita y de Pentesilea, de cómo habían construido su reino en las orillas del mar Negro, de cómo se habían propagado por diversas regiones, y todo lo que cuentan de ellas Estrabón y Diodoro. Alguna guerra debió de arrojarlas más allá de las tierras conocidas, y ese alejamiento las habría vuelto todavía más bárbaras, pues se decía que en su juventud les cortaban un seno para que les fuera más fácil maniobrar el arco y disparar las flechas. Eran también extraordinarias jinetes, diestras en el manejo de toda clase de armas y de perniciosos venenos, mejores guerreras que los griegos mismos, y hábiles en capturar hombres que sólo usaban como sementales, a quienes reducían a la esclavitud en tanto fueran útiles, y a los que asesinaban después de haberse beneficiado de ellos. Nos contó que tenían la temible costumbre de dejarse fecundar por varones para procrear sólo mujeres, que los niños nacidos de ellas eran arrojados a las bestias, y que sólo en casos muy especiales los criaban también como especímenes reproductores.

Dado que era ya noche cuando fray Gaspar nos contó esas historias, aprovechó el largo tiempo para recordar una de las leyendas que más lo habían cautivado, de cuando las amazonas invadieron la isla de Leuce, donde la diosa Tetis enterró las cenizas de Aquiles después de la guerra de Troya. Al ver que profanaban el suelo de su tumba, el fantasma de Aquiles irrumpió, no para asustar a las mujeres sino, curiosamente, a los caballos, y la aparición fue tan temible que las pobres bestias enloquecieron de miedo y arrojaron a sus jinetes por tierra y las pisotearon hasta la muerte.

Esos relatos despertaron más la curiosidad de nuestros hombres. Se figuraban ya todo un pueblo de mujeres esperándolos, y alguno comentó que las amazonas habían podido cometer aquellos abusos contra los varones porque no se habían encontrado todavía con una buena tropa de españoles. Los griegos se preocupaban tan poco por las mujeres, añadió, y se solazaban tanto en sus impuros amores de varones, que no era de extrañar que estas mujeres hubieran decidido prescindir de ellos. «Pero aquí está la España fecunda, y ya verás cómo cambian de opinión.» No puedo recordar todas las cosas que alcanzaron a decir los hombres del barco, a veces como consuelo, a veces creyéndoselo de verdad, pero a medida que escuchaban las historias y que las ampliaban en sus desvaríos, se hizo cada vez más firme la decisión de desembarcar y enfrentar el peligro del inminente país de las amazonas.

Sobra decirte que nada ayudó tanto a crear ese clima de expectación como la fiebre de fray Gaspar, quien no había vuelto a asomarse por la cubierta y permanecía dentro del barco, tendido en su litera de enfermo. Oía todo cuanto los marinos venían a contarle y les respondía con relatos cada vez más increíbles. Entonces Orellana volvió a hablar con el indio que habíamos capturado y este empezó a contarnos tantas cosas sobre sus costumbres, que ya no sé decirte si fue la versión de Orellana traduciendo lo que decía el indio, o la fiebre de fray Gaspar interrogándolo, o nuestros comentarios sobre lo que escuchábamos lo que hizo que todos en los bergantines quedáramos convencidos de la existencia del reino de las amazonas, aunque no me atrevo a afirmar que alguno del barco hubiera entrado lo bastante en la selva para verlo con sus propios ojos.

La aldea donde capturamos al indio tenía lo que llamamos una casa de placer, llena de tinajas y cántaros enormes, y platos y escudillas de loza de colores que nos parecieron más bellos que las vajillas de Toledo y de Málaga. Tenían dibujos de colores de buen estilo, llenos de simetrías, y fray Gaspar anotó en su diario algo que el indio nos dijo y que a todos nos causó maravilla: que esos objetos enormes y hermosos de loza y de arcilla que allí veíamos eran réplicas de otros de oro y de plata que había en las casas verdaderas, que eran las que estaban selva adentro. No sé si los indios querían llevarnos hacia el interior, con la esperanza de someternos, considerando con razón que apartarnos del agua nos haría más débiles, ya que el bergantín para ellos, más que una nave, era un símbolo de nuestra alianza mágica con las divinidades del río.

Pero desembarcado de nuevo con nosotros, el indio capturado nos llevó hasta el extremo de la aldea, donde un camino central se ramificaba en varios, y a pesar de saber que estábamos cerca de pueblos guerreros y que tal vez al fondo estaba la ciudad aterradora de las amazonas, en pocos sitios sentí tanta paz como en ese punto donde arrancaban los caminos que se iban adentrando en la selva. Había una luz tan hermosa aquella tarde, el Sol bañaba la selva y el río con tan bellos colores, y las nubes inmensas en el cielo tenían un esplendor que no he olvidado nunca. Pero mientras todos estábamos fascinados Orellana miró con desconfianza la selva y el cielo, receló hasta de la luz de esa hora, y nos obligó a volver a la orilla cuando ya se ponía el Sol sobre todas las cosas. Dijo que no era conveniente dormir rodeados por tantas leguas de tierra peligrosa, y que sólo en el agua y en el bergantín estaríamos seguros, pero otra vez llevamos al indio con nosotros, y aquella noche sus palabras, o nuestra interpretación de sus palabras, llenaron de magia y de asombro la vigilia del barco. Y en pocas palabras te diré lo que nos dijo el indio aquella noche, o por lo menos lo que el capitán Orellana nos tradujo de todo lo que el indio iba contándole.

22.

LUCHAMOS CON TANTA ENERGÍA Y RESISTIMOS CON TANTA FIEREZA

«Luchamos con tanta energía y resistimos con tanta fiereza a quienes nos atacan porque estamos sometidos a las guerreras blancas. Son mujeres valientes y terribles, mucho más altas que los otros indios de la selva, y las llamamos blancas porque su piel es del color del cobre claro. Nos castigan cruelmente si permitimos que alguien cruce los pueblos nuestros para llegar hasta su reino.

»Si recibiéramos en paz a los invasores ellas caerían sobre nuestros poblados con gritos de guerra, y si advierten que damos la espalda en la batalla cuando ellas nos comandan nos dan muerte a mazazos sin vacilar. Tienen cabellos largos que ordenan en trenzas y que se anudan alrededor de la cabeza, y desde niñas se adiestran en el trabajo y en la guerra. Nadan en las lagunas interiores como delfines, gobiernan las piraguas con destreza, y andan desnudas por la selva, aunque cubiertas de tintas y trazos mágicos, porque las tintas de color de las semillas y los frutos les permiten acorazar sus cuerpos con rezos poderosos y con cantos. Nuestras aldeas de la orilla del río, y los poblados que se suceden selva adentro, son anillos y serpientes alrededor del mundo de las hembras guerreras.

»Han escogido para ellas la mejor tierra y la que está más protegida. Lomas con mucho bosque, y atrás de ellas sabanas con hierbas altas hasta la rodilla, donde pacen en llanos y praderas inundadas sus cabalgaduras, que son dantas y tapires de pezuña partida. Hay quien dice que más adentro, en regiones a donde nadie puede penetrar, tienen también cautivos y domesticados jaguares enormes y serpientes de piel estrellada, pero eso yo no puedo afirmarlo. Sus cultivos producen yerbas de alivio y plantas aromadas para los alimentos, hay en sus tierras árboles gigantes que producen bellotas nutritivas, y allí se dan todas las frutas de la selva, desde las peras verdes que acompañan sus banquetes hasta ciruelas y piñas y guayabas y guamas, y muchos frutos que otras regiones no conocen.

»Cuando van a la guerra, que es lo que acostumbran, sus tropas avanzan animadas por muchas trompetas y atambores, por flautas y siringas de cañas y cítaras de tres cuerdas y timbales de madera y de piel de distintas voces muy resonantes. Sus tierras comienzan a siete jornadas de camino desde el río, y a veces ellas vienen a ser capitanas de nuestras tropas, cuando hay que defender la entrada a su señorío. Pero no sólo saben hacer la guerra: hay unas que tejen y otras que cultivan y otras que hacen las flechas con puntas de hueso y las lanzas talladas. Viven en casas grandes de cal y canto que se alargan entre caminos tapiados con grandes muros, y cada tantas casas hay torres de vigilancia donde hembras de guerra custodian la tranquilidad de las otras.

»No son casadas y no aceptan hombres en su cercanía sino sólo en la guerra y como servidores, y para preñarse y tener a sus hijos cada cierto tiempo emprenden la guerra contra un reino vecino de indios altos que es el que prefieren, y en esas guerras capturan a todos los indios que quieren y por un tiempo los tienen con ellas y se aparean. Son los únicos enemigos de guerra a los que perdonan, y después de servidas los devuelven a sus tierras sin hacerles daño. Tal vez sólo porque los perdonan los hombres se dejan capturar de nuevo en la siguiente incursión, en vez de prepararse para resistir con violencia, de modo que esa guerra es más una ceremonia que un combate mortal. Pero es después del parto cuando se da a conocer la soberbia y la crueldad de estas mujeres, porque si los recién nacidos son varones no sólo los matan, sino que envían sus cuerpos muertos con indios emisarios al pueblo de los padres, como si esos envíos fueran un reproche, y en cambio si son hembras las celebran con fiestas y hacen grandes solemnidades, y muy pronto las inician en las rudezas de la guerra.

»Una entre todas ellas es la reina, y gobierna con severidad, y se llama Karanaí. Las grandes señoras tienen en sus casas vajillas de plata y de oro, y vasos y marmitas, en tanto que las servidoras y las de inferior condición sólo se sirven de vasijas de barro y de bandejas y platos y cuencos de madera tallada. Los indios vecinos les llevamos en tributo lana y algodón, y ellas tejen mantas livianas que usan en sus casas, y telas para sus viviendas, y capas que usan a veces sobre sus cuerpos desnudos y que ciñen adelante con cordones. Tienen en su reino dos lagunas de agua salada de la que cuecen el agua en cántaros y sacan sal en panes blancos. En la ciudad principal de su tierra tienen cinco templos muy grandes dedicados al culto del Sol, y cada una de esas casas también se llama Karanaí, como la reina.

»Tienen planchas de oro cubriendo los muros bajos del interior y los techos forrados de pinturas de la selva, de serpientes y jaguares y dantas y pájaros de colores, hechas con cortezas de árboles, y muchos objetos preciosos para el culto en sus adoratorios. Todas las señoras principales llevan sobre la cabeza cintas anchas de oro como diademas. Karanaí y las otras señoras guerreras han dado la orden de que después de la puesta del Sol ningún indio varón de los pueblos vecinos puede salir de su aldea bajo pena de mutilación, y sobre todo que ningún hombre intente adentrarse en su reino, bajo pena de muerte en tormento.

»La fama de estas mujeres llena toda la selva y cuando se sabe que han entrado en guerra hay gentes hasta de muy lejos que se atreven a navegar muchos días por el río inmenso, con gran peligro de sus vidas, sólo por verlas de lejos. Todos nosotros tenemos que servirlas cuando pasan, y llevarles en tributo hasta cierto sitio lo que demandan, ya sea pescados o aves de cacería o frutos, pero esas exigencias no son frecuentes. Y hay una gran maldición que todos tememos en la selva, y es que se dice que todo varón que intente entrar en la tierra de las guerreras blancas, aunque sea un muchacho cuando emprenda el viaje y aunque sólo dure unos días su incursión, volverá tan viejo a su aldea que nadie lo reconocerá cuando llegue.»

Después de que los hombres se arriesgaron selva adentro, más de uno vino a contarle al fraile tuerto las cosas que supuestamente habían hecho, y un clima de delirio envolvió a la tripulación. El propio Orellana afirmó que habían seguido el rastro de las amazonas buen trecho selva adentro, pero que los detuvo el temor de que ellas fueran dejando su hilo en la maraña para hacerlos perder entre esos laberintos de árboles que se repiten sin fin. Algunos avanzaron en grupos de tres y de cuatro, explorando ese tejido que se abre siempre a tramas nuevas, oyendo movimientos de cosas que huyen, dejándose extraviar por los pájaros, viendo la cambiante vegetación y la abundancia de animales de la selva, y trajeron historias que si bien pueden haber ocurrido también pudieron ser sólo invenciones para presumir ante sus compañeros, o para satisfacer la necesidad de hechos memorables que contar al regreso.

Las selvas, Dios mediante, iban a quedar atrás. Los hombres querían, en caso de que saliéramos con vida, tener historias de qué envanecerse si algún día volvíamos al mundo humano. Cada quien vivió su propia experiencia de la selva, y cada quien contará una historia distinta, pero puedo decirte que al final de ese viaje hablamos de tantas cosas que ya no sé qué vimos. La selva es por demás tan extraña, tan misteriosa, que es más fácil entender lo que dice el que la vio fugazmente que entender lo que sabe el que ha vivido en ella la vida entera. Varias cuadrillas pasaron algún tiempo errando por la selva, y los cuentos que traían llenaron el barco por semanas.

Entre ellos cinco hombres entraron en la selva y no volvieron, de modo que, pasados dos días con sus noches, Orellana tomó la decisión de emprender la partida y no esperarlos más, pensando que habrían sucumbido a manos de las mujeres, de otros pueblos o de las fieras hambrientas. Increíblemente, al promediar el tercer día los encontramos en la orilla tras una de las siguientes curvas del río. Venían devorados por los insectos, habían comido raíces y lagartos, hablaban de animales luminosos, de pueblos de gentes diminutas que habitaban en las raíces de los árboles, de follajes que contaban secretos, decían que la selva tenía vértebras y pelaje de tigre, e infinidad de indicios nos convencieron de que habían masticado la locura en las cortezas verdes. Pero algunas de las historias que contaron sobre las amazonas alimentaron el relato que después recogió fray Gaspar en su crónica.

Finalmente salimos de la más extraña de las regiones de la selva, que aquellos indios llaman Tupinamba. Todo seguía tan poblado que nuestras pequeñas naves se abrían paso como un par de hojas cubiertas de hormigas entre las aguas primitivas vigiladas por grandes serpientes. Cada día sentíamos más que la selva nos miraba con millares de ojos. Había pueblos y pueblos y pueblos, y en ciertas partes las aldeas eran tan alargadas que cada sección tenía su embarcadero con muchas piraguas. La selva puede ser oscura, y enmarañada y laberíntica, pero el río es un camino inmenso y abierto, a veces bajo las lluvias y las tempestades, a veces bajo los temporales y sus temibles truenos y relámpagos, pero muchas veces bajo los barcos luminosos de las nubes, en el aire más diáfano, y todos los que viven a su orilla están comunicados. Como ya te lo he dicho, el peligro mayor no está en la selva ni en el río, sino en el choque de nuestra mente y de nuestras costumbres con la selva y el río. No tenemos propósitos tan misteriosos ni somos tan lentos como los árboles, algo en ese mundo nos atenaza, algo nos llena de urgencia y de impaciencia, porque las cosas no maduran a nuestro ritmo, la fruta es demasiado lenta y la serpiente es demasiado rauda, nada parece tener intención propia: todo responde a un designio indescifrable y ajeno. Y entre sus grandes hojas la voluntad desespera, las nubes pesan sobre el alma, el agua es menos obediente que un gato, las luciérnagas hieren los ojos, la noche es un silencio demasiado lleno de ruidos, un vacío demasiado lleno de cosas, una oscuridad demasiado llena de estrellas.

23.

LAS SELVAS UNIFORMES A LO LEJOS

Las selvas uniformes a lo lejos producen la ilusión de que todo es idéntico, y los eternos días del viaje parecen uno solo. Pero en la memoria cada hora tiene su pájaro, cada minuto un pez que salta, un rugido de bestia invisible, un tambor escondido, el silbo de una flecha. Resbalando por esos días prolongados, donde el bullicio de la selva parece contenido por un gran silencio cóncavo que lo diluye todo, pudimos observar que los ríos que desembocan en la gran corriente tenían colores distintos. Ríos amarillos como si arrastraran comarcas de arena, ríos verdes que parecen haber macerado y diluido arboledas enteras, ríos rojos como si hubieran gastado montañas de arcilla, ríos transparentes como si avanzaran por cavernas de roca viva, ríos negros que parecen traer toda la herrumbre de grandes talleres de piedra. Unos bajan rugiendo en avalancha, llenos de los tributos de la selva, otros vienen lentos pero poderosos como si bajo sus aguas nadaran criaturas formidables, y otros vienen tan remansados que casi ni se atreven a entrar en el caudal inclemente que todo lo devora y lo asimila. Yo me quedaba horas mirando ese río hecho de ríos, preguntándome cuántos secretos de mundos que no podía imaginar iban disolviéndose en una sola cosa, ciega y eterna, que resbalaba sin saber a dónde, llevándonos también en su ceguera a la disolución y al olvido.

Descendimos más de ocho meses por aquel caudal que crecía. Y ahora puedo decirte que, después de vivir mucho tiempo en su lomo, uno acaba por confundir su vida con la vida del río. Al comienzo somos seres totalmente distintos, pero después hay que estar vigilando sus movimientos, anticipar su cólera en las tempestades, adivinar la respuesta que dará a cada lluvia, ver en las aguas quietas si se preparan avalanchas, oír la respiración de los temporales y sentir el aliento del río en esa humedad que lo llena todo, que se alza como niebla en las mañanas, que pesa como un fardo al mediodía y que baña con lodo vegetal las tardes interminables. Al final, uno es ya esa serpiente sobre la que navega, llevado por su origen, recibiendo la vida de los otros y manteniendo el rumbo sin saber lo que espera en el siguiente recodo.

Vino después un largo tramo de tierras despobladas, o donde los nativos no nos seguían en piraguas ni nos flechaban desde la orilla, ni encendían el aire con sus tambores de alarma. Y en una de esas semanas de poco alimento, a la orilla de uno de aquellos caños laterales, en un recodo de aguas mansas, comparadas con la corriente principal, percibimos un día otro indio solitario que no se espantó de ver nuestro barco, y que siguió pescando impasible sin cuidarse de las canoas que empezaban a avanzar hacia él. Cuando ya estaban cerca les hizo señas, como si se sintiera feliz de compartir la pesca abundante que había obtenido del río. Un resplandor de peces que después aprendimos a llamar con sus nombres indios, largos y espinosos como la selva y el río, alcanzaba a verse junto a él sobre un lecho de grandes hojas, y harto nos sorprendió esa abundancia, ya que pescaba flechando con varas finas el agua, en la que nuestros ojos no veían más que el reflejo de la selva y del cielo.

Orellana gritó a los hombres que el indio tenía un arco, pero nada en sus gestos pareció amenazante. Alto y desnudo a la luz del atardecer, entre árboles que al copiarse en el río producen la ilusión de una selva flotante, parecía una especie de divinidad de las aguas, con rectas líneas rojas sobre el rostro, brazaletes de plumas pequeñas de colores y de semillas, una caña hueca con buena provisión de flechas, y una blanca concha de caracol de agua dulce en la que llevaba enfundado su sexo.

El capitán fue en una de las canoas con tres españoles más y con el silencioso Unuma hasta la orilla. Iban temiendo que aparecieran detrás del pescador los guerreros nativos, que aquella figura desnuda no fuera más que el cebo de una trampa. Pero nada se movió en las selvas profundas, salvo las oropéndolas que hacen sus nidos colgantes en las ramas altísimas, y esos seres de ojos grandes que miran siempre debajo del agua. En la orilla intentaron conversar con el pescador, pero Unuma me contó que fueron muy pocas las palabras que alcanzó a entender de su idioma. Después, a pesar de la cordialidad del encuentro, y de la confianza casi infantil que el indio les mostraba, me pareció que lo estaban tomando prisionero, aunque Orellana siempre afirmó que el pescador había aceptado venir con nosotros. Tal vez lo halagó que los seres mágicos del río, ya que para él no podíamos ser otra cosa, quisieran llevarlo en su palacio flotante. Creo recordar, sin embargo, porque muchos hechos de aquella parte del viaje son por alguna razón confusos para mí, que el indio, o iba amenazado, o iba al comienzo encadenado. Pero a la vez recuerdo que hablaba animado con el capitán.

Cuánto tiempo había dedicado Orellana, a lo largo de nuestra forzada navegación, a hablar con los indios que embarcamos desde el comienzo, incas solemnes de la cordillera que poco o nada entendían de estas inmensidades de aguas y de árboles. Ahora llevaba consigo a uno que conocía los secretos de la selva y que a lo mejor podía entenderse con los pueblos que se suceden tierra adentro, lejos de las orillas del río.

Los legajos amarillos que llevaba Orellana se habían ido llenando de frases que nadie comprendía, ni siquiera el padre Carvajal, quien también iba confiando a un cuaderno todas sus experiencias. Parecían escrituras de cantos de pájaros y de aullidos de monos, Orellana ponía las letras de España a zumbar y a ondular, y hasta nos dijo que para los indios había palabras que eran alas y palabras que eran nidos, y que alguna vez un indio le contó que para pescar es necesario primero pronunciar un largo rezo que va encadenando los nombres de los peces, desde el más grande hasta el más chico, pero que la oración tiene que cerrarse, como si fuera un cántaro, con el nombre de la tortuga, porque esta es la que protege todo con su concha e impide que los peces se escapen. Otra vez le oí decir que los indios tienen palabras para fenómenos que no existen en castellano, como el nombre de la enfermedad que produce la belleza de un árbol, el resplandor embrujado de un atardecer, o la mirada de fósforo del chamán cuando se ha transformado en jaguar.

Y uno de los dramas de nuestro viaje fue para el capitán la pérdida del humilde grafito con el cual escribía. Una tarde, en una de las crecientes, bajo la lluvia poderosa, tuvimos que botar agua por todos los costados, revisar las jarcias muertas y ajustar las móviles, y examinar uno a uno los baos para que las cuadernas resistieran, y mientras cumplíamos todas esas tareas el grafito del capitán debió de rodar a la corriente en alguna de las sacudidas. Cuando Orellana advirtió su desaparición, parecía que hubiera perdido el barco mismo. Se tiraba los cabellos con rabia y en su rostro contrariado el único ojo parecía titilar con una luz maligna. Trató de hacer puntas de plumilla con cuanto punzón hallaba, pero la tinta misma no había de dónde sacarla. Pulió decenas de varas de madera cortadas a los árboles de la orilla, y les quemó las puntas para tratar de escribir con ese carbón que se desmoronaba, pero fue muy poco lo que logró rayar en sus pliegos. Comprendió que tendría que extremar los recursos de la memoria, y siguió hablando sin cesar con el indio, aunque nunca estuvimos seguros de que se entendiera con él. Decía que gracias a su paciencia había ido familiarizándose con las palabras claves para acceder a la información más valiosa, pero por lo que oyó mi amigo Unuma, a quien acudía con frecuencia, era poco lo que alcanzaba a entender del lenguaje del otro. Yo había advertido, en distintos momentos del viaje, cuántas tragedias puede desencadenar la incomunicación, y desde los cuentos de Tupinamba aprendí a oír con desconfianza la versión de Orellana de cuanto le iban diciendo los indios que vinieron al barco.

A veces ni siquiera ante las cosas podemos estar seguros de que dos lenguas están nombrando lo mismo: los indios no ven en el mundo lo que ven los cristianos, o tal vez cada cosa que existe, como dice mi amigo Teofrastus, depende del orden en que está inscrita para cumplir de verdad sus funciones.

La situación se hacía cada vez más difícil. Cada cierto tiempo conseguíamos cómo alimentarnos y sobrevivir, pero llagas y fiebres recurrentes tenían cada vez más postrados a muchos hombres. El río no cesaba de ensancharse, las orillas se habían alejado tanto que había días en que una de las riberas no era perceptible. Se apagaban en la noche sus lejanos tambores, una palpitación que parecía venir más del fondo del alma que del mundo exterior, y un resplandor moribundo alteraba el horizonte del agua. Todos desesperábamos, hartos de esa deriva sin amparo, siempre avanzando hacia ninguna parte, y ni los rezos ya ni las leyendas ni los últimos recuerdos del alma parecían brindarnos consuelo.

Fray Gaspar de Carvajal no estaba en condiciones de brindárselo a nadie, porque languidecía, el rostro enrarecido por la pérdida del ojo, las moscas de la selva revolando en torno a su cabeza inflamada, y sujeto a los altibajos de una fiebre que sólo a veces lo dejaba hablar con cierta cordura, o rezongar tormentos en un latín de náufrago, pero que cada noche lo sumergía en el delirio. Fue en uno de esos delirios cuando le pareció oír el ruido de una cascada lejana, y para nuestro mal se le ocurrió que esa cascada no podía ser otra cosa que el final desaguadero del mundo. Yo estaba junto a él esa noche, tratando de cambiarle el emplasto de hojas y con él el hedor de su herida, cuando con el ojo muy abierto y una mano haciendo caracol en el oído me dijo: «Hasta aquí duró el tiempo. Este debe de ser el río que recoge las aguas de todas las vertientes de esta parte del mundo para conducirlas al fin al abismo. A pesar de su amplitud, las aguas que surcamos son todavía aguas dulces. Pero de ningún río tan amplio tiene noticia la crónica de las naciones, ni siquiera la escritura sagrada menciona un río tan monstruoso, de modo que este río tiene que ser prueba de algo sobrenatural». Se quedó pensativo, oyendo la cascada que nadie más oía, y añadió: «Todas las cosas marchan a su fin, y estas aguas deformes van a llevarnos al final de todas las cosas».

El miedo se adueñó de la tripulación. Aunque estoy seguro de que aquella noche no se oía el ruido de cascada alguna, porque curiosamente esas fueron las jornadas en que el río me pareció menos bullicioso, los enfermos eran muchos y los temerosos del diablo eran más, y algunos empezaron a oír un susurro, a sentir un rumor, a percibir la maldita cascada de la que hablaba el fraile, y a exigirle al capitán que diéramos marcha atrás, o nos arriesgáramos por alguno de los ríos laterales.

Es algo que siempre esquivamos, por temor a extraviarnos en el corazón de la selva. El cauce principal nos daba al menos la esperanza de que algún día nos arrojara al mar, aunque no pudiéramos saber a cuál de los mares del mundo o del infierno iríamos a caer. Ahora cualquier cosa era preferible a seguir navegando en la incertidumbre, las horas parecían contadas, el tiempo era ya un túnel de criaturas horribles, cada una más amenazante que la anterior. Y una tarde me descubrí mirando con nostalgia los árboles de la orilla, como si fueran los últimos que veía. Hasta la selva tremenda que habíamos recorrido, con sus serpientes y sus pájaros, con sus aldeas flanqueadas por cercados con cráneos, con la vasta circulación de su sangre y sus miasmas, con el silbo de sus serpientes paralizadoras y pudridoras, esa agitada voracidad donde todo se alimenta de todo, interminablemente, me empezó a parecer una tierra añorada y familiar al lado de las cosas que parecían cernirse sobre nosotros.

Casi habíamos perdido la esperanza de volver a las tierras del origen; ya eran como fantasmas los seres que habíamos dejado lejos. Pero iba llegando el momento de despedirnos de cosas aún más entrañables, del agua y del cielo, de la luz en los ojos, de los corazones que palpitaban y de las almas que de noche, vencidas de cansancio, todavía se animaban a soñar. Uno acaba admitiendo la posibilidad de morir bajo los colmillos del caimán o en el abrazo de la serpiente, en el agua

llena de dientes o con la sangre ardiendo de veneno, pero ahora sentíamos que no nos habían reservado para una muerte
cualquiera, que alguna cosa horrible todavía esperaba al final
del camino.

24.

ORELLANA HACÍA ESFUERZOS POR OBTENER DEL INDIO

Orellana hacía esfuerzos por obtener del indio informes que cambiaran el clima que reinaba en los barcos. El San Pedro resistía mejor que el Victoria el azar de las aguas, y a este sus fabricantes lo veíamos como una cáscara de intemperie, un pedazo de selva flotante cuyos íntimos rincones no respondían al estricto saber de los astilleros de España, sino apenas a las industrias de la desesperación y del miedo. El capitán advirtió que el menos inquieto por el rumbo del río era el pescador prisionero. Empezamos a llamarlo Wayana, porque esa era la palabra que más pronunciaba, y tiempos después supimos que aludía a las tierras de postrimerías en las que estábamos entrando. Si bien lo asombraba el barco, si bien miraba con curiosidad a los hombres, si bien se mostraba sorprendido y hasta asustado por los bandazos del viento en las velas y por los gritos de los marinos en las maniobras, el río no parecía inquietarlo, y esto debió infundirle a Orellana la tranquilidad que mostró en los momentos más difíciles.

Empezó a hablar con él con una fluidez inesperada, y otra vez se volvió a nosotros para traducir lo que el indio había dicho. «No hay que temer cascadas en esta parte de la travesía», nos dijo. «Wayana dice que el río es cada vez más ancho sólo porque fluye por un lecho más plano.» Pero el indio tampoco lograba aclararle cuánto tiempo más viajaríamos por el río. Enumeró los pueblos que vivían en las orillas, y otra vez Orellana nos habló de ciudades y fortalezas, de sembrados y tesoros. «Por ahora alegrémonos de cumplir con este viaje de reconocimiento», decía Orellana, «y más bien pidamos a Dios que un día podamos volver con armas y pertrechos a someter estas orillas y arrebatar sus tesoros.» Pero no creas tú que era cierto lo que decía Orellana de ciudades y reinos. Yo dudo que mucho de eso exista. Orellana ahora inventaba lo que le atribuía al indio, y se volvía hacia la tripulación aterrorizada y enferma, para darle ánimos por medio de las revelaciones que obtenía de su boca.

No le bastó haber hablado de las amazonas que montan en tapires y someten a los pueblos de las orillas. Habló de pueblos de gigantes, que utilizan como macanas árboles grandes como torres; nos mencionó hombres perros, que están gobernados por un jaguar que habla; habló de pigmeos a los que llamaba jíbaros, cuyo oficio era cazar indios en las selvas para cocinar sus cabezas y convertirlas en miniaturas feroces; habló de los delfines rosados del río, que cada mes se convierten en hombres y raptan muchachas en las aldeas para llevárselas al fondo del agua; habló de peces carnívoros que convierten en huesos una danta en instantes, pero esos sí eran verdaderos; habló de un país de viejos de la selva, que se sientan a esperar a que el tiempo los convierta en árboles; habló de la serpiente que reina en el corazón de la selva, y de cómo la piel desastrada que abandona se la llevan en vuelo los pájaros; habló de árboles que lloran leche blanca, de indios que producen sal con bejucos y zumos de la tierra, de manchas rojas voraces que avanzan arrasando la selva y son en realidad inmensos tejidos de hormigas; ya no recuerdo cuántas locuras nos contó Orellana en aquellas jornadas.

Casi un mes después de estar oyendo sus relatos me persuadí de que estaba mintiendo, aunque vi necesaria su mentira. El capitán no podía entender todo lo que Wayana le iba diciendo. Traducir de una manera tan fluida e inmediata lo que un indio dice es imposible sin la ayuda de la imaginación. Y hasta reconocí en sus relatos historias que yo ya sabía, historias que Orellana debía de haber recibido como yo de los relatos de Oviedo. Cuentos utilizados por los indios del Caribe para asustar a los primeros viajeros le servían tiempo después a Orellana para tranquilizar a sus hombres por las selvas desconocidas. Parecía traducir pero en realidad recordaba e inventaba lo que los demás necesitábamos oír. Cualquier dato suelto, cualquier nombre, servía para armar un relato que entretuviera a la tripulación y alimentara sus esperanzas.

Cumplía su oficio de capitán: daba a nuestros espíritus un equivalente de la mínima alimentación que había que brindar cada día a nuestros cuerpos. Tiempo después nos confesó que mucho de lo que dijo en la parte más desesperada del viaje era invención. Le resultó oportuno tener a ese indio de lengua desconocida para mantener en alto la moral de la tropa. Y al final de aquel viaje todo el barco vivió de sus inventos. Yo, que lo sospechaba, hice lo posible por creerle y casi lo logré en mi impaciencia. No sólo disipábamos temores, sino que hasta alcanzamos a soñar con las riquezas que íbamos dejando a nuestro paso, que habían esperado bastante y todavía tendrían que esperarnos quién sabe cuánto más.

De repente, todo cambió.

Una mañana, antes de que se iniciara la charla ritual de Orellana con el indio, empezó a oírse en la distancia el sonido real de una cascada. Cuando el viento cambiaba de dirección el murmullo desaparecía, sólo para reaparecer un poco más intenso. Orellana alzó los brazos, como apartando lianas en el aire, e intentó refutar otra vez el rumor de que íbamos rumbo al precipicio, pero también él oyó el ruido, y sintió alguna especie de miedo porque no logró ya disimularlo ante nosotros. El bullicio fue creciendo con las horas. Ya en la noche era una evidencia abrumadora que a cada paso nos hacía sentir vecinos del despeñadero, y nadie intentó siquiera dormir, porque el fin de todas las cosas estaba allí, aguardándonos. Fue como si estuviéramos oyendo en la noche la respiración de una bestia mitológica hacia cuyas fauces corríamos sin remedio. El ruido no paró de crecer esa noche, y todo el día siguiente, y toda la noche siguiente, de modo que al final los marinos rezaban a grandes voces, confesando sus pecados, pidiendo perdón a Dios por sus culpas, encomendándole sus parientes lejanos, y en un momento ya ni se oían las confesiones y los credos de todos en medio de ese estruendo de aguas enloquecidas que crecía como si estuviéramos en medio de una tempestad todopoderosa, aunque nada se había modificado físicamente en torno nuestro.

Lo que vimos a la distancia, al amanecer del día siguiente, fue más desconcertante: allá, al fondo, donde todos temíamos ver aparecer la extensión vacía del precipicio, lo que se alzaba era un gran muro blanco. El agua se agitó de un modo extraño y de repente nos pareció que hasta el río quería retroceder. Súbitamente nos vimos en medio de una turbulencia incomprensible, venían olas de fango, venían olas de escombros, avalanchas de vegetación, barrancos a la deriva bajo los vientos furiosos, aguas encontradas, cadáveres de animales arrastrados por la creciente, y los dos barcos nuestros, el solemne bergantín español y la nave de locos que lo seguía como sigue un escudero a su paladín perdido en la batalla, eran un par de cascarones extraviados en una tempestad.

En medio de los bandazos de la nave nuestras pocas pertenencias fueron arrastradas de la cubierta por la avalancha, y allí se perdieron las últimas ropas, las armas y las más cuidadas reliquias. Hasta la carta de mi padre, que siempre había conservado con fervor, y la copa de oro de fray Gaspar, fueron arrebatadas por la corriente. Sentí que estábamos a punto de naufragar, que después de tantas angustias y esperas, llegaba la hora final. Nos perdíamos de vista, convencidos de que la otra barcaza, desguazada, había zozobrado sin remedio, pero de pronto la veíamos sobreaguar todavía, pobre hoja combatida por el temporal, y nos ahogábamos en la lluvia fangosa del río, y nada podíamos hacer contra los poderes de la inmensidad, cuando alguno de los compañeros gritó de pronto que el barro que estaban probando sus labios era agua salada.

Entonces, perdidos en medio de la corriente y doblegados bajo la furia de los elementos, todos comprendimos que el muro blanco que se nos había atravesado no era el estrado del juicio final sino una muralla de espuma, y que el estruendo de diez mil elefantes que nos había envuelto por días era el forcejeo de dos titanes, el río desmesurado y el océano imposible, y de repente, mojados e incrédulos, mareados y enfermos y locos de alegría, estábamos hundiendo nuestras manos heridas e hinchadas en el resplandor de las olas del mar.

25.

LA SAL DEL MAR SE CONFUNDIÓ EN NUESTROS LABIOS

La sal del mar se confundió en nuestros labios con la sal de las lágrimas, porque ninguno de nosotros tenía verdadera confianza en que pudiéramos escapar a ese río infinito que nos había arrastrado ocho meses como un embrujo. Y una cosa fue tocar el mar y otra cosa salir verdaderamente a sus aguas abiertas, porque la ola que se forma en la desembocadura se retuerce más agónica que una serpiente, y a veces avanzábamos y a veces estábamos otra vez a merced de los remolinos. Entramos en las aguas azules, arrastrados aún por la fuerza del río, porque en el momento en que triunfa, el río sigue siendo río mucho trecho en el mar. Y el primer tramo de la travesía por las aguas grandes estuvo lleno de pasmo y de perplejidad. Parecían milagros, y claro que lo eran, el resplandor del día abierto, el hervor de la espuma, el vuelo deleitable de las gaviotas sobre los cascarones maltratados de nuestros barcos.

La inmensidad ya no tenía para nosotros el sabor del encierro. Viramos al oeste, siguiendo una lejana línea de costas, y sin contar horas ni días, con la ilusión de que temprano o tarde nos iba a socorrer una tierra poblada por cristianos. Por ahora no sabíamos dónde estábamos, cuán al sur ni cuán al oeste nos había llevado la serpiente de meandros infinitos, ni cuántos reinos habíamos dejado atrás en la telaraña de las selvas impenetrables. No teníamos cartas ni aguja, y hubo que hacer velas de nuevo, esta vez con las últimas mantas que nos quedaban en los barcos.

Mirábamos con vaga curiosidad los litorales misteriosos a nuestra izquierda, mundos desconocidos que no pensamos explorar, en una navegación de cabotaje que apenas reclamaba la difusa certeza de ir siguiendo la costa, sin aproximarnos a ella, como si temiéramos a la tierra firme, y es que la temíamos realmente, porque el prolongado cautiverio en la selva nos hacía temer que la tierra pudiera atraparnos de nuevo, llevarnos otra vez a su náusea y su infierno. A veces, incluso, veíamos gentes: grupos de nativos perfilándose en los acantilados, diminutas hileras de seres inmóviles mirando con aprensión los barcos nunca vistos, y los dejábamos atrás como sueños del día, embriagados ahora por el viento libre del mar, mientras las pobres velas raídas se hinchaban de ese viento grande y luminoso bajo el que procurábamos avanzar buscando solamente lo conocido.

Los primeros días nos sentíamos llenos de una fuerza nueva, el aire de sales y yodos nos colmaba de salud y de juventud, pero en cuanto fue pasando aquel clima extasiado que era la novedad de nuestra salvación, todos los males que acumulamos en meses de impotencia fueron aflorando de nuevo, y las semanas siguientes estuvimos enfermos como nunca en el viaje. Dolían no sólo las heridas sino las cicatrices más viejas, las picaduras se inflamaban de nuevo, la cuenca del ojo de fray Gaspar, que parecía curada, volvió a manar un ámbar impuro; Antonio de Cifuentes estuvo cinco días paralizado, sin poderse mover en la cubierta y sin la menor explicación de qué lo inutilizaba de ese modo. Como si nuestros cuerpos forzados por el peligro hubieran callado por meses y meses miedos y dolores y de repente rompieran a hablar, resultaba asombroso ver cómo parecíamos más maltrechos y vencidos ahora que nada nos atormentaba, que en los largos meses en que afrontamos los climas de la selva, sus bostezos de tigre, los gritos desconsolados de los pájaros al anochecer, la niebla perforada por lanzas amenazantes, y el rostro inexpresivo del mundo verde donde acechan el pico y la ponzoña, charcos podridos y colmillos hambrientos.

Volvimos por fin el rostro para mirarnos, y casi pudimos reír de la irrisión en que habíamos caído: la flacura de los cuerpos sumada a los andrajos que colgaban de ellos, la fetidez de nuestros humores y la miseria de nuestras costumbres. Pero lo increíble del mundo que acabábamos de ver nos daba fuerzas para entender que éramos los residuos de una expedición arrogante, sombra y despojo de unos sueños absurdos. Era tarde para apiadarnos de nosotros mismos, y en vez de compasión empezamos a sentir vergüenza unos de otros, como si cada uno fuera el dueño de su fracaso, como si todos los otros pudieran ser unos jueces severos. Así recuperamos esos pequeños escrúpulos que tejen todo orgullo, la vanidad abandonada en las lluvias de la necesidad y de la privación. No teníamos nada pero éramos ya como dueños del mundo, tierra seca favorecida por una breve llovizna que ya empezaba a germinar sus primeras semillas.

Había que acercarse a las costas. El agua que llevábamos no era bastante, y cada cierto tiempo desembocaban en el mar ríos grandes y pequeños, algunos de los cuales venían de tierras altas y borradas por la humedad, con aguas frescas para los cuerpos torturados y los labios enfermos. Nos deteníamos a la sombra de las palmeras en playas muy blancas llenas de almejas palpitantes, bebíamos el agua venturosa de los cocoteros, nuestro viaje de náufragos parecía de pronto un recorrido por tierras felices. Pero cada isla traía primero esperanza y luego desengaño; tardaba en aparecer algo que nos diera verdaderamente la tranquilidad de estar volviendo al mundo. Los breves paraísos daban paso de nuevo a jornadas de inquietud y de pesadumbre, y pronto comenzaron a enturbiarse los cielos con el presagio de tormentas y vendavales.

No sé cuánto tiempo había pasado cuando cruzamos ante unos ríos casi tan inmensos como el que habíamos recorrido, puertas grises a un mundo silencioso y secreto. Estaban tan cerca unos de otros que los consideramos más bien las bocas de un río desconocido, que no fluye hacia el este como el río de las Amazonas sino hacia el norte, y que baña en su golfo una isla vastísima cubierta de selvas espesas y aparentemente despobladas. Nadie pensó siquiera en explorarla. Lo primero que hacen las expediciones de descubrimiento es despejar algún costado de las islas para adaptarlo como embarcadero: sólo eso buscábamos en toda tierra que se ofrecía a nuestro paso, y las selvas intocadas no tenían para nosotros ningún atractivo.

Y fue pasando aquellas aguas turbulentas cuando nuestros dos barcos se perdieron de vista entre la agitación de las marejadas, y ya no volvimos a vernos. Después del último descanso en las playas yo estaba en el Victoria y Orellana y fray Gaspar venían en el San Pedro, cuando sobrevino el extravío. Muchos días viajamos orillando ensenadas misteriosas cuando vimos aparecer en la distancia un islote que igual nos pareció indigno de ser visitado. La vegetación no era de selvas amenazantes sino de arbustos secos, y al fondo sus pequeñas colinas se veían más cubiertas de cardos que de arboledas. Pero estábamos en el límite de la resistencia, el mar que nos alegró tanto al salir de la selva se iba convirtiendo en una nueva tortura, y así como nos habíamos sentido encerrados en la enormidad de la jungla y del río, empezábamos a sentirnos prisioneros también en las aguas sin fin y bajo la soledad de sus cielos. Nos fuimos acercando a la vez temerosos y ansiosos, y alguien advirtió que esas aguas azules y esos vientos apacibles parecían ser de tierras pobladas por indígenas. Ignorantes de cuánto tiempo más habría que avanzar por el mar sin caminos, habíamos visitado en vano tantas playas que no nos atrevíamos a alimentar esperanzas, para evitar nuevas frustraciones. El otro barco se había quedado rezagado, y cuando estuvimos cerca de la orilla, cinco marinos se embarcaron en una de las canoas y fueron a inspeccionar la tierra.

Estaba seca, y era triste, y no parecía dar ni frutos ni flores. Empezaron a caminar por la orilla y remontaron un pequeño promontorio de barrancos, cuando de pronto uno de ellos se inclinó para ver algo que estaba en la tierra. Un aullido desgarrador salió de su garganta, y después empezó a lanzar gritos de angustia o de desesperación. Los otros cuatro corrieron hasta él, sin saber si había encontrado una serpiente, o si algún insecto ponzoñoso le había clavado su aguijón en la rodilla que había puesto en tierra. Cuando lo alcanzaron, el hombre estaba llorando a gritos, y les señalaba con los ojos llenos de lágrimas algo que había en la tierra y que tuvieron que inclinarse mucho para distinguir. Pero bastó verlo para que ellos también empezaran a gritar y a llorar, sin saber hacia dónde dirigir esos gritos. Porque lo que veían en la tierra seca, unos trazos curvos marcados con puntos sucesivos, era la imagen más increíble que podíamos esperar haber visto: las marcas milagrosas y recientes de unos arcos de hierro con clavos rectangulares. Como si la tierra abriera su boca para hablar, ese rastro en el suelo no era la pezuña de una bestia salvaje, sino el arco perfecto, puntuado por cabezas de clavos, de una herradura española. Habíamos vuelto finalmente a la vida.

Era la isla de Cubagua, y en el otro extremo de ese islote reseco estaba la granjería de perlas más famosa del mundo. Cuando dimos la vuelta a la isla y llegamos a Nueva Cádiz, muchos pensaron que era un barco fantasma lo que arribaba, tal vez uno de los siete bergantines de Ordás que se perdieron en el golfo de Trinidad, o una de las dos carabelas de Sedeño que se extraviaron en el delta del Orinoco, o uno de los siete barcos pirata que fueron embrujados por las sirenas de Maracaibo. Así tocamos tierra en el Victoria, el barco grande que hicimos en la tierra de Aparia, y éramos veintinueve hombres, pálidos y carcomidos por las plagas, llagados, tumefactos y desoladoramente felices que saludábamos a los que estaban en la playa como si fueran una aparición milagrosa. Sólo el haber perdido al San Pedro ponía una sombra negra sobre la dicha cierta de estar volviendo al mundo.

Pero dos días después, como un espectro emergiendo entre la bruma del mar, también el San Pedro apareció ante las playas de Nueva Cádiz. Y fue entonces cuando los hombres de esa costa echaron a andar el rumor de que había llegado un barco de hombres tuertos, sólo porque se dio la extraña coincidencia de que los tres primeros que bajaron del barco fueron el capitán Orellana, Gálvez el del ojo marchito, y el pobre y consumido fray Gaspar de Carvajal, que no pedía que le dieran ropa ni comida, sino que suplicaba con el ojo lloroso que lo llevaran al templo para dar gracias a Dios por esa salvación milagrosa. De nada sirvió que todos los otros tuviéramos los dos ojos en su sitio: el cuento de que había llegado un barco de hombres tuertos se regó por la ciudad, y llegó a la vecina isla de Margarita, y muchos sintieron miedo, como si esa aparición de seres condenados fuera el anuncio de alguna tragedia mayor. Y dado que meses después sobrevino la espantosa tempestad que arrasó con Nueva Cádiz y puso fin al esplendor de las perlas, al cabo del tiempo quedamos tatuados en la memoria de esas islas no como los peregrinos que habían vuelto a la vida después de un largo extravío, sino como los aventureros marcados por la manigua que trajeron el miedo y la mala suerte a una de las ciudades más ricas de las Indias Occidentales.

Hacía apenas dos años había pasado por allí en el barco del capitán Niebla, y vi esas islas como tierras normales, ricas en dolores y en perlas. Para el que iba buscando tierras fabulosas y tesoros supremos, Margarita fue apenas una arboleda perdida en el mar; para el que venía ahora de la derrota y del miedo, Margarita era una de las tierras más felices del mundo, y allí, de noche, me decía al sumergirme en el sueño en una cama dura pero limpia, en un aire cálido pero sereno, oyendo voces tardías por las arboledas, que es mucho mejor dormir feliz en una cabaña indigente que dormir para siempre en pedazos en una cripta de oro.

Y la serpiente cerró otro de sus anillos, porque una de las personas que nos recibieron en Cubagua, y nos ayudaron a superar la postración del viaje, fue Juan de Castellanos, el poeta. Me alegra saber que tú lo conociste en la Sierra Nevada. Entonces teníamos la misma edad y nos entendimos enseguida. Era un muchacho de grandes ojos andaluces, nervioso y alegre como un pájaro, con manos rudas de trabajador de los campos y con una memoria endiablada, que recordaba todo lo que se le decía, que conocía a todo el mundo, que cantaba hasta la medianoche en las fiestas bajo la ceiba grande de Margarita, y que para mi asombro había conocido a Oviedo en San Juan, en casa del famoso obispo Manso, en uno de los viajes que mi maestro hizo a la isla de Borinquen.

Será porque somos tan pocos todavía en las Indias, pero es cosa de magia cómo encuentra uno conocidos por todas partes. Me conmueve saber que fue Castellanos quien te acompañó en tus viajes por la nueva Pamplona y en tu descenso a Santa Marta; saber que vive todavía, saber que goza de salud después de tantos viajes, y que sigue empeñado en convertir en cantos todas estas historias, porque en el mundo que nos tocó en suerte nadie sabe qué será de su vida a merced de las selvas, los indios, los mares y los años.

Nadie estaba más maravillado con las peripecias del viaje por el río, pero fueron los otros viajeros quienes le contaron nuestra aventura. No había comenzado todavía mi oficio de moler y volver a moler el grano de aquel viaje, pero harto me gustaban los relatos, y Castellanos, que tal vez ni siquiera supo mi nombre, siempre me llamaba «el contador de historias». Cuidó de nosotros como un enfermero y como un hermano, y pasó noches enteras hablando con fray Gaspar bajo el aleteo de las antorchas. Fue en Cubagua donde nos enteramos de que Francisco Pizarro había sido asesinado, pero nadie sabía que Gonzalo había puesto una demanda contra Orellana, acusándolo de traidor y ladrón. Fray Gaspar adivinaba que habría rencores, y mostraba avidez por viajar al Perú, quizá para mediar entre los primos y ablandar la posible cólera de Pizarro explicándole bien lo que había ocurrido. No quería tomarse un día de descanso sin darse cuenta de que parecía más un cadáver insepulto que un embajador de buenos oficios.

Ahora yo ignoraba qué rumbo ponerle a mi vida. La fortuna soñada estaba más perdida que nunca. Aquellos hombres de los que alguna vez dependiera mi herencia estaban ya tan lejos como mi propio padre: Pizarro el marqués rindiendo sus cuentas ante jueces insobornables, y Gonzalo convertido en nuestro mayor enemigo. Tres años de ausencia no me habían rendido beneficio alguno, y en cambio se habían llevado mi fe. Te diré lo que sabe todo náufrago: después de un largo extravío, aunque estemos salvados, hay algo en el fondo de nosotros, alguien, valdría mejor decir, que sigue perdido en la isla del naufragio, que sigue sin remedio en la selva, y al que no conseguimos consolar. Porque cada momento es el único, y ese que fuimos una vez no sabrá nunca si al final nos salvamos. Es como si siguiera allá, al fondo, pequeño y solitario, en una orilla eterna que no puede cambiar, y a la que sólo purifica el olvido.

Mi situación era la misma de cuando salí de La Española, pero yo ya era otro, la vida me había cambiado, y también me costaba entender en mí a ese muchacho que dejó sola a Amaney, en la playa, en la isla, sin haberle brindado siquiera el consuelo de una palabra.

26.

CASI TAN DURO COMO
MI VIAJE DE DIECIOCHO MESES

Casi tan duro como mi viaje de dieciocho meses por la selva y el río fue llegar a La Española, semanas después, con los labios todavía encostrados por la fiebre y la piel lacerada por los insectos. Creía haberlo perdido todo porque no había alcanzado la herencia de mi padre, y porque ante la crueldad de Pizarro había perdido también mi confianza en los hombres; pero esas ilusiones trocadas en recelos eran apenas el preludio de las pérdidas verdaderas. Lo que quedaba de mi infancia había muerto en el viaje, más cruel que el río me parecía el corazón de los humanos, y volví a La Española buscando mis años tempranos, la inocencia de una edad sin presentimientos, sólo para encontrarme con la tumba de Amaney, ante un campo de cañas.

Yo había logrado que ella no me importara mientras perseguía el oro irreal de mi padre en las sierras del Perú, mientras seguía a Gonzalo Pizarro por el dédalo de las selvas enrojecidas. Bajando en lo incierto por el río pensé muchas veces en ella, porque la lengua de Wayana me recordaba la suya, porque gracias a ella estaban en mí sin saberlo las leyendas del agua, y por momentos sentí la necesidad de aquel abrazo protector que en la infancia me consolaba de las acechanzas de la noche y del miedo. A medida que me acercaba de nuevo a la isla sentí que el rechazo se había ido convirtiendo en reclamo, la inquietud en certeza: ahora me hacían falta el abrazo del mar, el amor de las islas. Busqué a mi nodriza india, sintiendo el contraste de la ternura que ella me había brindado con la rudeza que había encontrado en el viaje. Sin darme cuenta, en esos largos meses de zozobra junto a Pizarro y de desespero junto a Orellana, la certeza de que en la isla quedaba un rincón de confianza me sostenía entre las aguas que hierven de criaturas y los cielos que tienen piel de serpiente. Volví para descubrir que había perdido definitivamente todo aquello, y entonces comprendí, con esa manera implacable que tiene la muerte de enseñarnos las cosas, que yo sabía desde el comienzo que Amaney era mi madre, que no lo había ignorado ni un solo día.

Ahora era tarde para siempre. Oviedo, que menospreciaba por lo general a los indios, había dispuesto que Amaney reposara en una tumba alta sobre la bahía. Fue la primera vez que una india de las islas tuvo un sepulcro cristiano. Visité el túmulo piadoso donde reposaba su cuerpo, frente al mar muy azul, y no pude dejar de comparar ese sitio con aquel donde reposaban los huesos de mi padre ante el mar del Perú. Después dejé correr mis lágrimas sin tiempo y sin pensamientos, y liberé en ellas el silencio acumulado en meses pánicos por la selva y el río. Al final, sin rumbo y sin raíces, en un día enorme pero muerto para la esperanza, le dije a ella, a la tierra que fue ella, a los árboles que ahora eran ella, todo lo que había guardado en el corazón. Largos días hablé con mi sangre, caminando a solas por las colinas secas, ante la indiferencia del mar. Amaney, mi madre india, mi madre, había muerto a solas como murió su raza, sin quejarse siquiera, porque no había en el cielo ni en la tierra nada ante lo cual pudiera quejarse, abandonada por sus dioses y negada por su propia sangre.

No tuve fuerzas para sentirme culpable. Traté de inventar algo contra la paz de piedras que se estaba acumulando en mi mente, y sentí una necesidad urgente de abandonar la isla, de abandonar las Indias que me habían hecho nacer en la sombra y en la impostura, que me lanzaron a lo incierto, por un mundo todavía sin caminos, persiguiendo torres de viento, y que ahora me arrojaban como un leño más a la playa. Sólo una puerta me quedaba. Volví a buscar a Oviedo en su fortaleza de piedra, para pedirle una vez más su ayuda.

Oviedo me vio llegar y lo entendió todo. En vez de saludarlo, estuve silencioso junto a él mucho tiempo, y él tuvo la nobleza de escuchar mi silencio, como un relato largo y minucioso. Harto lo conocía como un hombre ávido de noticias y bien informado, pero me sorprendió que ya supiera la historia de nuestro viaje casi mejor que yo mismo. No hacía tres meses habíamos salido por la boca grande del río, navegando sobre la ola que se retuerce como una serpiente, y Gonzalo Fernández de Oviedo ya lo sabía todo: cómo fracasó la expedición de la canela, cómo quedó Pizarro abandonado en la selva, cómo era el bergantín que construyeron los oficiales, cómo descendimos en la primera isla de las Tortugas, cómo era el segundo barco que hicimos en medio del viaje, como llegó el flechazo hasta el ojo vigilante de fray Gaspar. Sólo ignoraba, pero yo también, si las amazonas que vio nuestra expedición eran de la misma raza que vio Aquiles, y se hacía la pregunta que tantas veces me hice yo desde entonces, si nuestra salvación se había debido a un accidente o a una traición.

Había recibido un mes antes una carta detallada desde Popayán, cuyo autor no me reveló, en la que le contaban nuestras derivas y tormentos, y también acababa de enterarse de algo que nosotros no sabíamos: cuál fue la suerte de los hombres abandonados en la selva. Sólo allí supimos Orellana y yo que Pizarro se había salvado, que de ciento ochenta que dejamos, unos setenta hombres habían logrado deshacer el camino por las selvas pestilentes y volver en escombros a Quito, que Pizarro acababa de poner una demanda ante los tribunales del emperador contra su primo Orellana por alta traición y por robo de un barco, y que al llegar a Lima de su naufragio de tierra firme el capitán se había encontrado con una noticia más amarga que el fracaso de la expedición: el asesinato de su hermano Francisco Pizarro por los partidarios del hijo de Almagro. El socio traicionado les mandaba su cuenta de cobro desde el infierno.

Oviedo era una criatura mitológica. Parecía tener centenares de ojos y oídos: lo sabía todo primero, y siempre mejor que nadie. Yo podía fechar mis encuentros con él por las noticias oídas de sus labios, y ahora estaba escribiendo una relación de nuestra aventura. Lo que para nosotros era todavía pesadumbre y desgracia, porque estaban vivos en la piel y en la memoria llagas y espantos, para él era ya un hecho histórico que nadie olvidaría, el hallazgo del río más grande del mundo y de la selva imposible que lo nutre y lo protege.

Yo seguía compartiendo las pérdidas de Gonzalo Pizarro; a mi regreso del falso País de la Canela, también había encontrado una noticia fatal. No veía la grandeza de nuestro viaje ni lo memorable de nuestra aventura; no sentí que se pudiera llamar hazaña a dejarnos llevar por un río y no hacernos flechar por sus dioses. Para mí, que vagaba por los litorales como sombra sin cuerpo, la muerte de Amaney era la única consecuencia de aquella aventura: agravó cada hora del camino y llenó de silencio su desenlace.

«Maestro», me oí decirle a Oviedo, «quiero buscar las tierras de mi padre; quiero ir a visitar tu mundo europeo.» Yo no hablaba de un viaje deseable sino de la única fuga posible. «No veo mejor ocasión», respondió. «Has formado parte de un descubrimiento asombroso, y muchos en la corte estarán interesados en verte.» «No conozco allí a nadie; qué puedo buscar en España, si de allí más bien huyen las gentes imaginando en estas Indias todo lo que les falta», le dije. «Ya es para ti un consuelo saber que no vas buscando riqueza», me respondió, «vas a tratar de entender quién eres, ya que para conocerte no te ha bastado el mundo en que naciste. Allá se interesarán por el viaje que has hecho, de ti depende que aprecien después otras cosas. El porvenir es hijo de los actos.»

Me pidió que volviera en una semana, prometiéndome preparar para mí unos contactos en tierra europea. Yo sabía que no era posible estar a la sombra de un árbol mejor, y esa tarde, después de salir de la fortaleza, caminé por la orilla del mar repasando todo lo que sabía de aquel hombre, tan viejo ya, cuya vida se confundía para mí con todos los episodios de esta nueva edad del mundo.

27.

TODAVÍA A LOS SESENTA
Y CUATRO AÑOS OVIEDO

Todavía a los sesenta y cuatro años Oviedo manejaba poderosas influencias en la corte, donde había vivido desde niño. Te sorprenderá saber que hoy, casi a los ochenta años de su edad, sigue siendo alcaide de la fortaleza de Santo Domingo, roída por el viento del mar, como antes fue señor en tierra firme, gobernador en Cartagena de Indias, y hace cuarenta años regidor de Santa María la Antigua del Darién, en la región del lagarto y del trueno. Si te contara lo que ha sido su vida creerías que invento. El destino lo escogió muy temprano para ser el enlace entre dos mundos. Era uno de los dos mil doscientos hombres que saltaron de los veintidós barcos de la armada de Pedrarias Dávila, aquí, en tierras de Castilla de Oro, cuando ni tú ni yo habíamos nacido, y vino portando el extraño título de «escribano de minas y de crímenes», sobre ese océano apenas descubierto que empezaba a cambiar sus cantos de sirenas por leyendas de sangre.

Nadie entre esos miles de rostros podía ver en el océano lo que él veía, porque en Oviedo estaban los libros y las leyes, las ceremonias de la corte y el coro de los siglos de la España imperial. Mucho de lo que la vida nos ha negado a ti y a mí se le dio a manos llenas a este anciano que recibió en su primera edad toda la memoria del Viejo Mundo y en sus años maduros toda la extrañeza del mundo nuevo. No es poco para quien ha visto el cielo poblado por los ángeles de la tradición, ver después el abismo marino sacudido por las naves aventureras. Debo admitir, a pesar de mi respeto personal, que nunca tuvo frente a los indígenas la mirada compasiva de fray Bartolomé de Las Casas o de otros clérigos. Los juzga con severidad y siempre fue partidario de una conquista militar, pero no fue nunca un criminal como muchos otros y, además de que personalmente le debo tanto, para mí su amor por esta tierra excusa o aminora sus fatales errores humanos.

El pasado era más hondo todavía, porque en su adolescencia, medio siglo atrás, bajo las estrellas de otra edad, Oviedo presenció la llegada de Colón a Barcelona, de regreso de las Indias, después de atravesar el país entero buscando a los reyes para darles la noticia de su hallazgo, con asustados cautivos de piel canela, con pájaros de un verde vegetal, con montones de animalillos de oro y largas cuerdas anudadas de perlas. Pero, aunque parezca increíble, todavía antes, a los once años, desde lo alto de un potro blanco, siendo mozo de cámara del príncipe Juan de Castilla, Oviedo había visto la caída de Granada en manos de los Reyes Católicos, y la partida entre gemidos de los sultanes moros hacia su exilio en las arenas de África.

Escogido para ser el testigo de todo en esta edad del mundo, vio nacer a España bajo las espadas unidas de los Reyes Católicos, que no se llamaron así por su piedad sino porque, siendo primos carnales, el cardenal Rodrigo Borgia les exigió, a cambio de legitimar su matrimonio en Roma, que se convirtieran en el martillo de la religión contra los infieles, y exaltaran en principio unificador de su nación la pureza de sangre. Por eso unieron los reinos clavándolos con firmeza a la cruz de Cristo, y expulsaron como a nubes de búhos y de golondrinas a los judíos y a los moros que habían vivido por siglos en la península.

Todo lo vio Oviedo en aquellas auroras violentas, y vivió en Milán cuando tenía veinte años, en la corte refinada de Ludovico Sforza, donde conoció al pintor más grande que hubo antes de Tiziano, el bello Leonardo, que para mi maestro era sólo un eximio cortador de papel, porque rivalizaba con él en esa destreza fantástica. Antes de deslumbrarse con las Indias, Oviedo sí que había visto prodigios. En la corte italiana se movían artistas como Andrea Mantegna, pintor de piedras que sufren y de árboles que gritan, y como Ludovico Ariosto, que tiempo después ofreció al emperador un libro agitado de sueños, en el que grifos de grandes alas suben volando a la Luna creciente.

Pero lo providencial para mí fue que en Roma, en los primeros años del siglo, Oviedo había conocido a un joven poeta llamado Pietro Bembo. El poeta acababa de perder al amor de su vida, una princesa lasciva de dieciocho años que prefirió seguir con su marido y no insistir en jugueteos eróticos con ese muchacho que la llevaba en versos al cielo cristalino, y la glorificaba en prosa callejera, contra el prestigio de mármol de la lengua latina. La amistad de Oviedo le ayudó a aquel muchacho a superar su duelo, y digo que eso fue afortunado para mí, porque tantos años después, gracias a esa amistad, sería el venerable Pietro Bembo mi contacto con el mundo europeo.

Yo sé mejor que muchos que España es el mundo, pero a veces me asombra pensar que detrás de cada hazaña española hay siempre un italiano: detrás del descubrimiento de las Indias la terquedad de Cristóbal Colón, detrás de los poemas de Boscán y de Garcilaso las insistencias del embajador Navaggiero y las músicas de Petrarca y de Dante, y detrás de las crónicas de mi maestro Oviedo el genio verbal de Pietro Bembo, quien después me hizo el honor de ser mi amigo por los salones y las plazas de Roma.

Antes de que Oviedo viniera a las Indias, ya Bembo le había dicho en Ferrara que las nuevas historias del mundo merecían ser contadas en una lengua nueva. «No contemos en latín las luchas presentes», le dijo, «pues los lectores hablan ya otras lenguas. Y no sólo las guerras y los descubrimientos, sino el amor mismo y sus milagros deberían cantarse en las lenguas vulgares. Dante lo entendió primero que nadie, y describió los reinos infernales, y las terrazas de lamentos, y el encuentro con Beatriz en los ojos de Dios, no en el latín de Virgilio o de Catulo, sino en la lengua de los corrales y de los mercados. Ya no intentamos acercar la divinidad a la vida, sino mostrar que lo divino reposa en ella desde siempre.»

Fue siguiendo su ejemplo como Oviedo recogió en castellano todo lo que ofrecían a sus ojos Castilla de Oro y el Nuevo Reino de Granada, cada animal, cada árbol, cada capitán y cada hazaña, y eso seguía haciendo en la fortaleza grande de Santo Domingo, donde me dio como regalo su memoria increíble. Y en castellano se animó a urdir, en medio de sus viajes, la única novela de caballerías que se ha escrito en el Nuevo Mundo: *El libro del muy esforzado e invencible caballero de fortuna propiamente llamado don Claribalte,* que yo leí cerca de él en el libro que había editado en Valencia en 1519. No era una gran historia, pero esos personajes que iban y venían, de Londres a París y de los duelos a los amores, le habrán ayudado a distraerse con recuerdos de caballería ahora que el mundo que lo rodeaba era de iguanas de cresta tornasolada, de cosas venenosas que saltan, de largas playas escombradas de árboles muertos y nubes de loros parlanchines que llenan el cielo. Un día alzó la mirada y vio las Indias como nadie las había visto antes; desde entonces cada cosa del Nuevo Mundo mereció su descripción y su asombro, y ya no pensó más en novelas de caballería.

¿Te distraes? ¿Me escuchas todavía? Yo sé que no eres hombre de libros, pero no puedo dejar de exaltarme recordando a mi maestro, que a estas horas sigue escribiendo sus historias sin fin en la gran fortaleza, frente al mar que se agita como un pez, y junto al río manso donde cabecean los galeones. No te sobraría leer la *Natural historia de las Indias,* en la que Oviedo ya mostró muchas de las cosas que se encuentran por el río y la selva.

Tú has cruzado una vez el océano y sabes lo que eso significa. Yo, que lo he cruzado dos veces, tengo otras cosas que contar de esa travesía. Pero Gonzalo Fernández de Oviedo, en los sesenta años que han pasado desde el descubrimiento, ha rasgado el océano diez veces yendo y viniendo, y ha demorado aquí sus ojos en cada árbol y en cada lagarto, y se diría que ha visto a Dios en ellos, porque es hasta ahora el más paciente testigo español de lo que nos han deparado las Indias.

Tampoco él quería a los Pizarro: conoció a Francisco cuando no era más que un aventurero sin suerte, aquí, en las maniguas de Panamá, y le vio el sello de la felonía. Tal vez porque temprano lo vio descabezar a Balboa, o porque Diego de Almagro, que era su gran amigo, fue la más flagrante víctima de la traición del marqués. Por eso me contó con tono satisfecho que Pizarro había sido asesinado por los partidarios del hijo de Almagro, y allí recordé una discusión que Oviedo alcanzó a tener con mi padre en la fortaleza, años atrás, cuando él defendía a Almagro y mi padre a Pizarro, y después de palabras acaloradas se abrazaron y prometieron ser amigos a pesar de la locura de los otros.

Una semana después, cuando volví a visitarlo, Oviedo tenía escrita una carta de treinta y dos pliegos dirigida a Pietro Bembo, su amigo de otro tiempo. Su propuesta era que yo viajara a Italia, en cumplimiento de una misión encargada por él como autoridad de la isla, y buscara en Roma al anciano Bembo, seguro de que ese amigo se encargaría de ayudarme en aquel mundo desconocido. La carta no era sólo un pretexto para presentarme: le relataba en detalle lo que fue nuestra aventura por el río y la selva, es decir, no algo distinto de lo que te he contado en este largo día, en estas playas bulliciosas, mientras esperamos el barco que nos lleve a los puertos peruanos.

Puso la carta en mis manos, y también una bolsa de ducados que según él me pertenecía, como liquidación del ingenio que le había administrado a mi padre. Me abrazó sabiendo que era por última vez, verdaderamente conmovido, y se despidió de mí para siempre.

28.

DE VIAJE RUMBO A ESPAÑA, YO ME SENTÍA

De viaje rumbo a España, yo me sentía orgulloso de ser el portador de una carta cuyo contenido conocía bien, porque Gonzalo Fernández de Oviedo recogió en ella las noticias del hallazgo de la selva y del río que había recibido de Popayán, el relato más detallado de Orellana y los muchos datos que yo le había confiado al llegar a la isla. No llevaba al Viejo Mundo sólo la memoria de mis aventuras, sino una crónica escrita por el mayor testigo de aquel tiempo, y dirigida a un hombre extraordinario, y me decía en el barco, sin saber que esas palabras eran una clave misteriosa: «No sólo traigo la memoria sino el texto».

Algo va de navegar por los mares de Indias a desafiar el gran abismo. Para mí el océano separaba dos reinos, pero también dos edades del mundo; me parecía ver partes irrenunciables de mi ser divididas por un gran silencio. ¿Sí se parecerían los reinos de Europa a todo lo que me había enseñado Oviedo? ¿Qué verían en mí aquellas gentes acostumbradas a guerrear contra todo lo distinto? Las sombras volvían a infligirme visiones del río, fantasmas de la selva, y una noche, ya al final de aquel viaje, vi en sueños las ruinas de Quzco moviéndose sobre la montaña, como intentando recomponer al jaguar de oro que alguna vez habían sido. Pero el jaguar fue apenas un monstruo del color de las piedras y de la ceniza, que alcanzó a lanzar un rugido en lo alto de la montaña y que se derrumbó de nuevo en pedazos antes de que yo saliera del sueño para ver amanecer en la distancia sobre las costas de España.

Nadie en aquellas ciudades podía compartir conmigo el asombro que me produjeron todas las cosas. Yo había nacido en una aldea española, pero ¿cómo comparar aquel puerto de Santo Domingo con la inmensa Sevilla, la abrumadora capital del mundo, con su rumor de lenguas y de oficios, su fragor de colmena, su esplendor y su suciedad, tantos árboles nuevos y cada uno menos enorme pero curiosamente más visible que los árboles abigarrados de las Indias? Y lo que más me impresionó desde el primer día: la sensación de vejez de todas las cosas, las capas superpuestas de los siglos en las plazas, los palacios, las torres y las impresionantes iglesias que quieren hacer sentir a sus fieles como un gusto previo de la inmóvil gloria celeste.

Toda esa gente estaba tan concentrada en lo suyo, tan convencida de que su mundo era todo el mundo, que pronto comprendí que las Indias no cabían en la vida cotidiana de aquellos reinos, y que yo mismo era un poco invisible. Nadie podía advertir los ríos de mi pasado ni los trabajos de mis años ni ese lejano mundo de palmeras y vientos, las ciudades sagradas y los linajes mitológicos que corrían por mi sangre, y que ahora por contraste se hacían para mí más visibles. Allí, más que en la selva, conocí el frío profundo de la palabra soledad, que, en un sentido inverso, debió de ser el mismo que sentían los aventureros al enfrentar los reinos incomprensibles del otro lado del mar, sus templos de jaguares y de serpientes, los muros laminados de oro de los reinos del Sol. Y allí viví el más extraño de los sentimientos de un hijo de emigrantes que nace en tierra extraña y que vuelve a la tierra de sus padres: no haber salido nunca, pero estar regresando.

Apenas me di tiempo de apreciar la muchedumbre de Sevilla, los hermosos palacios, la catedral alzando sus agujas al cielo cegador del invierno, porque una misión precisa me obligaba a embarcarme con urgencia. Y fue en aquel momento cuando tú y yo estuvimos más cerca de conocernos, porque según me cuentas pocos meses después llegaste a Sevilla con los hombres del virrey Blasco Núñez de Vela, buscando el barco que te traería a Borinquen. Así que recorrimos la ciudad por la misma época, aunque yo permanecí poco tiempo en aquella colmena tan distinta de todo lo que conocía. Recuerdo que miré una tarde la torre formidable que había sido el minarete de una mezquita, y que ahora era el *campanile* de una catedral católica, y tuve la necesidad de acercarme y tocar sus piedras y sentir en ellas la reverberación de un mundo perdido. Volaban sobre la Giralda las gaviotas del Guadalquivir, y sobre la plaza empedrada alguien barría en vano las sombras de las flores que incendiaban las fachadas blancas.

Esa era la tierra de mi padre. Y sin embargo, ¿dónde buscar sus huellas? ¿No corría yo el mismo peligro que en el Perú, buscando a alguien sin saber bien quién era? En Lima perseguí los pasos de un héroe y temí encontrar a un traidor, ahora en los reinos andaluces buscaba a un cristiano viejo y sentí el temor de encontrarme con un moro converso, de descubrir que por mis venas sólo corrían sangres proscritas. Me alarmó (a ti, que eres mi amigo te lo puedo confesar) el deleite que me causaban las trazas de los moros: los arcos de los edificios, el dibujo de las fachadas, los frescos zaguanes de azulejos; hasta la frescura de la palabra *azul* parecía tener un sentido peligroso y fascinante en ese mundo cristiano tosco e implacable, harto menos delicado que cuanto dejaron en él los que huyeron. Recuerdo el sitio donde me hospedé en Sevilla en aquella ocasión y cómo lo primero que vi fue un estante de madera tallada en el que había dos dagas de Albacete, y unas tijeras de grabados finos en las hojas, de puntas muy agudas y con un mango de medias lunas que delataba por completo su origen.

Todo en España está ajedrezado de moro, imbricado de dibujos geométricos, los muebles, los pisos, los enchapes metálicos, las rejas y las cerraduras. Borrar ese pasado exigiría arrasar cosas que hasta los cristianos miran con orgullo. Bien sabes tú que lo primero que hizo Carlos V después de su boda con Isabel de Portugal fue visitar la ciudad que habían reconquistado sus abuelos, pasar su noche de bodas en la Alhambra y engendrar allí al hijo de sus amores, al futuro rey Felipe, como confesando en secreto que nadie podría gobernar a España si no arraiga de algún modo, siquiera por medio de símbolos, en ese pasado nítido y luminoso como un arco de luna.

Atrás quedaron los muros y los comercios y los conventos y los cuarteles y las gitanas y los mendigos y los geranios y las fuentes y las calles perfumadas de azahar; y la Torre del Oro se volvió una peonza mínima en la distancia, cuando me embarqué de nuevo por el Guadalquivir en busca del barco que me llevaría hasta Italia. Sentí que llevaba años sin bajarme de un barco, pero era muy distinta esta navegación de la que padecimos por el río, bajo velas improvisadas con ropas viejas y mantas mal cosidas, porque las naves que recorren el Mediterráneo sí tienen el esplendor del imperio, el casco teñido de rojo y de oro, los mascarones hechos por grandes talladores y pintados con arte, las velas con emblemas de rojas cruces y de águilas azules girando en el viento, los cañones de bronce enmascarados con leones y acantos, y la hilera simétrica de los remos moviéndose al ritmo del látigo como un mecanismo de relojería.

Fue en ese viaje cuando tuve por primera vez conciencia del poderío del imperio, porque cerca del golfo de León avistamos en la distancia el pueblo de castillos flotantes de la Armada Imperial. Más tarde tuve tiempo de enterarme de que, después de su amarga derrota en Argel, el emperador había vuelto a España para dejar la mitad de su reino en manos de su hijo adolescente, y que tras un largo viaje atravesando la península había llegado a embarcarse en Barcelona, rumbo también a las costas de Italia. Cataluña estaba azotada por bandoleros sin entrañas pero lo peor es que esos maleantes eran financiados por los altos señores de la nobleza. Después de legislar contra ellos Carlos V se dio al viento con su flota de ciento cuarenta navíos, entre los que se destacaban como joyas cincuenta galeras, y todas esas proas apuntaban al puerto de Génova.

Era la primavera del 43. El año en que Carlos V se reunió con Paulo III en Cremona a firmar el contrato que cedería el Milanesado a la corte papal a cambio de dos millones de ducados, una suma que necesitaba con urgencia para financiar la guerra nuestra de cada día. En Europa aprendí que Carlos V sólo acababa una guerra para poder comenzar la siguiente, y que hasta su hijo Felipe desesperaba por las continuas demandas de dinero que le hacía el regio padre, porque la existencia de los que tratan de vivir en paz sólo tiene perdón si sus impuestos financian la guerra insaciable. Pero las rencillas, las travesías, los conflictos religiosos y civiles, las batallas que maceraban a los pueblos, las alianzas matrimoniales, las rupturas sangrientas, los asedios a las fortalezas, el mar enrojecido por las espadas, los avances y los repliegues, los saqueos, los incendios, las lluvias de sangre y de lágrimas, sólo obedecían a los tres grandes problemas que abrumaban los pensamientos de

Carlos V: Mahomet, Lutero y Francisco I. Una religión hostil, un cisma en el propio seno del imperio, y una nación enemiga.

En sus matanzas por tierras y mares sobre los turcos de altos turbantes, en su esfuerzo por impedir que la rebelión de Lutero hundiera la Iglesia de Roma y alentara la sublevación de los príncipes alemanes, y en sus infinitos movimientos bélicos contra los franceses, a través de un continente arruinado por las hachas y los fuegos de la guerra, comprendí que estas Indias no tenían para el emperador otro sentido que aliviar las finanzas de la Corona, su inagotable necesidad de oro y de plata. Cuando se convertían en otra cosa: denuncias de los clérigos por las atrocidades de la Conquista, exigencias de recursos para financiar las expediciones, levantamientos de rebeldes como los hermanos Pizarro, Carlos V montaba en cólera como un poseso y le parecía una pesadilla la realidad de los reinos de ultramar.

Como una nube fantástica, la flota real desapareció en la distancia. Navegamos junto a un peñasco que era una catedral inmensa con muchas palmeras, cruzamos entre islas negras al amanecer, y en un mediodía de primavera llegamos a las costas de Italia para emprender la cabalgata final. No me acababa de quitar de los sueños el limo del río y ya estaba a las puertas de la ciudad de la Loba.

Roma, a mis ojos, estaba demasiado viva y demasiado muerta. Es bello ver una ciudad viva y poderosa, pero también es bello ver el cadáver de una ciudad sublime. La primera noche andaba yo tan asombrado que creí que maullaban gatos en el cielo, pero eran las gaviotas de Roma que vuelan quejándose sobre las ruinas del foro imperial. Por callejones negros que apenas alivia la luz puntual de las antorchas busqué el hospedaje que Oviedo me había aconsejado, pero no lo encontré.

Habían pasado más de treinta años desde cuando mi maestro la visitó, y si tan poco tiempo no cambia nada en la piel hormigueante de la columna Trajana, en la oscura Boca de la Verdad o en las columnas rotas del Palatino, sí cambia todo en el diario vivir de negociantes y de clérigos. En un albergue cerca del Tíber me recibieron después de medianoche, y allí intercambié mis primeras frases en latín con aventureros de pasado más turbio que el mío.

La segunda ciudad que recuerdo también me llegó en las palabras: era la descripción de la Roma imperial que había leído en los libros de la biblioteca de Oviedo. Yo podía enumerar, como si los hubiera vivido, unos sitios precisos de hace quince siglos: termas de Diocleciano visitadas por cónsules gordos y solemnes, jóvenes soldados gritones celebrando ante el templo de Marte, y el paisaje imponente del recinto semicircular del teatro de Marcelo, frente al río, con un puente para pasar a la isla Tiberina. Me parecía conocer todo aquello, grupos de mujeres ante los macizos de cipreses y envueltas en un viento de plantas medicinales alrededor del templo de Esculapio, en el extremo de la isla, que tenía la punta de piedra como la proa de un barco; y el templo rectangular de Jove Máximo con sus arúspices y sus vestales, donde vigilaban noche y día los intérpretes del vuelo de las aves en lo alto del peñasco. Yo pensaba en los arcos superpuestos del gran acueducto de Claudio, en las termas humeantes de Trajano al frente de las termas de Tito, en la severa avenida de los atletas, la dilatada acera central donde se sucedían monumentos de mármol, arcos y estatuas y columnas y estelas, a lo largo de la arena del Circo Máximo, llena de gladiadores de piel aceitada, en el pórtico de Pompeyo frente al odeón de Domiciano, donde ensayaban los jóvenes músicos, en la estatua excesiva de Nerón ante el arco de Constantino, en los inquietantes lupanares sagrados que había más allá del mausoleo de Adriano, y hasta en los adivinadores y los vates que le dieron su nombre a la colina vaticana.

Pero, una vez más, lo que vi fueron ruinas: el cascarón mordido del Coliseo, los capiteles cercenados, yuntas de bueyes arando la tierra donde se alzaban la academia de Jove Politano y el colegio de las Vírgenes Vestales. Y, a diferencia de Quzco, aquí no podía yo atribuir a nadie aquel derrumbe: se veían las devastaciones del tiempo pero ya no se veían sus manos. Habían construido otra ciudad: iglesias inmensas se alzaban sobre los mármoles humillados, y subiendo las empinadas escaleras de San Pedro Encadenado era posible encontrar cosas tan prodigiosas como lo fueron las de la Roma antigua: sobre todo ese Titán a punto de alzarse, el Moisés indignado de ojos de fuego, cuya fuerza es la fuerza misma de la Ira.

Todavía me faltaba encontrarme con algo más poderoso que los edificios y las reliquias de Roma: su espíritu, y eso fue lo que hallé en los palacios del otro lado del Tíber, a la sombra de la cúpula del templo mayor de la cristiandad, cuando encontré a aquel anciano para el que llevaba desde La Española la carta de Oviedo.

29.

POCOS SABEN QUE EL PRIMER
LUGAR DE EUROPA

Pocos saben que el primer lugar de Europa donde se supo del hallazgo de las amazonas fue en los lujosos palacios del Vaticano, y que los primeros que hablaron de ello, con los ojos brillando de asombro y a veces de lujuria, fueron los viejos cardenales de Roma. Bembo ya no era el muchacho atormentado que recordaba mi maestro Oviedo: había nacido en Venecia setenta años atrás, y acababa de convertirse en el cardenal Pietro Bembo, guardián de las llaves del trono y secretario general de Alejandro Farnesio, quien en 1534 había subido al trono con el nombre de Paulo III.

Bembo había sido leal servidor de tres papas, y esa pudo ser la razón para que ninguno de ellos le concediera el capelo de cardenal. Finalmente el ave sagrada de la Trinidad había designado como pontífice a un príncipe que Bembo conocía menos, y el nuevo papa sí advirtió enseguida sus méritos, la utilidad de tener a un hombre como él manejando las muchas encrucijadas de aquella fortaleza de palacios y rezos. Nadie conocía tanto la cultura clásica, nadie conocía como él a la vez los laberintos de la lengua latina y los sinuosos laberintos del Vaticano, donde acechan al tiempo ángeles y venenos, oraciones que abren el cielo y repetidos puñales que apagan el mundo.

Pero encontrar a Bembo no fue fácil. Había partido con el papa rumbo a Cremona para entrevistarse con el emperador, y ello me obligó a esperar muchos días. El encuentro de aquellas potestades estuvo lleno de agrios reproches, porque las relaciones entre el imperio y el papado pasaban por uno de sus momentos más difíciles. La barba plateada del viejo papa se bifurcaba como sus pensamientos. Sabía que nadie había luchado por la Iglesia como el emperador, pero sentía también que Carlos V protegía a los reformistas y que Lutero solía salir a defenderlo cuando el papa lo criticaba en alguno de sus documentos. Sabía que Francisco I se aliaba a veces con los turcos, pero quería convocarlo a participar en el Concilio que debía salvar a la Iglesia de las descargas de la Reforma. La tiara y la Corona se hicieron agrios reclamos y lo más fuerte fue cuando el papa enfurecido le reprochó al emperador su alianza con Enrique VIII, el padre del cisma anglicano.

Pero el papa no se atrevería a llevar demasiado lejos su oposición y sus reproches, porque en la memoria de ningún pontífice y de ningún romano se borraban los hechos temibles de quince años atrás, en 1527, cuando las tropas del imperio, furiosas ante la falta de pago de sus servicios y dejadas sin rienda por la muerte del príncipe Carlos, su jefe, cayeron sobre Roma como una plaga de langostas, y mantuvieron preso al papa por semanas en el castillo de Sant'Angelo, hasta que el pontífice pagó un rescate de 400.000 ducados al emperador, quien fingía estar indignado por el proceder de sus tropas pero recibió gustoso el pago del secuestro; y saquearon y degollaron y llenaron los pozos de sangre y las casas de incendio y las almas romanas de pánico, en una campaña infernal que recordaba el arrasamiento de la ciudad de Moctezuma y el pillaje de la ciudad de Atahualpa, para que la humanidad supiera que no sólo el reino de los aztecas y el reino de los incas, sino la propia Roma eran considerados botín de conquista por los soldados más brutales del mundo.

Nada justificaba aquella barbarie. Pero tampoco tardaría yo mucho en comprender por qué decían algunos que basta ver a Roma para perder la fe. La frase *Roma veduta, fede perduta* abundaba incluso en los labios de los cardenales, significando que muchas de las cosas que pasaban en Roma llamaban a escándalo. Lutero, que también tenía su ferocidad, había redactado un verdadero salterio negro de denuncias contra las costumbres del clero, y lo cierto es que el propio papa Farnesio, que alentaba la idea de un concilio que regeneraría los hábitos de la Iglesia, había llevado el nepotismo romano a tal extremo que nombró cardenales a sus nietos Guido Ascanio Sforza, de dieciséis años, y Alejandro Farnesio, de catorce.

Ya ves que tampoco me faltan historias que contar de aquellos tiempos en los reinos de Europa, y ya temo que si nuestro barco tarda más tiempo terminarás enterándote hasta de cómo posó el emperador para Tiziano después de la batalla de Mühlberg. Para abreviar, te diré que ya estaba yo familiarizado con los corrillos y los rituales y hasta con los peligros de los callejones de Roma cuando supe por fin que el cardenal había vuelto con la corte del papa, después de no haber resuelto nada en su cita de Cremona.

Roma seguía siendo escena de violencias. Todos los días se hablaba de crímenes en los barrios del Trastevere, bandas de asaltantes habían entrado a galope en los palacios vecinos al mausoleo de Adriano y treparon a caballo por las enormes escaleras alfombradas, derribando jarrones y destrozando cortinajes. Por esos días también hubo manos que intentaron incendiar los negocios de los vendedores de paños de la vía Corso, una calle que vista desde lo alto de Trinitá dei Monti da la ilusión de una columna, en actos que parecían recordar los excesos del saqueo del 27. Tumultos peligrosos abundaban en la ciudad aquellos días, cuando logré encaminarme por fin hacia la colina vaticana en busca del destinatario de la carta de Oviedo.

Pietro Bembo me recibió en su estudio con la ventana abierta sobre las abigarradas colinas de Roma. Se veían al fondo las alturas del Palatino y de Santa María Maggiore, y campos de cultivo con campesinos segando y anudando sus haces junto al cascarón del Coliseo, y pastores empujando sus rebaños junto a los barrancos del río, y en medio de los campos, con columnas en ruinas y lejanas pirámides, las iglesias lujosas y los foros. Estuvo largo rato leyendo la carta de Oviedo, y cada cierto tiempo lanzaba una exclamación en latín, un grito de asombro o de aprobación o de escándalo.

«Supongo que no hablas italiano», me dijo, primero en italiano y luego, ante mi mudez, en español. Expresó su satisfacción por las noticias de Oviedo que le traía y su admiración por la aventura que yo acababa de vivir. En mis brazos y en mi cuello todavía quedaban huellas de las mordeduras de los insectos de la selva. Bembo reunió la semana siguiente a más de veinte cardenales, opulentos, majestuosos, rodeados por las nubes de sus criados y sus guardianes, y les contó lo que acababa de leer. Lo hizo, contra su costumbre, en latín, para que yo entendiera. «Una tropa de españoles», les dijo, «perdidos en los montes de las Indias Occidentales, no sólo acaban de descubrir el río más grande del mundo y la selva de proporciones inauditas que lo rodea, sino que han encontrado sin proponérselo el país de las amazonas.» Un vocerío de asombro se alzó enseguida, una mezcla de miedo, de consternación y de curiosidad, y todos empezaron a preguntar a la vez.

Ese rumor de voces graves, gangosas, chillonas, serenas, exaltadas, profundas, querían saber dónde estaban aquellas mujeres, quiénes eran, cómo eran, quién era su reina, cómo habían podido viajar tan lejos de sus tierras de origen y cuándo lo habrían hecho. También querían saber si eran descendientes de las mujeres de la Atlántida o si estaban emparentadas con la raza de las guerreras de un solo pecho que habían invadido Tracia y Capadocia y que habían acampado en las riberas del Termodonte. Si eran blancas como las que combatieron en Troya contra los griegos, cuando Aquiles derrotó y dio muerte a Pentesilea en el momento en que sintió que se había enamorado de ella, y si eran enormes como las que combatieron a Heracles, cuando la propia Hipólita le ofreció por amor su cinturón y el dios le dio muerte engañado por las artes de Hera.

Bembo tuvo que tocar una campana de plata que tenía en su escritorio para llamar al orden. Me presentó como un testigo presencial del encuentro y como uno de los afortunados descubridores de aquel país increíble, y me pidió que les hablara de mi viaje. Mi ignorancia del italiano pudo compensarse con mi mediano conocimiento de la lengua latina, y fue el latín la lengua en que procuré contarles detalles de la travesía, y responder a sus extrañas preguntas. Pronto me interrumpieron. No les interesaba la canela, no les interesaba la expedición con sus miles de indios y llamas y cerdos y perros de presa, no les interesaban los riscos de hielo ni los pueblos indios de Aparia y de Maracapana, ni sus ritos ni sus canoas ni sus flechas ni sus cerbatanas. Sólo les interesaban las amazonas, y muy pronto estaban discutiendo entre ellos si las que habíamos hallado, y que no me habían permitido describir, eran horrendas como las que lucharon contra Teseo y contra Belerofonte, o si eran hermosas como las que fundaron Mitilene junto a los canales de la isla de Lesbos; si eran de la raza de Talestris o si manejaban las magias de Calipso; si eran de la misma nación que se apoderó del Éfeso y que fundó el templo de Artemis, la que protege el amor entre mujeres; en suma, si cabalgaban sobre caballos o sobre bestias salvajes, si tenían uno o dos pechos, si fornicaban con sus propios hijos y si degollaban a los varones con los que se acababan de aparear.

Nunca vi gente menos interesada en enterarse de lo que pasaba en el mundo ni más indiferente a los hechos cuando estos no coincidían con sus ideas. Ahora cada uno sabía más que el otro, y parecían más decididos a aclarar sus propias ideas y costumbres que a pensar en el descubrimiento. Durante muchos días no se habló de otra cosa. Las amazonas eran el tema, pero eran sobre todo el pretexto para que los cardenales ostentaran su erudición. Bembo parecía divertirse con aquel alboroto de comadres purpuradas. En los debates a veces participaban eclesiásticos más jóvenes, incluso algunos obispos y abades casi adolescentes, rostros pálidos de grandes ojeras, narices de sabuesos, manos de largos dedos de araña, labios sinuosos y a veces algún efebo romano de cabello rizado y ojos de miel, enfundado en un gran traje de príncipe de la Iglesia y cubierto con una capa de seda amarilla.

Lo que más gobernaba aquellas polémicas era cierto odio por las mujeres en general, pero sobre todo el rechazo ante la idea de unas mujeres acostumbradas a organizar su vida sin hombres, entregadas sin duda a amores entre ellas y sin frenos ante la lujuria, dadas a las tareas sucias y crueles de la guerra y capaces de esclavizar a sus amantes y aun de matarlos cuando les estorbaban. «Si algo está claro», dijeron, «es que la vida pecaminosa de aquella nación de hembras bárbaras es la peor expresión de paganismo de que se haya tenido noticia.»

Bembo, que como buen humanista creía en Dios y en la Trinidad, pero se deleitaba con las otras mitologías, se preguntó en voz alta, para escandalizarlos, si también los dioses paganos habrían establecido su reino en tierras remotas y si estas razas humanas tendrían algún parentesco con los pueblos extraviados de la antigüedad. Quiso saber si los indios sentían pudor de su desnudez o si eran tan inocentes como Adán en los huertos del Paraíso, y, a instancias suyas, debí responder ante los grandes prelados de la corte cardenalicia, a menudo improvisando las respuestas, hartas preguntas absurdas.

Ahora me asombra recordar que durante muchos días, en las grandes avenidas de mármol de los palacios romanos, los ancianos de barbas cenicientas y sus jóvenes abades lujuriosos no hablaban de otra cosa que de las desnudas amazonas que acababan de aparecer en las selvas del Nuevo Mundo. Pero a pesar de mis objeciones todo lo imaginaban sobre un fondo de palacios y murallas, de cúpulas y columnas, fantaseaban una Roma de violencia y de voluptuosidad trenzada de serpientes y de lianas al otro lado del mar, y dejaban ascender esos sueños, en un desorden de frases latinas, entre los mantos blancos de las vírgenes de mármol y los bellos adolescentes con alas de piedra que lloran junto a las tumbas de sus obispos.

Pronto habían dejado de hablar de la carta de Oviedo y de mi propio viaje. Si permitían que yo siguiera allí, era para poder fundar en un testigo de carne y hueso sus propias fantasías sobre el mundo y sus ristras de dogmas, pero hacían lo posible por no oírme y la carta de Oviedo era apenas la semilla de sus encendidos debates. Ya lo sabían todo de antemano, y lo que ignoraban lo iban inventando al calor de la polémica, sin hacerles ninguna concesión a los hechos. Durante varios meses llevé la extraña vida de los palacios de la Iglesia, en medio de los acontecimientos turbulentos de aquel año de 1543, y todavía el año siguiente acompañé a Bembo en algunos de sus viajes, uno de ellos siguiendo de lejos la corte papal, a un nuevo encuentro con el emperador en la ciudad de Lucca.

Pietro Bembo pensaba también que todas las cosas desean ser narradas. Tenía razón Orellana en querer llenar de anotaciones los papeles que llevaba en el bergantín San Pedro, y todavía más razón el febril y doloroso hermano Carvajal cuando madrugaba a copiar, ante las selvas inundadas, los detalles de nuestra expedición. Roma vivía la secreta satisfacción de que un genovés fuera el descubridor de las Indias y un florentino les hubiera dado su nombre. Las palabras Colombo y Américo frecuentaban los labios de los humanistas, y para Bembo tenía gran importancia el modo como la lengua revelaba los descubrimientos. Si para mí fue una aventura viajar a la selva y el río, en Roma viví la aventura de que todo aquello pudiera ser nombrado, y mi llegada con la carta de Oviedo me hizo sentir como el primer mensajero de un mundo. Bembo llegó a apreciarme por algo más que mi viaje y mis desgracias: comprendió que yo compartía su amor por las letras, y tuvo tiempo algunas tardes para pedirme que le hablara de Oviedo, a quien recordaba en sus años jóvenes en Ferrara y en Roma, y de quien recibía de vez en cuando cartas con informes curiosos.

Sólo una vez me habló de la historia de amor que Oviedo me había mencionado. Era un hecho penoso de su pasado, pero yo había oído decir que las heridas de amor no cierran nunca, de modo que sólo por su iniciativa supe de aquella hermosa joven, Lucrecia, la hija de Alejandro VI, que había sido su amante en unos meses tórridos de comienzos de siglo, y que le había dirigido algunas ardientes cartas de amor.

Bembo las conservaba y recordaba haberle escrito cartas igualmente apasionadas, que ella debió destruir para evitar que cayeran en manos de Alfonso de Este, su marido, o de su hermano César, quien también, dijo Bembo, sentía celos de ella. Aquel mundo romano tenía un costado no menos salvaje que cualquier otro, pero una fina telaraña de intrigas y maquinaciones, de ceremonias y disimulos, lo hacía tal vez más peligroso.

Hay hombres que dedican la vida a construir su propia leyenda y a quienes se recuerda en el centro de los acontecimientos: ocurrió así con Dante Alighieri, que hizo el relato de su propio viaje, que se pintó para siempre junto a la dama que no fue suya nunca en la vida, y que se eternizó al lado de los grandes poetas de la antigüedad; ocurrió con Leonardo, que se labró una leyenda de belleza y destreza, y se pintó con un rostro que recordarán las generaciones; y así ocurrió con Colombo, que encontró un mundo nuevo y lo convirtió en el pedestal de su estatua. Hay en cambio hombres que se dedican a engrandecer a los otros, que hacen visible todo lo que los rodea, pero no alcanzan a ser tocados por la luz de la gloria. Bembo era uno de ellos: por su amor volvió mítica a la mujer que lo hizo desdichado; por su talento hizo grandes a sus amigos y los llevó hasta el trono de la Iglesia, que a él no le tocó nunca; por su sabiduría hizo grande a la lengua italiana y le ayudó a fecundar a las otras lenguas latinas, pero él permaneció en una eficiente penumbra. Sospecho que, para la posteridad, este hombre que tuvo como pocos las llaves del cielo será siempre influyente pero casi desconocido, y aunque la humanidad esté familiarizada con sus obras y con su rostro, pocos sabrán que esas obras son suyas y nadie dirá que es el suyo ese rostro.

Fue en el palacio de Bembo donde encontré el retrato de Andrea Navaggiero que pintó Rafael. Basta ver ese retrato para sentir que uno ha conocido a un ser humano, y en este caso a un gran ser humano: el hombre que no sólo aconsejó a Juan Boscán escribir en el modo de Dante y de Petrarca, sino que, para mi alegría, tradujo al italiano los libros de mi maestro Oviedo. Yo aproveché para preguntar al cardenal si había conocido a Rafael, el autor del retrato, y Bembo, con ese estilo suyo inconfundible de no decirlo todo sino de hacer un gesto que significa «espera y verás que tengo una sorpresa para ti», no me respondió nada sino que me llevó por las galerías vaticanas, hasta la Stanza de la Signatura, y me mostró el gran fresco que llaman *La escuela de Atenas*.

Allí estaban todos los grandes espíritus de la antigüedad representados con la estampa de los grandes personajes del presente de Italia, y yo puedo decirte que esa visita a ver una obra de arte sublime fue uno de los grandes momentos de mi vida. No sólo porque era la pared misma que había pintado el genio de Rafael, porque había retratado a Leonardo en el papel de Platón, a Miguel Ángel en el papel de Heráclito, y a Bramante en el papel de Euclides, sino porque aquel día era Pietro Bembo quien me guiaba, y después de explicarme cada figura del gran fresco del Renacimiento, me mostró en el extremo derecho el autorretrato del artista, al lado de Tolomeo, quien de espaldas lleva en las manos el globo terráqueo, y señalándome al lado la figura de Zoroastro, que lleva en las suyas la esfera celeste, me dijo: «Tal vez esto responda tu pregunta». El rostro de Zoroastro, sosteniendo su esfera de estrellas, era el retrato fiel del cardenal Pietro Bembo.

30.

CUATRO AÑOS MÁS VIVIÓ
PIETRO BEMBO

Cuatro años más vivió Pietro Bembo esperando la dignidad más grande que estaba prometida a su mérito, un encumbramiento que según todos tarde o temprano llegaría, porque era el más respetado e ilustre de los príncipes de la Iglesia, y nadie dudaba de que al final la triple tiara caería sobre sus sienes y el peso de la cristiandad sobre sus espaldas. Yo andaba, una vez más, asombrado de mi destino, preguntándome cuándo y cómo el hijo de una nativa de La Española y acaso de un moro converso sepultado vivo en el Perú, después de extraviarse por una selva abrumadora y de derivar por un río sin orillas, había llegado a esta selva de mármol aún más inexplicable, donde la vida gira alrededor de cosas invisibles, donde se administran reinos más extraños que la selva y el río. No era precisamente al jardín de la civilización a donde había llegado, allí también podía ver día tras día los peces grandes devorando a los pequeños, los delirios primando sobre los hechos, y la muerte, más poderosa que los poderosos, imponiendo su ley de desvelo y de peste y de guerra sobre pueblos y príncipes.

Y sucedió que, antes de que el Espíritu Santo hiciera caer en la frente de Pietro Bembo la triple corona papal, la muerte entró furtivamente un día por los salones vaticanos, y cruzó frente al fresco de Rafael en la capilla de la Signatura, y pasó frente a las habitaciones del papa, donde está pintada la *Visión de la cruz* de Constantino, y ascendió por las escaleras consistoriales, y cruzó los pasillos de los gobelinos, y dejó atrás los grandes mapas y los salones de las joyas sagradas, y dejó atrás también las salas llenas de secas piernas de muertos y de falanges marchitas de mártires y de pomos de aceite de santos, y entró sin hacerse oír en la sala donde meditaba con los ojos cerrados el cardenal Pietro Bembo, y convirtió al más grande sabio de Roma en un manojo de huesos vestidos de púrpura.

Después de sus funerales, en 1547, y llamado por una carta conmovedora, hice un breve viaje a España, donde se encontraba desde el año anterior mi maestro Oviedo. Lo encontré escribiendo el tomo tercero de su *Crónica de Indias*, con el relato de la conquista del Perú, aunque, fiel a su infatigable labor de estudioso, lo que entonces más lo desvelaba era una investigación sobre las propiedades curativas del guayacán y las virtudes del palosanto como depurativo de la sangre para combatir el morbo gálico. Me había despedido de él cinco años atrás, en La Española, temiendo, por su edad y por lo azaroso de mi viaje, que esa despedida sería para siempre. Pero es el destino el que decide, y allá en la corte de Valladolid pude contarle cómo fueron los últimos días de aquel amigo de su juventud, al que no volvió a ver jamás, el muchacho veneciano al que yo había encontrado convertido en un anciano de rostro pálido y de ojos profundos, con una barba de ceniza sombreando la casulla de seda color sangre.

Así me fue deparado cerrar el círculo de aquella amistad. La vida quiso que fuera yo quien le narrara a Oviedo la muerte de Bembo, quien le dijera cómo aquel poeta que tuvo en su abrazo a la hija del papa, que me protegió como un padre en las turbias colinas de Roma, que me condujo por sus galerías y me enseñó a entender esa otra selva de mirra y de pórfido donde el lenguaje es también un veneno, se había dormido para siempre bajo una de las losas del altar de santa María Supra Minerva, cerca del Panteón, ante la plaza empedrada donde un elefante de mármol lleva a cuestas y sin rumbo un monolito egipcio.

Y después, en mi memoria, se confunden los viajes. Cabalgué con mercaderes desde Roma hasta Udine, remonté como comerciante los Alpes dolomitas, de donde bajaron hace siglos los pilares de pino sobre los que reposa Venecia, y viajé orillando los lagos alpinos y las cumbres nevadas para descender hasta Ginebra y Ratisbona. Recuerdo haber sentido, viendo la iglesia palatina de Innsbruck, que en ese mundo de guerras insensatas y eternas los únicos que estaban bien seguros y protegidos eran los muertos, dormidos en lechos de mármol, custodiados por hileras de reyes inmóviles, sumergidos en la música de los coros y con un cielo de vitrales góticos resplandeciendo sobre su sueño.

Viví algún tiempo la vida de los aventureros y de los mercenarios. Supe cómo fueron los caminos del emperador cuando estuvo a punto de apoderarse de París en 1544. De Innsbruck a Stuttgart, de Sttutgart a Heidelberg en barcas grandes llenas de frutas y de gansos, de Heidelberg a Coblenza, de Coblenza a Bonn, de Bonn a Lieja, me arrastraron la guerra y la necesidad, la sorpresa y la derrota. El imperio es una trenza de conflictos en todos los puntos cardinales; el emperador quería detener a los moros que avanzaban hacia Viena, dominar a los napolitanos, controlar a los reformistas, sellar la unidad de los principados alemanes, mantener el control sobre las provincias flamencas, casar a los vástagos de las casas de Holanda con las vírgenes de la casa de Saboya, y nosotros éramos apenas piezas de un ajedrez inmenso disperso por la nieve y los trigales, por ríos que orillan campos saqueados y por las aguas azules del mar lleno de mármoles.

Y al cabo de los viajes recuerdo aquella fonda de Flandes donde conocí a Teofrastus. No se llamaba así, pero ese fue el nombre que me acostumbré a darle, porque era el nombre de un médico y alquimista muerto pocos años atrás, que había sido su maestro. La primera frase que le oí me predispuso a ser su amigo y casi su discípulo. Estaba hablando con alguien en una mesa contigua sobre el espíritu del Universo, y de pronto, repitiendo sin duda a su maestro, dijo: «Duerme en lo mineral, sueña en lo vegetal, despierta en lo animal y habla en lo humano». Sentí como si alguien estuviera descorriendo el velo de la ignorancia y me revelara por primera vez el paisaje del mundo.

Compartió por un tiempo conmigo su vida y su saber, y qué alivio fue para mí, en una rutina de guerra y desorden, hallar a un ser que estaba interesado en dar vida y no muerte, en estudiar las plantas, en venerar los bosques en vez de destruirlos. Yo creía venir de una región donde la naturaleza lo era todo; por él aprendí que también en Europa quedaba un reducto de viejos saberes, un paganismo alegre y delicado que sabía ver normas sagradas en los bosques y los ríos, emblemas mágicos en las hojas y los frutos; alguien que conocía sus propiedades curativas, que sabía hacer licores con las hojas caídas del duraznero, que era capaz de internarse en verano por los bosques nocturnos sólo para oír cantar a los ruiseñores. «Nada es veneno», me dijo un día, «pero todo es veneno: la diferencia está en la dosis.»

Era el ser más alegre que he conocido, combinaba el desvelo por los libros y el amor por la música con la pasión por la naturaleza, y el hábito de sobrevivir sustrayendo frutas y viandas de los mercados y géneros de los almacenes. Se definía, sonriendo, como ladrón y sicofante, y después añadía que sólo es lícito robar lo indispensable y que mentir es, según Platón, el oficio de todo poeta. Creo que pertenecía a una secreta secta de nigromantes, y pensaba como Diógenes el griego que si nos dedicamos al pensamiento y al servicio de la humanidad, la ciudad humana nos debe lo fundamental. «No te preocupes por las aparentes diferencias entre los hombres», me dijo, «a la luz de la Luna no se advierten los colores.» Aquello fue como si me encontrara con el costado más sorprendente de mi propio ser. Llegué a preguntarme por qué Teofrastus no era mujer para poder amarlo plenamente, pero nuestra amistad fuerte y exaltada fue lo más parecido al amor que conocí en aquellos veranos, una pausa de camaradería entre guerras malignas.

Creía en el influjo de las estrellas, afirmaba que según como se encuentre la bóveda estelar en el momento de nuestro nacimiento, así se fijará en nosotros el cielo interior. Y recuerdo un viaje lleno de peligros que hicimos entre París y Stuttgart, por la más incendiada de las fronteras, llevados por carretas azarosas y acompañados por Ricardo el flautista, uno de sus amigos. Merodeando una noche junto a macizos de cipreses, cerca de Estrasburgo, nos explicó que los cuatro elementos tienen cada uno sus huéspedes propios: gnomos la tierra, ondinas el agua, silfos el aire y salamandras el fuego. Y recuerdo el ascenso a caballo por la Selva Negra, recelando enemigos en las hondonadas y guardias en todos los caminos, hasta alcanzar la luz de plata y las cumbres frescas ya por los vientos de julio. Nos sentíamos jóvenes y libres descendiendo al galope hacia los trigales calcinados de Suabia, y buscamos refugio en Tubinga, cuyas fachadas de colores se encendían en la luz prolongada del atardecer.

El tiempo fue breve, pero siento que hablamos de todas las cosas. Fue Teofrastus quien me inició en la ciencia de los números y me enteró de los desvelos de los alquimistas, quien me curó de la herida de Mühlberg que no acababa de sanar, quien me alivió de las pesadillas que me habían dejado las ruedas de Flandes, y quien finalmente pronunció sobre mi viaje por la selva aquellas palabras que te he dicho al comienzo de este relato. Así como es duro volver a contar hechos atroces, así es bello callar lo que la mente quisiera conservar para siempre. No lo incluí en la lista de aquellos a quienes he relatado mi viaje, porque le bastaron pocos datos para entender lo ocurrido, y no preguntó más: supo que yo quería olvidar esas cosas. Todo en el mundo estimulaba su mente; habría arrojado sus libros al río si fuera el precio de poder deslizarse libre en una barca descubriendo secretos en las orillas. Para él, yo venía de un reino de selvas y de cocodrilos, de sirenas y amazonas, y casi me veía como una criatura de fábula, como una pluma desprendida de un ave exótica, o una hoja venida de bosques misteriosos, pero cualquier humano, desde cualquier comarca, era para él emisario de reinos inexplicables. Fue el primer hombre de ese mundo europeo que no me hizo sentir una criatura anómala. Para él, por el solo hecho de ser humanos, todos éramos criaturas fantásticas, y no ocultó que estaba citando a su maestro cuando me dijo: «Debes contemplar al hombre como un trozo de naturaleza encerrado en el cielo».

Gracias a Teofrastus, más que a nadie, el abismo que había entre mi sangre española y mi sangre india se redujo; por él sentí que los trigales de Suabia eran tanto mi casa como las islas del Caribe. Vagué un año a su lado, esquivando las tropas, durmiendo en cobertizos abandonados, gozando de la hospitalidad de los pobres campesinos de las aldeas. Y al cabo de tantas aventuras que nos hacían olvidar por momentos las guerras y las pestes, perdí finalmente a Teofrastus en costas de Marsella. Perseguido por soldados tuvo que escapar sin advertirme a dónde iba, y en una mañana perpleja comprendí que no lo vería nunca más. Otra vez fui llevado por las tropas, y terminé embarcándome en las galeras del almirante Andrea Doria, que pretendía rescatar, de manos de Barbarroja, a mil quinientos cristianos capturados con la complicidad del duque de Enghien en las costas de Niza.

En el espejo roto de las guerras del emperador comprobé que las potestades europeas no tienen tiempo para los conflictos de las Indias, y ni siquiera para inquietarse por sus crímenes. Es tan urgente, tan imperioso, tan salvaje todo lo que se vive en el mundo viejo, tan brutal la secuencia de sus batallas, hay allí tantos secuestros, tantas extorsiones, tantas intrigas, que no hay cómo pensar en cosas más distantes, de modo que las Indias no son más que un lejano y primitivo surtidor de riquezas, al que se destinan los peores barcos y que se ha dejado en las peores manos, para que la gente verdadera pueda vivir sus odios y sus dogmas. Casi olvidado ya de la selva y del río, fui perdiendo de vista el malestar del que venía, y por un tiempo el diálogo imborrable de aquel amigo, sus conversaciones siempre diáfanas en un francés que yo entendía como si lo hubiera sabido desde siempre, me hizo sentir que aunque la naturaleza en las Indias es más exuberante y misteriosa, la luz del norte da a las cosas un aura de leyenda y casi de milagro.

Después volví a los mares, y alcé mi mano contra las lujosas galeras de los moros, y los años se fueron en noches de paciencia y días de ráfagas. Y como llevado de la mano por un designio oculto, llegué un día a la Casa de Mendoza, uno de esos reinos detrás de los reinos, una de esas columnas que hunden sus raíces en los siglos y sobre las cuales reposa el imperio español. Grandes señores de Mendoza dirigían galeras en el Mediterráneo cuando llegué a su sombra, y allí entreví el verdadero poder de la tradición. Don Andrés Hurtado de Mendoza y Bovadilla, marqués de Cañete, me tomó un día como su secretario, después de saber de mi vieja amistad con Oviedo y con Bembo, y te juro que nada tenía que envidiarles a los pasadizos de Roma y a sus mil poderes cubiertos de púrpura esta vieja Casa de Mendoza, cuyos príncipes fueron por siglos más estables y fuertes que los reyes. Dueño de propiedades por toda España, por vegas de Granada y castillos en Álava y señoríos en Cuenca, sólo la tranquila cordialidad del marqués hacía posible soportar los treinta títulos de nobleza que recaían sobre su cabeza. Títulos acumulados por sus mayores en Granada, en Navarra, en Asturias, marquesados de Moya y Cabrera, el marquesado de Mendivil, el ducado del Monte de los Muertos y el principado de Castilla, antes de que él mismo se hiciera guarda mayor de Cuenca y montero mayor de Castilla y señor de la torre de Mendoza y acompañante personal del emperador en sus campañas por Alemania y por Flandes.

Y este hombre agobiado de títulos, a los que ya ni les prestaba atención, hizo brotar otra vez de mis labios los viejos recuerdos. Ahora eran más pálidos, parecían de una vida que no era ya la mía; yo hablaba de esas cosas como si le hubieran ocurrido a otro. Y así terminaron mis andanzas por los viejos reinos en que naciste y que no has tenido el tiempo de recorrer. No te cuento otras cosas porque no están relacionadas con mi viaje a la selva, y porque acaba el tiempo de nuestra espera. Nos informan que el Pachacámac ha anclado en los muelles de Panamá, ante los muros de la ciudad incendiada, y que en unas horas zarparemos rumbo a El Callao. Ahora casi necesito explicarme cómo, después de aquella vida por las piedras de Italia y por las llanuras de Flandes, donde creí olvidarme de mí, cómo, después de años de vivir otra luz y otras lenguas, vuelvo de pronto a encontrarme en la vecindad de la selva, y reviviendo el viaje de mis años tempranos.

Si alguien me hubiera dicho en esas campañas, o en mi oscuro escritorio de Valladolid, donde atendía la correspondencia del marqués de Cañete, que un día volvería a estar en las Indias, que la serpiente volvería a silbar en mi oído, que alguien me invitaría a viajar de nuevo a la selva y al río donde murió mi juventud, habría reído, con la certeza absoluta de que esa no sería mi suerte. Logré ser otro hombre y vivir otra vida, y soñé que esa dádiva del destino o del cielo sería para siempre.

Y ahora mírame, a la orilla de la selva, mírame conversando en una playa indiana con alguien empeñado en que yo lo acompañe por segunda vez al infierno.

31.

HACE APENAS DIEZ MESES EL MARQUÉS DE CAÑETE

Hace apenas diez meses el marqués de Cañete aceptó el nombramiento que le hizo el rey Felipe como nuevo virrey del Perú. Tenía su sueño de ultramar desde cuando La Gasca llevó la noticia de que las Indias estaban de nuevo de rodillas ante el poder imperial. Los barcos que llegan a Cádiz llevan multiplicado en leyendas el oro que colma sus bodegas. Yo, que no quería volver, oía admirado los informes de reinos y ciudades, los veía respaldados por una eficaz aleación de lingotes y fábulas. La Gasca había dejado bien seguros bajo la Corona los reinos, y noticias de un infinito yacimiento de plata en el cerro de Potosí enfermaban de codicia a los nobles y al pueblo. Desde la corte hasta las aldeas polvorientas esos pregones convertían a muchachos tranquilos en brutales aventureros y cada domingo santos clérigos daban gracias a Dios porque al fin había oficio para los miles de indios que se habían quedado sin tierra y sin destino.

Asistí con cautela a la investidura del virrey bajo el cetro de Felipe II. Le prometí acompañar su cabalgata lujosa a Sevilla, y secundé sin presentimientos los preparativos del viaje. Yo no tenía la intención de volver. Cuando el marqués me contó de su nombramiento, me dije que tendría que conseguir un nuevo empleo, y sentí separarme de alguien que me honraba con su confianza. Había borrado tanto las Indias de mi horizonte, que me sorprendió saber que el marqués contaba conmigo para el viaje. Volví a explicarle una situación que él conocía: no tardó en replicar que había aceptado el nombramiento porque se sabía asistido por un veterano de Indias, alguien que podría ayudarle a entender este mundo y establecerse en él, de modo que no podía prescindir de mis servicios.

Aquella noche fue difícil dormir. Soñé que la serpiente cerraba sus anillos sobre mí, vi fauces que se abrían en el rostro impasible de las arboledas. Una tumba en La Española y otra en los litorales peruanos eran ya todo mi pasado en las Indias, y el oro del pillaje del Quzco se había disipado con la canela en el viento de la selva. Pero me ataban lazos de gratitud con Oviedo y con la memoria de Pietro Bembo, quienes me habían encaminado a mi actual oficio, y el marqués de Cañete y nuevo señor de las Indias declaró con tanta convicción que veía en mí un apoyo definitivo para cumplir su tarea que, más que aceptar, obedecí. Pronto estaba zarpando, en un viaje lleno de dudas y de presentimientos.

Yo había cruzado el mar rumbo a España a los veintiún años, en un barco viejo que halló por fortuna buen tiempo, porque quizás no habría resistido una tempestad. Ahora volvía en un galeón lujoso y bien armado, gozando las comodidades que una nave española puede ofrecer a una corte virreinal. Esta cumplía sus tareas de desdén y de altanería. Sastres, barberos, cocineros, herreros, pajes y damas de compañía vacilaban en la cubierta entre la férula del marqués y la tiranía del mar, pasando sin fin de la zalema a la agonía. Don Andrés custodiaba sus grandes cofres de cuero, pesados de joyas y documentos, que tenían en relieve toda la heráldica de su familia, yelmos con plumas y leones alados y rampantes. Su guardia personal no lo desamparaba. Superados los mareos de la primera semana, nos ocupaba el día entero: dictaba cartas, revisaba informes, volvió a pedirme detalles de mi entrada a la selva.

Bajo un hondo sistema de mástiles y velas, de cuerdas y marinos y gritos, de vientos mojados y catalejos que escrutan el mediodía, todo iba bien hasta cuando la brusca enfermedad de Jerónimo Alderete ensombreció los ánimos y nos hizo temer que su mal se propagara por el barco. Era un hombre sin edad, de grandes ojos mansos y cuerpo fino, que había participado en la conquista de Chile con Valdivia y venía de defender la gobernación de su jefe ante la corte. Ya le habían concedido mando sobre las regiones del hielo cuando llegó la novedad de la muerte de Valdivia, y Alderete recibió el repentino título de gobernador de todo el reino.

Pero se dijo que fueron unos alimentos dañados que le sirvieron por accidente en los primeros días los que despertaron en él una reacción pavorosa. Su malestar se confundió con un mareo cualquiera, pero cuando a la noche siguiente no pudo dormir y empezó a respirar con dificultad, hubo alarma en la corte, y manos nerviosas comprobaron que tenía fiebre alta.

Mientras intentaban reducirle la fiebre con cataplasmas y sangrías, su respiración se hacía cada vez más difícil; la saliva era roja y la piel se iba volviendo amarilla. Jerónimo Alderete sintió que las fiebres que le incendiaban el cuerpo iban a arrebatarle la vida porque desesperó, y empezó a pedir al marqués en delirio que lo llevaran de nuevo hasta España. El virrey le explicó que tendría más suerte llegando a las Indias, distantes dos semanas, que desandando las aguas durante más de un mes.

Nadie imaginó que la situación de Alderete fuera tan grave. Un día después dejó de quejarse, pareció ir mejor, la fiebre se apagaba en su cuerpo. Contentos con su estado nos fuimos a dormir esa noche, mientras marinos distantes lanzaban sus pregones desde la arboladura, y la Luna como un cuchillo turco se balanceaba entre los mástiles.

Al amanecer, el grito del sobrino de Jerónimo, David Alderete, que no se desprendía de su lado, nos despertó con la noticia de que el hombre de cara amarilla se estaba ahogando en bascas negras. El joven David parecía querer quitarse el aire de sus pulmones para ponerlo en aquel cuerpo querido que se contraía intentando atrapar un poco del infinito aire que soplaba desde el firmamento. Así murió Jerónimo Alderete, ahogado a cielo abierto, y todo el día David lloró y cantó para él canciones de su tierra, amonestado por clérigos que sólo autorizaban rezos lúgubres, y vistió el cadáver como para una fiesta, y poco le faltó para arrojarse también al abismo, cuando soltamos el cuerpo del gobernador para que se nutrieran de él las medusas luminosas del mar.

Sólo después cruzamos barcos que iban de regreso, cargados como siempre de oro, de cochinilla y de añil, de caoba y de perlas, de palo campeche y de palo brasil, de plantas medicinales como la jalapa y la guajaca, eficaz contra la sífilis, lo mismo que de cañafístola, liquidámbar y zarzaparrilla. Tuve otra vez la sensación de que el clima que rodea los barcos parece brotar de ellos mismos, ser parte del destino de sus tripulantes más que un influjo del océano. Basta pensar en ese barco aciago del que me hablaste, que llevaba a Pedro de Heredia y a los oidores de la Audiencia de Santafé, Góngora y Galarza, ese barco perseguido por una tempestad que no se apartaba de su casco desde Cartagena de Indias hasta las costas de Cádiz, y a la que no le bastó con tragarse la nave sino que arrojaba tentáculos de agua para atrapar a los náufragos que intentaron alcanzar la costa nadando.

En una de las tardes de aquel viaje hallé en sueños un puente sobre un llano muy amplio al que cruzaban varios ríos. En el confín se alzaba una ciudad que en el sueño era Quzco pero era también Roma, y de repente todo empezó a desmoronarse como una muralla de arena. Vi que desde las puertas venía en estampida una muchedumbre. Dándome vuelta, corrí delante de ellos, pero, por un capricho del sueño, aunque les daba la espalda seguía viéndolos venir, y entre esos miles de rostros había uno que me miraba fijamente. El rostro endurecido y oscuro me miraba con cólera y entendí que su única razón para existir era destruirme. Supe que no podría combatirlo: su poder no era de este mundo. Había al frente un portal del que también brotaban multitudes, y quise abrirme paso contra la corriente. Casi sentía las manos del perseguidor sobre mis hombros, y cuanto más trataba de avanzar más impedían mi marcha los que corrían en sentido contrario. Brotaban de una gran escalera de caracol cuya base se perdía en las tinieblas. Cuando ya el enemigo me alcanzaba, sin volver la vista, busqué la baranda de bronce y me arrojé a las profundidades. En un instante estaba en el piso inferior, donde nacía la escala, y allí, ante mí, cuando ya me sentía salvado, estaba el verdugo. Sentí su mirada fría, sentí sus brazos aniquiladores, y sólo entonces encontré la punta del ovillo del sueño y desperté en el galeón con un grito en los labios.

Anochecía. Sobre el barco ondulante, aliviándome apenas del peso muerto de mi pesadilla, se abrían en el cielo muy azul las primeras estrellas. Ahora veo claro lo que el sueño decía: que lo único que he procurado esquivar en la vida es esto a lo que vuelvo sin descanso. Me veo en La Española contándole a Oviedo, que sólo estaba interesado en la selva, las visiones del viaje. Los árboles que vimos, los pájaros que oímos, los animales de la tierra y del agua que nos alimentaron. Caparazones de tortugas, bullicio de bandadas de loros, islas de monos en las aguas inmensas. Fascinado por ese río de delfines rosados, Oviedo me pedía detalles, el tamaño de las dantas, las flores de los troncos, las ávidas enredaderas que ocultan árboles, las anacondas gruesas como el torso de un tigre. Bastó llegar a Roma para que otra vez me alcanzara la maldición. Yo, que sólo pedía un bálsamo para olvidar, tuve que vivir de la memoria. Y recordé cómo a Bembo lo desvelaban las leyendas: no sólo quería saber de las amazonas, preguntaba por las sirenas del mar de los caribes, por los gigantes de Maracaibo, por los hombres acéfalos que llevan el rostro en el pecho, y aunque yo declaraba no haber visto esos seres, el testimonio de un hombre cuya experiencia es apenas un río no puede valer más que el de muchos viajeros fatigados de aguas y de islas. Tal vez por eso preferí dejarme arrastrar por las guerras: nada como el peligro para escapar al embrujo de las cosas pasadas. Pero alguien más quiso saber esas historias y así llegué a las redes del marqués de Cañete. ¿Por qué iba a aficionarse a mí, si no precisamente porque había sido parte de aquella expedición? No estaba interesado en los papagayos y las tortugas, ni en seres fabulosos de tierra y agua, sino en las telarañas de la política, las violencias del viaje, las intrigas de los capitanes. Si primero me había sentido como un alumno respondiendo un examen y después como un pecador confesándose ante un clérigo, ahora me sentía como un testigo en un estrado judicial. El virrey hacía preguntas de juez y de gobernante. Lo inquietaba descubrir si habíamos sido víctimas de un accidente, o si nuestra deriva por el río había sido consecuencia de una traición. Nunca como en ese viaje de regreso sentí que mi pasado me perseguía.

«Vamos a ver», decía el marqués, «si por fin desciframos el enigma. Me has contado que Orellana era el más descontento, y el que más se pronunció a favor de que esquivaran la selva y tomaran la ruta de Belalcázar. ¿Cómo se entiende que en el momento en que construyeron el bergantín, de repente se haya vuelto el más entusiasta con la idea de adentrarse por el río en busca de provisiones?» Le contesté que Orellana tenía buena experiencia como marino. «No es una mala razón», replicó, «pero también puede decirse que el barco era el único instrumento hábil para escapar a una campaña por la que ya Orellana había perdido todo interés». «Pizarro no lo vio así», le dije. «Pizarro, feroz y desconfiado como era, estaba seguro de que Orellana volvería, y todos llevábamos la misma intención.» «Admitamos», decía el marqués, «que todos fueran decididos a volver. Ello no impide que, cuando las cosas se tornaron más difíciles, se haya abierto más bien el deseo de salvarse, antes que rescatar a los que habían quedado en la selva». «Señor», le dije, «cuando intentamos navegar aguas arriba, ya la corriente era ingobernable.» «Dices que el río a esa altura tiene más de cuatrocientos pies de ancho», respondió Cañete, «eso permite cualquier maniobra de un bergantín, que tampoco es un barco desmesurado.» «Pero no tiene usted en cuenta la fuerza de esos ríos encajonados que vienen de la cordillera. Si más abajo, cuando ya la tierra es plana, todavía el río corre con fuerza, como por un plano inclinado, trate de imaginar la fuerza que llevan las aguas cuando apenas bajan de la montaña.»

Yo insistía en mis argumentos, aunque en el fondo de mi conciencia se iba abriendo camino una inquietud: no de que Orellana hubiera traicionado a Pizarro, pero sí de que a todos nos asistía la certeza de que no habría más salvación que seguir en el barco hasta donde nos llevaran las aguas. Puede que hiciéramos menos esfuerzos por regresar de los que pensamos que hacíamos. Al cabo, para que todo fuera un accidente, bastaba no oponer una resistencia demasiado ciega a la fuerza del agua. Pero esto lo pensaba sólo para mí, porque la desesperada defensa de la vida no pertenece al imperio de los tribunales sino a la libertad del corazón humano, y en el corazón sólo gobiernan leyes divinas.

Ahora ya no sabría afirmar si el agua nos arrastró en su violencia, o si algo en nosotros, menos parecido a la malignidad que a la desesperación, se dejó arrastrar por el río. En aquel momento, y ante la ignorancia de lo que habría más adelante, el río no era menos peligroso que la selva, y ninguno podía ver claro un camino, pero nada me cuesta reconocer que su corriente, nuestra segura perdición, era a la vez el vago presentimiento de una salvación posible.

De modo, capitán, que siendo tan distintas por su sonido y por su sentido la palabra «accidente» y la palabra «traición», en el mundo de los hechos, que no es verbal, es posible que sean menos distantes, su diferencia menos nítida, y es posible que aquella fuga fuera a la vez voluntaria e involuntaria. No queríamos dejar abandonados a nuestros compañeros, y al mismo tiempo teníamos que salvarnos. Cuando sostenemos el cuerpo de un amigo que cuelga sobre el abismo y que amenaza con arrastrarnos en su caída, ¿es accidente o es traición el momento en que flaquea nuestra fuerza?

32.

FALTA YA POCO PARA QUE ZARPE NUESTRO BARCO

Falta ya poco para que zarpe nuestro barco rumbo al Perú. Su dueño lo ha llamado Pachacámac, en homenaje a las tierras y las encomiendas que posee en esa región cerca del litoral, pero no deja de causarme inquietud ese nombre, porque recuerdo muy bien cuando los veteranos de la conquista me contaron cómo fue su primer viaje desde Cajamarca, buscando por las montañas la ciudad dorada de Quzco.

Aún estaba vivo el sol pero ya su sombra en la tierra iba creciendo, y los jinetes dirigidos por Hernando Pizarro y acompañados por grandes príncipes incas, guerreros y sacerdotes, habían viajado veinte días en sus caballos orillando los caminos que los nativos recorren a pie, buscando precisamente el santuario de Pachacámac que Atahualpa les había aconsejado visitar.

Una de las pruebas más difíciles de esos primeros días fue cruzar los puentes que unían los caminos sobre el abismo, puentes tejidos con gruesas cuerdas vegetales y con piso de tablas bien atadas una tras otra, pero que temblaban y se balanceaban bajo el peso de los caminantes y que causaron inicialmente pavor en los caballos. Finalmente los españoles se atrevieron y las bestias se dejaron llevar sobre los entablados, que oscilaban en el vacío.

Unos días después, avanzando cerca del litoral, hubo un temblor de tierra muy fuerte que otra vez alebrestó a los caballos y aterrorizó a los indios. Dijeron que Pachacámac estaba furioso con los visitantes y que no serían bienvenidos en el santuario, que estaba a un lado de la ciudad. Aquella fue una visita aún más extraña que el arribo a Quzco, porque parecían avanzar y avanzar sin llegar a ninguna parte. Después de muchas montañas, muchas llanuras, luego los abismos y los puentes sucesivos, y al fin avistaron la ciudad a la distancia, pero lo extraño es que la ciudad parecía alejarse a medida que los españoles avanzaban hacia ella.

Los indios llegaron a insinuar que abandonaran el propósito de llegar al adoratorio de Pachacámac, y siguieran hacia Quzco como era su plan, pero ya los guerreros estaban intrigados por la demora misteriosa y, por supuesto, empezaron a presentir que lo que allí había era un gran tesoro. «Lo que quieren estos indios es salvar el tesoro que guardan: por eso nos hacen creer que el avance es muy difícil», dijo Hernando Pizarro. «Tengo la sensación de que cada día se las arreglan para desviarnos un poco del camino.»

Con todo, gracias a su obstinación, finalmente llegaron a la entrada de la ciudad. Vieron allí una puerta y dos porteros en ella. Estos les recordaron que ese era el principal santuario del reino y el adoratorio de un dios poderoso, y les pidieron detenerse a la entrada, pues sólo los incas podían pasar hacia el espacio sagrado. Pizarro respondió que habían venido de muy lejos para ver al dios, y que no se detendrían ahora. Entraron a una región de pasillos y nuevas puertas y escaleras de piedra de caracol que daban a un nuevo portal.

Allí otros guardianes les dijeron que no podían ir adelante, y que si tenían algún mensaje para el dios, los sacerdotes se lo llevarían. A ambos guardianes les faltaba el dedo meñique de la mano derecha, y Pizarro no dejó de advertirlo. Una vez más les dijo que no tenía mensaje alguno sino que quería verlo personalmente, y siguió con sus hombres adelante hasta llegar a la cumbre del adoratorio. Había tres o cuatro cercas ascendentes en forma de espiral que a los viajeros les parecieron más a propósito para una fortaleza militar que para un templo, y después un patio pequeño con postes guarnecidos de oro y plata, y una serie de ramadas con adornos y telas ricas.

Les produjo fatiga la sensación de que siempre faltaba un espacio para llegar, y acrecentó la expectativa del tesoro que estaría al final de tantas antesalas. Pasado ese laberinto de puertas y pasadizos y escaleras se hallaron ante la bóveda central del santuario. Y vieron que al final de un último pasillo por el que sólo cabía un hombre, había una puerta extrañísima, labrada con muchos materiales distintos, con cristales y turquesas, con corales y conchas tornasoladas. Todos estuvieron de acuerdo en que era la puerta más extraña y más incomprensible que hubieran visto, y no les dejó la impresión de riqueza sino de un hecho inexplicable y más bien desagradable.

Los guardias indios no se atrevían a tocarla, y tuvo que ser un sacerdote de los que iban con Hernando desde Cajamarca quien finalmente la empujó para darles acceso a la gruta central. Era una cueva estrecha y tosca, de piedra negra sin pulir, y en su interior todo era oscuridad y fetidez. Tuvieron que encender una antorcha para ver rebrillar en el suelo de tierra unos cuantos objetos de oro y unos cristales. Y a su luz vieron que en la cueva no había más que un leño tosco clavado en la tierra, y sobre él una figura de madera con forma vagamente humana, mal tallada y mal moldeada, que producía temor y repulsión. La gruta presidida por esa tosca divinidad era la cosa más sombría y más desoladora que pudiera verse, y lo era mucho más por todas las fatigas que había costado. Encontrarla de pronto en cualquier lugar abierto no produciría jamás el efecto de desaliento y de frustración que causaba después de tan minuciosas y desesperantes demoras. Y nada preparaba tanto la frustración como la extraña y preciosa puerta que permitía ingresar en el nicho. Era como ponerle una puerta de oro a un antro detestable, como adornar con todos los atributos de la grandeza y del misterio la boca de un pozo de desperdicios, como poner una corona de gemas sobre un ser repulsivo y deforme.

Nadie supo describir con precisión el malestar que les produjo aquel hallazgo, pero mi amigo Teofrastus diría que ese malestar bien podía ser una de las formas más extremas del contacto con la divinidad. Por supuesto: ninguno de aquellos viajeros lo pensó siquiera, ni supo darles nombre a los sentimientos que el santuario de Pachacámac producía, porque su esperanza era apenas encontrar un tesoro de metal o de cristales, no asir una experiencia de la carne en contacto con la sustancia primitiva del mundo. Pero yo muchas veces me he dicho que el destino abunda en esas experiencias en que se entra por puertas magníficas a vacíos horrendos, en que empiezan con grandes palabras unos silencios indescifrables, y creo que los incas guardaban realmente en ese santuario algo indecible. Una divinidad secreta hecha de espera y de ansiedad, de expectativa y de frustración, de ambición y de desazonado fracaso, una divinidad que no estaba en el final del camino sino en cada uno de sus pasos, tejida de sensaciones y de pensamientos, de búsquedas precisas y de hallazgos borrosos.

Lo que Hernando Pizarro no supo nunca es que la imagen que hallaron en el templo de Pachacámac estaba allí en reemplazo de otra que era de piedra negra rodeada de incontables mazorcas de oro, pero que estaba prohibido mirar siquiera. El santuario fue concebido para que hasta la frustración de hallar al dios fuera falsa, para que su malestar fuera apenas la réplica de otro malestar, porque este dios venía de la noche anterior al origen, y estaba en ese sitio antes del templo mismo, antes de las horas que precedieron a la víspera de la creación.

Uno cree saber lo que busca, pero sólo al final, cuando lo encuentra, comprende realmente qué andaba buscando. Y bien podría ser que lo que rige el destino del hombre no sea Cristo ni Júpiter ni Alá ni Moloch sino Pachacámac, el dios de los avances hacia ninguna parte, el dios de la sabiduría que llega un día después del fracaso.

33.

HAY DÍAS EN QUE VUELVO
A RECORDAR EL PAÍS DE LA CANELA

Hay días en que vuelvo a recordar el País de la Canela, porque de tanto pensar en él, de tanto buscarlo, es como si hubiera estado allí. Vuelvo a verlo en la imaginación, con sus extensas arboledas rojas, sus casas de madera y de piedra, sus ancianos sabios y fuertes, que nadan en los ríos turbulentos y cazan peces con largas jaras de laurel; siento en el viento un perfume de canela y de flores; veo cruzar, montadas en sus dantas inmensas, a las valientes amazonas de un solo pecho, que llevan enormes arcos y aljabas llenas de flechas con punta de hueso y de pedernal; veo las murallas enormes de las ciudades de la selva, los cestos para pescar y las jabalinas, los pueblos vestidos de colores y los ejércitos diademados de oro preparándose para más crueles guerras, y hasta sueño que alguna vez he vivido allí, que yo fui uno de ellos.

Y el País de la Canela, con sus riquezas inmensas, con sus plantas medicinales, con sus ciudades saludables, con sus multitudes que peregrinan para adorar los ríos, con sus ancianas que descubren bajo la luz del atardecer entre las masas de árboles cuál de ellos es santo y debe convertirse en sitio de peregrinación y de rezo, se va transformando para mí en el símbolo de todo lo que legiones de hombres crueles y dementes han buscado sin fin a lo largo de las edades: la belleza en cuya búsqueda se han destruido tantas bellezas, la verdad en cuya persecución se han profanado tantas verdades, el sitio de descanso por el cual se ha perdido todo reposo.

En medio de su atrocidad, algo bello han tenido estas búsquedas, y si me preguntaran cuál es el más hermoso país que he conocido, yo diría que es ese que soñábamos, que buscamos con frío y con dolor, con hambre y con espanto tras unos riscos casi invencibles. Y es que esos riscos eran soportables porque el radiante País de la Canela estaba atrás, porque entonces no sabíamos que era un sueño. Hay tantas cosas que la humanidad nunca habría hecho si no la arrastrara un fantasma, hechos reales que sólo se alcanzaron persiguiendo la irrealidad. El sueño era bello y tentador, y no justificaba tantos horrores, pero creíamos en él. Duro y cruel para mí sería volver ahora, cuando sé que ya no está el país maravilloso esperando en parte alguna. ¿Qué podrías ofrecerme que justifique tantas privaciones, tanta incertidumbre? Vuelves a hablar, loco como de luna, de la ciudad de oro con la que estás soñando desde niño. El cóndor de oro en las laderas de nieve, el puma de oro en los valles sagrados, la serpiente de oro allá abajo, en las selvas ocultas.

Más bien yo diría que hay algo en el hombre que quiere volver al dolor, que se complace en ceder al peligro y en entregarse de nuevo al demonio que ya una vez estuvo a punto de atraparlo. Has escapado a la muerte tantas veces que crees que ella se ha olvidado de ti, has tatuado tantas cicatrices en tu cuerpo, que piensas, como los guerreros de la selva, que cada cicatriz es apenas una mancha más para el tigre. Algo en mi sangre me dice que lo que destruimos era más bello que lo que buscábamos. Pero tal vez, ahora que lo pienso, la búsqueda de la ciudad de oro, la búsqueda de las amazonas y de las sirenas, de los remos encantados y las barcas que obedecen al pensamiento, la búsqueda de la fuente de la eterna juventud y del palacio en el peñasco que rodean cascadas vertiginosas, es sólo nuestro modo de cubrir con una máscara algo más oscuro, más innombrable, que vamos buscando y que inevitablemente hallaremos.

Así llegamos a este día y a esta hora. No deja de asombrarme que una historia tan larga como la que acabo de contarte termine precisamente donde todo comienza. Todo presente es el desenlace de millares de historias y es el comienzo también de millares. Aquí estamos, como diría Teofrastus, en el ápice del reloj de arena, donde todas las cosas que fueron se convierten en todas las cosas que serán.

Estar ahora aquí, en Panamá, conversando contigo, es la mejor prueba de que no he podido escapar a la marca del río y al influjo opresivo de mi pasado. Tal vez hay todavía en mí muchas preguntas para hacerle a la selva. He recorrido en estas horas mi vida entera como si estuviera deshaciendo los pasos. Gracias a ti, he vuelto a mi aventura con la selva y el río con una minuciosidad que nunca había intentado antes. Me sorprende que la experiencia más penosa y más rechazada de mi vida se haya vuelto en esta ocasión un relato casi emocionante. Fue más ingrato describirle a Oviedo la selva, hablarle a Bembo de las amazonas, hablar con el marqués de Cañete sobre Pizarro y Orellana, que hacer para ti esta nueva relación de mi viaje, porque lo escuchas todo con tanta emoción, con tanta curiosidad, sientes tanta admiración ante nuestras penalidades, que vuelves casi admirable lo que viví como una pesadilla. Ya me pregunto si no seré yo como el cántaro, que bajó tantas veces al agua porque su destino era romperse contra el fondo del pozo.

Por supuesto que no me has convencido de que baje de nuevo a la hondura, de que te acompañe a la selva sin rumbos ni al río que olvida su orilla. Sólo estoy confesando que ha sido más grato hablar de estas cosas contigo que con todos aquellos que antes me interrogaron. Al menos con este relato pude darte advertencias, cautelas que precisa todo el que corra el riesgo de internarse en la selva. Más que las otras veces, por el afecto y la gratitud que te debo, era mi deber contarlo todo, para que al menos no puedas decir que no sabías lo que te esperaba.

Volverás con el cuento de los grandes tesoros, pero llevo un cuarto de siglo alimentándome de esos relatos, y recogiendo después los huesos de quienes los contaban. Si quedan todavía tesoros en las Indias, serán ya de otra especie. Por el camino que yo he hecho, ni tierra que pueda ser cultivada, ni minas que no estén acorazadas de rezos y venenos, ni reinos que no estén cercados de colmillos y flechas, ni riquezas que no cobren su precio en locura y en sangre.

Y termino diciéndote que, por mucho que confíes en tu fuerza y tu estrella, eres un hombre, amigo, sólo un pequeño mortal que sueña ser el amo de un reino inabarcable. Tu ambición es más grande que la de Orellana; acaso más grande que la de Gonzalo Pizarro. Tal vez si sólo quisieras conocer, vivir el asombro de las lianas y de los pantanos, de los árboles gigantes que llenan el mundo, de esa humedad penetrante, de los rugidos y los venenos, de esas noches con alas de murciélago, de esas mañanas que ciega la niebla, de esos reinos inexplorables de hogueras y tambores, de esas lluvias monótonas y desesperantes; tal vez si quisieras sólo llenar tus ojos con el prodigio y tus oídos con el misterio… yo te acompañaría. Sólo por ver tu asombro: por verte comprobar en carne propia la verdad de mis advertencias. Pero tú sueñas con gobernar la inmensidad, someter a las bestias del génesis, domar la serpiente de agua, vencer a los reyes de la selva, subyugar a las guerreras desnudas, y no puedo anunciarte nada bueno: sufrimiento y locura será lo único que encuentren tú y tus soldados.

Avanza si lo quieres, Ursúa, hacia la perdición, hacia el pánico. Anda y mide tus fuerzas con la selva; opón el poder de tu dios navarro a los dioses de la humedad y de la tormenta, del hambre y de la tierra. Demuestra que vale más tu voluntad que la serpiente sin ojos en la que se refleja el abismo…

Todo me está gritando que te detenga, pero… si vas al viaje, si insistes en bajar hasta el río, en desafiar la selva, en chocar con los pueblos que la habitan, si insistes en enfrentarte a sus dioses, si estás ansiando comer orugas y masticar carne fibrosa de micos azules, si quieres resignarte a oír sólo el chillido de las guacamayas, el relato del río que no acaba, de la niebla que no quiere desprenderse del agua, si estás empeñado en sufrir, en perderte del mundo de los hombres y hundirte en el limo y en la sombra, ya temo que no seré capaz de dejarte correr solo ese riesgo, y entonces iré contigo, Pedro de Ursúa, aunque sé lo que nos espera, y me volveré tu sombra, aunque será lo último que nos dejen hacer en el mundo.

Y otra historia nació aquella tarde: el avance inventando tropas de la nada, el encuentro de Ursúa con la sangre del Inca, los trescientos caballos que abandonamos en la selva, la historia paralela de los dos virreyes, una rebelión floreciendo en la mente del hombre más leal que conocí jamás. Así se fraguaron los pasos de un capitán, seleccionando entre rufianes a los más arrojados y a los más terribles, sin saber que no estaba escogiendo sus huestes sino sus verdugos, así vimos llegar una noche amorosa en la ciudad de barro de Chan Chan bajo los ojos cómplices de las estrellas, y la locura del hombre que fue capaz de matar en una selva extraña al único compañero de su infancia perdida, y la locura atroz del hombre que fue capaz de matar en Barquisimeto a su propia hija, porque era lo único inocente que le quedaba. Y así llegamos al sueño de la ciudad de los cóndores, al sueño de la serpiente de oro que se retuerce por las selvas, y a la primera mañana sangrienta de un año en el que todo fue muerte y en el que todo fue resurrección.

No puedo no pensar que aquella tarde ya se habían labrado las diez espadas, ya se estaba tejiendo la jaula que contendría la cabeza del tirano, ya estaban vivos los caballos que después se enfrentaron a las serpientes, ya estaba Inés de Atienza llorando a su hombre, muerto en un duelo de honor, ya un millar de canoas llenas de indios venía remontando los ríos del este, y ya un lugar de la selva, cerca del sitio donde el gran río tiene dos colores, había sido señalado por dioses sin nombre para ser el sepulcro sin lápida de los amantes.

Pero el futuro es mudo y sin rostro, aunque esté a pocos pasos de distancia. Nada de esto presentimos en las playas de Panamá, viendo llegar el barco que nos llevaría al Perú, oyendo el grito de los alcatraces sobre ese mar que se apagaba en rojo. La larga espera había terminado. Mientras ascendíamos por la escalerilla del barco, sin que Ursúa ni yo lo advirtiéramos, se fue formando sobre el cielo del sur, cada vez más oscuro, todavía ilegible, el signo de nuestra derrota, y entonces recordé otras palabras de Teofrastus, que luego ante el peligro fueron más poderosas que espadas.

«Es eso que has dejado lo que persigues, si quieres saber lo que eres, tendrás que preguntárselo a las piedras y al agua, si quieres descifrar el idioma en que hablan los brujos de tus sueños, interroga las fábulas que te contaron la primera noche ante el fuego. Porque no hay río que no sea tu sangre, no hay selva que no esté en tus entrañas, no hay viento que no sea secretamente tu voz y no hay estrellas que no sean misteriosamente tus ojos. Dondequiera que vayas llevarás esas viejas preguntas, nada encontrarás en tus viajes que no estuviera desde siempre contigo, y cuando te enfrentes con las cosas más desconocidas, descubrirás que fueron ellas quienes arrullaron tu infancia.»

Nota

No todo el oro del Cuzco fue invertido en la expedición de la canela, pero sí una parte importante. Como suele ocurrir con los relatos históricos, lo más inverosímil resulta ser lo más verdadero: la expedición de Gonzalo Pizarro fue como se la cuenta; la muchedumbre de llamas, de perros y de cerdos está documentada por todos los cronistas; la asombrosa construcción del bergantín es un hecho indudable; la polémica sobre la partida de Orellana por el río ha obsesionado a los historiadores; la atareada vida de Gonzalo Fernández de Oviedo merecería una novela; la carta de Oviedo a Pietro Bembo estuvo perdida mucho tiempo pero ha sido encontrada de nuevo y está publicada.

Varios soldados que hicieron el viaje con Orellana fueron capaces de volver a la selva veinte años después, «conquistados» por Pedro de Ursúa. Aunque «el contador de historias» no nos cuenta nunca su nombre, hay razones para pensar que se trata de Cristóbal de Aguilar y Medina, hijo de Marcos de Aguilar, quien introdujo los primeros libros en las Antillas, y de una indígena de La Española. Sólo una vez Oviedo lo menciona en su crónica del viaje al Amazonas, como uno de los que llegaron a la isla con Orellana, pero el tono en que lo hace parece comprobar el afecto que siente por él. Sin embargo, no hay pruebas de que Marcos de Aguilar haya estado en el Perú, y está claro que no fue uno de los doce de la fama que acompañaron a Pizarro en la isla del Gallo. Tampoco hay testimonios de que Oviedo haya tenido discípulos en la Fortaleza de Santo Domingo, y no sabemos con quién envió su famosa carta a Pietro Bembo, fechada a comienzos de 1543.

El relato de su propia vida que nos hace el narrador es verosímil, pero adolece de demasiadas casualidades para creerlo en su totalidad. Que haya sido mestizo e hijo de un moro converso es algo muy posible, que haya participado muy joven en la expedición de Orellana y veinte años después en la de Pedro de Ursúa es verosímil, ya que por lo menos tres soldados hicieron ambos viajes, pero que haya tenido también la ocasión de ser el portador de la carta de Oviedo al secretario de Paulo III roza la irrealidad. Probablemente se atribuye una misión cumplida por algún amigo suyo, para poder contar completa la historia.

El narrador quiere hacernos creer que lo que está escribiendo lo narró en un solo día a Pedro de Ursúa en las marismas de Panamá, pero un relato tan copioso tuvo que tomarle más tiempo; además, el tono en que el texto está escrito corresponde imperfectamente a un relato oral, aunque ello puede deberse a que es una historia que ha contado muchas veces. Hay quien teme que el texto pueda ser el relato de un relato, siguiendo la famosa fórmula de Castellanos «como me lo contaron te lo cuento», ya que el narrador incluye pocos recuerdos personales precisos.

URSÚA

En 1543, con sólo dieciséis años, deseoso de fortuna y aventuras guerreras, el joven Pedro de Ursúa viaja al Nuevo Mundo. Desembarca en Perú, confiando en que la tierra de los incas le depare, como a tantos hasta entonces, riqueza y poder; sin embargo, se encuentra con una región turbulenta, dividida entre bandos de conquistadores tan apegados a sus nuevas rapiñas que recelan de cualquier recién llegado. La llegada de su tío Miguel Díaz de Armendáriz a Cartagena lo libra de este panorama sin promesas y bajo su padrinazgo comienza una larga y codiciosa carrera de conquistas. Después, libre ya de disposiciones oficiales, se entrega a sus sueños de riqueza y de gloria. Con todas las contradicciones de los grandes hombres —cruel y compasivo, audaz y conservador, obediente e indócil, enamorado y misógino— Pedro de Ursúa personifica las violentas pasiones que asolaron las Indias Occidentales.

Ficción Histórica

VINTAGE ESPAÑOL
Disponible en su librería favorita.
www.vintageespanol.com